죽어가는 이 상황에서도
넋 놓고 볼 정도로 아름다운 천사였다.
천사의 날개는 검은색이었다.
총 여섯 장이었고, 깃털은 빽빽하고 윤기가 났다.
날개마다 크기는 서로 달랐지만
균형을 이루고 있었다.

동그란 눈동자 두 개가 쫓아온다.
이번에는 초코 우유를 왼쪽으로 움직였다.
그러자 다시 메타트론의 시선이 쫓아왔다.
아……. 이런 실수를.

1

글 박제후
일러스트 ICE

"알고 있어? 우연한 만남도 세 번이면
운명이라는 것을."

프롤로그

한 소년이 쫓기고 있었다.

소년의 뒤를 따라붙은 이들은 흉기를 든 사내들. 지금 소년의 목숨은 바람 앞의 촛불처럼 위험했다.

"헉! 헉! 허억!"

소년은 필사적이었지만 상황이 좋지 않았다.

설상가상으로 소년의 핏자국까지 길게 이어지고 있었다.

"어디까지 가려고!"

"잡히면 네놈 팔다리를 하나씩 자를 테다!"

이대로라면 희망이 없어 보인다. 소년은 잠시 멈춰서 주변을 둘러봤다.

파괴되어 폐허가 된 서울의 시가지가 눈에 들어온다.

불과 3년 전까지만 해도 아무 문제 없던 세상이었다.

하지만 달에서 몬스터가 내려온 후 모든 게 엉망이 됐다.

거짓말 같은 이야기였다.

하지만 받아들여야 할 이야기기도 했다.

"후우, 후우, 그래 다 왔어."

주변을 둘러보던 소년은 방향을 틀어 다시 달린다.

하지만 그곳은 막다른 골목이었다. 결국 소년은 궁지에 몰렸다.

"알아서 독 안에 든 쥐 꼴이 되는군."

"크하하하! 멍청한 놈!"

뒤따라온 사내들은 소년의 멍청함을 비웃었다. 그러면서 손에 든 흉기를 흔드는 꼴이, 소년을 단단히 손봐주겠다는 기색이 역력했다.

무리 중 리더로 보이는 대머리 사내가 거만하게 나섰다.

"우리 물건 빼돌리고 멀쩡할 줄 알았어?"

대머리 사내가 턱 끝으로 가리킨 건 소년의 허리춤에 매달린 커다란 눈알이었다.

이건 어떤 몬스터의 눈알로, 현재 대한민국에선 돈이 되는 물건이었다. 몬스터 사태 이후 세상은 극적으로 변했는데, 그 중 하나가 바로 몬스터를 사냥하는 능력자의 출현이었다.

사람들은 그들을 헌터라고 불렀다.

헌터가 사냥한 몬스터의 사체는 가공 후 판매된다. 처음에 사람들은 죽은 몬스터의 사체에서 어떤 금전적 가치도 발견하지 못했지만, 곧 다양한 활용처를 찾아냈다.

그런데 지금 이곳에 있는 소년과 사내들은 그런 헌터가 아니다. 능력자가 아닌 완전한 일반인이다. 하지만 돈에 이끌려 몬스터가 돌아다니는 서울로 들어와 있었다.

다들 미쳤다고 손가락질 했지만, 이 위험천만한 장소에서도 일반인이 할 수 있는 게 있었다. 바로 몬스터의 사체를 수거하는 일이다.

올해 15살인 소년도 그런 아슬아슬한 일에 하나뿐인 목숨을 걸고 있었다.

"빼돌리다니! 처음부터 내 거였잖아! 너희가 끼어든 거고!"

소년은 화를 참지 못하고 소리 질렀다.

소년은 위험을 감수하고 몬스터의 사체에서 눈알을 파냈다. 하지만 이 험악한 인상의 사내들이 그것을 빼앗으려 했다.

대머리 사내는 비열한 웃음을 흘린다.

"그런 건 중요하지 않아. 내가 갖고 싶다면, 그때부턴 내 거니까. 흐흐흐."

결국 소년은 울음을 터뜨렸다.

그러자 사내들의 비웃음이 더욱 커졌다.

하지만 그 탓에 흉흉하게 들어 올렸던 무기들이 모두 아래로 내려간다.

경계심이 완전히 풀려 있었다.

대머리 사내는 무릎을 치며 크게 웃어 댔다.

"유제아란 어린놈이 그렇게 대단하다고 하더니, 이제 보니 그냥 꼬맹이구먼! 크하하하하!"

그때, 울던 소년은 품에서 무언가를 꺼내고 있었다.

출렁.

그건 마치 물이 가득 찬 물풍선 같았다.

하지만 자세히 보면 그건 어떤 동물의 위장이란 걸 알 수 있었다. 안에는 오물이 잔뜩 든, 불쾌한 것이었다.

소년은 곧 그걸 머리 위에서 빙빙 돌리기 시작한다.

위장은 당장이라도 터질 것처럼 위태로웠다.

"너! 뭐야!"

"야!"

그제야 사람들이 뭔가 이상을 알아채고는 소년을 말리려 했다. 하지만 그 순간, 회전운동을 하던 위장이 날아가 대머리 남자를 직격했다.

퍼엉!

그와 함께 위장이 터지면서 안에 차 있던 더러운 오물이 남자들에게 뿌려진다.

역하기 짝이 없는 냄새다.

몇몇은 헛구역질까지 하기 시작했다.

"이 미친놈! 뭘 뿌리는 거야! 죽어버리겠어!"

대머리 남자가 대검을 들고 소년에게 달려들려는 그때, 땅이 울렸다.

우르르릉.

그 순간 모두의 움직임이 딱 굳는다.

이 진동이 무엇을 말하는지 모르는 이는 여기 아무도 없었다.

"젠장… 아, 아닐 거야."

파멸의 예감을 부정하는 대머리 남자.

그리고 그걸 비웃듯 소년의 뒤쪽에서 집채만 한 무언가가 불쑥 솟아오른다. 소년의 퇴로를 막아선 벽보다 훨씬 큰 무언가가 말이다.

"이이… 이…."

"끄으으……."

그걸 본 모두는 몸을 부들부들 떨며 말도 제대로 하지 못하고 있었다. 몇몇은 오줌까지 지리며 풀썩 쓰러진다.

"외눈박이…."

대머리 남자의 말처럼 그건 외눈을 가진 몬스터였다.

키가 7미터나 되는 거인.

길고 흉악한 이빨에 삼나무처럼 억센 팔, 그리고 바라보기만 해도 심장이 얼어붙을 것 같은 외눈.

그야말로 지옥에 있다는 야차의 형상이다.

크르르릉.

외눈박이가 낮게 울었다.

그리고는 코를 킁킁거리더니 벽을 가볍게 넘어온다. 다행히 벽에 바짝 붙어 있는 소년은 시야의 사각에 있어 외눈박이에게 들키지 않았다.

그리고 외눈박이는 냄새에 더 이끌리는 듯했다.

소년이 던진 오물을 쓴 남자들에게 다가가더니 곧 하나를 손으로 집어 올린다.

"끄아아아아! 살려줘! 살려줘! 대장!"

붙들린 사내는 절규하며 눈물을 마구 쏟아낸다. 그리고는 있는 힘껏 팔을 휘둘러댄다. 하지만 이 거인에겐 너무나 미약한 반항이었다.

와드득. 와득.

외눈박이가 남자를 마치 초코바처럼 먹어치운다. 외눈박이의 입가에 피와 지방이 번들번들하게 묻어났다. 그리고 두툼한 입술 위로 방금 죽은 남자의 내장이 길게 늘어진다.

"으아아아아!"

그제야 남자들은 비명을 지르며 도망치기 시작했다.

넘어지면서도 필사적으로 도망간다.

하지만 외눈박이는 성큼성큼 따라붙으며 달음박질치는 남자들을 붙잡는다.

와직, 와득.

곧장 씹어 먹기도 하고 일부는 허리를 분질러 접은 뒤 주머니에 집어넣기도 했다. 마치 간식처럼 말이다.

척추가 부러진 자들이 고장 난 장난감처럼 외눈박이의 손에서 흔들거렸다.

소년은 이 모든 광경을 보고 있었다.

창백해진 얼굴은 당장이라도 비명을 지를 것 같았지만, 소년은 억지로 입을 막고 참아낸다.

2019년, 2월.

서울의 평범한 풍경이었다.

1. 사냥터의 소년

세 시간 전.

"저것들 또 왔네⋯."

나는 쌍안경으로 저 앞쪽에 어슬렁대는 남자들을 관찰 중이다.

대건파란 조직인데, 조직 대다수가 양아치나 건달로 구성되어 있다. 몬스터 사체를 주우러 다니는 일반인 그룹 가운데 하나로 무척 악랄한 놈들이다.

폐허가 된 서울이 무법지대인 탓에 놈들은 같은 일반인을 상대로 온갖 범죄를 저지르곤 했다.

주변을 두리번거리는 게 아마 날 찾는 모양이다.

저 대건파 놈들은 남이 수거해 온 몬스터 사체를 강탈하는 게 주특기다. 그도 그럴 게, 죽은 몬스터에게 접근하는 건 상당히 위험한 행동이기에 자기들이 하지 않으려 한다.

그래서 사냥터에서 저렇게 어슬렁거리다가 남의 수확물을 빼앗는다. 아무래도 요즘 내가 돈을 벌었다는 소문을 들었나 보다.

"짜증나는 놈들⋯."

나는 벽에 기대서는 초코바를 먹었다. 그러면서 대건파 애들을 어찌 처리할지 고민했다.

적당히 쫓아버릴 생각은 없다.

사냥터에서 싸움이란 죽고 죽이는 거다.

시비가 걸리면 끝장을 보는 게 당연하다. 어설프게 처리했다가는 도리어 이쪽이 당한다. 게다가 난 혼자다.

인정사정없이 쓸어버려야 한다.

누가 보면 표독스럽다고 할지 모르겠으나, 몬스터 사태 이후 3년 간 온갖 더러운 꼴을 다 겪다보니 이리 됐다.

지난 3년간 나는 참 많이 바뀌었다.

아니, 나만 바뀐 게 아니다.

대한민국 자체가 격변했다.

"좋아."

생각을 정리하고 자리에서 일어났다.

일단 내 계획은 간단하다.

놈들을 유인해 이 지역의 대장에게 데려간다는 것.

지금 내가 있는 곳은 서울대학교 근처인데, 서울에서도 비교적 위험한 몬스터가 적은 곳이다.

그래서인지 초능력자인 헌터들은 거의 오지 않고, 우리 같은 일반인들이 자연사하거나 자기들끼리 싸우다 죽은 몬스터의 사체를 찾아온다.

그렇지만, 모두 잘 모르는 점이 있다.

나만 아는 건데, 이 일대에 유난히 덩치 큰 외눈박이가 살고 있다는 점을 말이다.

나는 놈을 대장이라고 부르곤 했다.

보통 낮에는 길게 누워서 잘 뿐이고 밤에만 움직여서 잘 알려지지 않았다. 이 위험한 사냥터에서 밤에 활동하는 일반인은 없으니까.

나는 대건파 놈들을 대장에게 데려가려고 한다.

그걸 위해서 필요한 준비를 하나둘 시작했다.

"허억! 헉!"

일부러 숨 가쁜 척하면서 달린다.

허리춤에 돈이 되는 눈알을 매달고 있었기에 저 멍청한 놈들을 꾀어내는 건 일도 아니었다. 게다가 그들은 내가 다친 줄 알고 있다. 다들 완전히 신이 난 상태다.

줄줄줄.

채집한 몬스터의 피를 바닥에 뿌리며 달렸다.

"어디까지 가려고!"

"잡히면 네놈 팔다리를 하나씩 자를 테다! 가는 데까지 가봐!"

낄낄거리는 웃음이 들려온다.

미친놈들.

아무리 여기가 덜 위험한 장소지만 엄연히 사냥터인 서울이다. 몬스터가 지나다니는 곳에서 저리 소리를 질러대다니.

"멍청한."

3년 전 몬스터 사태 이후 서울은 완전히 파괴됐다.

불쌍한 우리 부모님도 그때 돌아가셨고.

그 후 인간들은 수도권 일대에 방어선을 만들어 서울에 사는 몬스터가 아래로 내려오지 못하게 막고 있다. 그래서 몬스터로 가득 찬 서울을 보통 사냥터라고도 부른다.

사냥터는 지역마다 위험의 정도가 다르다.

예를 들면 한강 너머 강북 일대는 나 같은 일반인이 몇 분도 못 버틸 만큼 위험하다. 반면 이곳 서울 대학교 근처는 저런 멍청이들도 소리를 지르고 다닐 정도다.

물론 저게 무지의 소치임은 더 설명할 필요도 없다.

몬스터가 있는 땅에 안전한 곳이 어디 있나.

이 근처의 몬스터가 총으로 제압 가능한 수준이라 그렇지, 조금만 북으로 올라가도 지옥도가 펼쳐진다. 총은커녕 대포도 안 먹힐 무시무시한 몬스터가 즐비하다.

"다 왔군. 후우."

막다른 골목에 다다라 가볍게 숨을 몰아쉬었다.

아무도 모르지만 이 벽 너머는 거대한 외눈박이, 대장의 잠자리이다. 엄청난 잠꾸러기라 주변에서 폭탄이 터져도 태평하게 자는 녀석이다.

그런 대장을 깨울 방법이 하나 있긴 하지만.

"여깄다! 놈이 여깄어!"

대건파 놈들이 도착했다. 그들은 날 보더니 비웃음을 터뜨린다.

"알아서 독 안에 든 쥐 꼴이 되는군!"

나는 일부러 분한 표정을 지으며 소리를 질렀다.

"빼돌리다니! 처음부터 내 거였잖아! 너희가 끼어든 거고!"

그리고 거짓으로 눈물까지 흘려댔다.

덕분에 놈들의 비웃음은 더욱 커졌다.

완전히 방심하고 있었다. 사실 내가 우는 건 지금 꺼낼 물건의 지독한 냄새 때문이었지만.

바로 죽은 몬스터의 위장이었다.

거대한 두더지를 닮은 녀석으로 대장의 주요 먹거리 중 하나였다. 놈의 위장이 터지면 특유의 악취가 나는데 이게 대장의 식욕을 자극한다.

그런데 이 냄새를 뒤집어쓰면 어떻게 될까?

무조건 죽은 목숨이라고 볼 수 있다.

외눈박이는 눈이 별로지만 후각은 예민하다. 몸에 이 냄새가 묻는다면 절대로 외눈박이에게서 도망칠 수 없다.

붕붕붕.

머리 위에서 위장을 돌리자 그제야 놈들이 이상을 눈치챈 듯 달려들려고 한다. 하지만 이쪽이 한 발 빨랐다.

퍼억.

더러운 냄새와 함께, 위 안에 있던 온갖 오물이 놈들을 덮친다. 그리고 냄새에 자극받아 잠에서 깨어난 대장. 곧장 아비규환이 이어졌다.

나는 웅크리고 앉아 가만히 있었다.

지금 눈앞의 살육을 눈에 빠짐없이 담으면서.

끔찍한 일이었다. 하지만 지금까지 몇 번이고 본 광경이었다.

툭.

대장이 씹다 만 한 남자의 팔이 바닥에 떨어진다.

도망가는 놈들의 비명이 계속 이어진다.

쿵. 쿵. 쿵.

대장도 그들을 쫓아가며 하나씩 집어먹는다.

무심히 보다가 곧 일어났다. 그리고 이 근처에 숨겨둔 사다리를 가져왔다.

"좋아, 가볼까."

오늘 이 짓을 한 건 대건파 놈들을 치우기 위한 것도 있지만, 동시에 대장의 잠자리를 털려는 속셈도 있었다. 사다리를 타고 벽 위에 올라섰다. 사다리를 다시 올려 반대편에 놓았다.

그야말로 꿩 먹고 알 먹기.

대장의 주의가 소홀해진 틈을 타 한 몫 챙길 요량이었다. 대장의 잠자리에는 잡아먹은 몬스터의 사체나, 불운한 희생자의 유품 등이 있다. 다 돈이 되는 것이고, 돈을 위해 위험을 감수하는 내겐 달콤한 것이었다.

"굉장해."

대장의 신체 모양대로 눌린 이곳은 거대한 쓰레기장 같았다. 사방에 온갖 잡동사니와 사체가 굴러다닌다.

"보자, 어디 있을 텐데…."

며칠 전에 대장이 지네 같이 생긴 몬스터를 사냥하는 걸 봤다. 그 몬스터의 독을 품은 송곳니는 굉장한 돈이 된다.

가공해서 헌터의 무기를 만들 수도 있다고 한다.

당연한 얘기지만 대장이 지네의 몸통을 먹지 독을 품은 송곳니까지 먹진 않을 것이다. 분명히 남아 있을 거다.

옳지, 저깄네.

욕심 부리지 않기로 했다.

이것만 가지고 가면 충분하다. 대장의 잠자리에 오래 있는 건 결코 현명한 일이 아니었다. 서둘러 소형 전기톱으로 지네 몬스터의 송곳니를 빼내기 시작했다.

위이잉-.

요란한 소리를 내며 대검 정도의 크기인 소형 전기톱이 돌아간다. 곧 지네 몬스터의 껍질이 갈려나가기 시작한다.

작업은 그 뒤로도 30분이나 걸렸다. 고생고생해서 송곳니 하나를 겨우 빼낼 수 있었다. 남은 하나도 욕심나지만 여기까지였다. 이미 충분히 시간을 끌었다.

벽을 다시 넘어간 뒤 사다리를 원래 위치에 숨겨 놓으니, 부서진 건물 너머로 대장의 얼굴이 쑥 튀어나온다.

"흡!"

놀라서 심장이 입 밖으로 튀어나올 뻔했다.

다행히 들키지는 않았다. 나는 후들거리는 다리를 움직여 건물의 그림자 사이로 숨어들었다. 대장의 입가에는 피가 번들거렸다. 가슴팍에도 희생자들의 혈흔이 가득하다.

분명 한 놈도 남기지 않은 거겠지.

감사할 일이다. 배가 부르면 나까지 신경 쓰지는 않을 테니까. 그렇게 건물의 그림자에 숨어있자 대장이 다시 자기 잠자리에 눕는 게 보였다.

그리고 곧 규칙적인 숨소리가 들려온다.

잠든 것이다.

좋아, 살았다. 다 끝났어.

나는 희열을 애써 억누르며 대장의 잠자리에서 멀어졌다. 대건파 놈들도 치우고 지네 몬스터의 송곳니도 얻었다. 이 송곳니가 못해도 3천만 원은 나갈 터. 그야말로 대박이었다.

목숨을 걸고 사냥터로 나온 보람이 있다.

몬스터 사태 때 부모님을 잃고 누나와 단둘이 남았다.

경제적으로 도움 줄 곳이 없으니 생활이 어땠는지 말할 필요도 없다. 게다가 대한민국 경제는 몬스터 사태로 파탄이 났다.

얄궂게도 요즘은 그 몬스터가 새로운 산업의 동력이 된 모양이지만, 아직도 혼란은 여전하다. 이런 상황에서 어린 내가 할 수 있는 건 거의 없었다.

거리에는 집과 가족을 잃은 거지가 넘쳐난다.

천만이던 서울 시민이 기반을 잃고 밀려났으니 오죽하겠나. 수도권은 판잣집이 넘쳐났다. 그리고 그런 판잣집 중의 하나가 누나와 나의 보금자리였다. 요즘 돈이 좀 모였다고 해도 이사 가긴 어림없었다.

그래도 아픈 누나를 위해 어떻게든 좋은 환경으로 옮기고 싶었다. 누나는 지금 몸도 마음도 무척 아픈 상태다.

"별일 없으려나."

집에서 기다리는 누나가 걱정되어 발걸음을 서둘렀다.

이번에 큰 수확을 올렸으니 한동안은 사냥터 대신 누나 곁에 붙어 있자. 누나에겐 가족과 치료가 필요했다. 이 독을 품은 송곳니면 누나의 치료비로는 충분하겠지.

그런 생각을 하며 집에 가던 중 갑자기 뒷머리에 충격이 느껴졌다.

"윽!"

정말 한순간이었다. 눈앞이 캄캄해진다.

몸이 힘을 잃고 쓰러진다.

팔다리가 움직이지 않았다.

지면에 뺨을 대고 나서야 습격 받았음을 깨달았다.

누구지, 대체 누구?

몬스터인가? 아니면 다른 인간인가?

죽음의 예감이 밀려든다.

"뛰는 놈 위에 나는 놈 있기 마련이지. 제법이긴 했다만. 킥킥킥."

누군가의 말소리가 들린다. 웅성거리는 게 여럿이었다.

나는 식물인간처럼 꼼짝달싹할 수 없었다.

"확실히 끝내버릴까요?"

"됐어. 내버려 둬도 뒈지겠구먼. 몬스터들이 뜯어먹겠지."

"머리가 완전히 깨졌네요. 좀 더 꿈틀거리다 죽을 듯…."

"아무튼 이놈 덕에 송곳니도 공짜로 얻고, 좋은 구경도 했네. 아주 독한 놈이야."

곧 나를 습격한 놈들은 떠나갔다.

생각을 좀 하면 누군지 짐작할 수 있을 텐데, 머리가 굴러가질 않는다.

춥다.

이대로 죽는 걸까?

사방이 불타고 있다.

열기와 메케한 연기가 숨을 턱턱 막히게 한다. 또 이 꿈이구나. 언제가 돼야 이 꿈에서 벗어날 수 있을까?

"제아야, 지아야, 달려. 어서!"

아버지의 손을 잡고 누나랑 뛰었다. 두 눈에는 하염없이 눈물만 흘렀다.

두 다리가 넘어질 것처럼 후들거렸지만 어떻게든 달렸다. 우리 남매를 붙잡고 달리는 아버지는 필사적이었다. 회사원인 아버지는 뿔테 안경을 쓰고 빼빼 마른 분이셨다.

늘, 체육선생인 옆집 친구의 아버지가 부러웠다.

우리 아버지는 뭔가 남자답지 못했기 때문이었다. 하지만 아버지는 초인적인 힘을 발휘하고 계셨다. 어떻게든 우리 남매를 살리고자 이를 악물고 뛰셨다.

이대로라면 아버지와 도망칠 수 있을 거 같던 그때.

하얀 거인이 나타났다.

빌딩처럼 크며 전신이 흉터로 가득한 하얀 거인.

녀석은 사람들을 게걸스럽게 집어 먹어댔다. 곧 하얀 거인은 핏빛 거인이 됐다. 우리 가족은 하얀 거인에게서 도망가려고 노력을 했지만 불가능했다.

차로와 골목을 몬스터들이 가로막고 있었다.

"빌어먹을! 저 녀석들이 우리를 가뒀어!"

아버지의 말로는 저 하얀 거인을 위해 몬스터들이 인간을 물고기처럼 몰아주고 있다고 했다. 하얀 거인은 신나게 사람들을 잡아먹었다.

아버지는 필사적으로 우리 남매만은 살리려 했다. 이혼 후 홀로 우리 남매를 키우신 아버지에겐, 우리가 세상 그 무엇보다 귀한 보물이었다.

"제아야! 지아야!"

아버지는 건물 사이의 좁은 틈을 발견해 냈다. 어떻게 이리 건물을 붙여 지은 건지 싶을 정도로 좁은 틈이었다.

어른이 들어가긴 무리였지만, 어린아이였던 지아 누나와 나는 충분했다.

"제아야! 정신 똑바로 차려라! 지아 데리고 건물 반대편으로 가는 거야!"

"아버지는요!"

옆에서 지아 누나는 엉엉 울기만 했다.

"아빠, 같이 가요. 아빠…."

아버지는 다시 소리쳤다.

"어서 가!"

"아버지!"

그게 마지막이었다.

콰아앙!

눈앞에서 강풍이 몰아치며 먼지가 폭발하듯 피어올랐다. 사막의 모래 폭풍 같았다. 그리고 따끔거리는 눈을 다시 떴을 때 아버지가 있던 자리는 온통 하얗고 커다란 걸로 가득 차 있었다.

이게 대체 뭐지?

건물의 틈에 끼어서 보던 나는 모두지 이해하지 못했다. 하지만 곧 그 하얗고 거대한 게 하늘 위로 올라가자 알 수 있었다.

그건 거인의 거대한 손이었다.

그리고 아버지가 있던 자리에는 핏자국만 남아 있었다. 거인은 자신의 손바닥을 핥고는 고개를 숙여 우리 남매를 내려다보았다.

구우우웅.

낮게 울리는 숨소리가 버스 엔진음처럼 묵직했다.

새빨간 눈동자는 사람 키보다도 더 커 보였다.

그런 거대한 안구가 건물 틈새에 끼어 있는 나와 지아 누나를 관찰한다.

나도 모르게 실금해서 발밑이 축축하게 젖어온다.

"아버지… 죄송해요."

하얀 거인은 우리 남매 같이 작은 먹이도 놓칠 생각이 없는 것 같았다. 손가락을 세워 건물의 일부를 파내고는 우리를 끄집어 내려고 한다.

이미 움직일 힘도 없었다.

눈앞에서 부모님이 모두 죽는 걸 봤더니 더 살고 싶지도 않았다. 지아 누나는 내 팔만 붙잡고 울고 있었다. 누나는 눈을 질끈 감고는 악몽이 끝나기만을 기다렸다.

누나, 걱정 마.

이제 모든 게 다 끝날 거니까.

그렇게 거인의 손이 우리를 향해 오던 그 순간, 천지를 진동시킬 무시무시한 비명이 터졌다.

갑자기 작은 무언가가 하얀 거인의 가슴팍을 뒤에서부터 뚫고 나왔기 때문이었다.

그건 여섯 장의 검은 날개를 가진 천사였다.

온몸에 피칠갑을 한 회색 머리칼의 아름다운 소녀.

가슴팍이 관통된 하얀 거인은 고통으로 주변 건물들을 때려 부수며 발광하고 있었다. 천사는 공포에 질린 우리 남매에게 냉정하게 말했다.

"달리거라. 살고 싶으면."

차가운 말투였으나 그 순간 힘이 돌아왔다. 나는 지아 누나를 데리고 반대편으로 악을 쓰며 나아갔다.

어린애가 통과하기도 좁은 틈이라 온몸이 상처투성이가 되었지만 신경 쓰지 않았다. 멀리 달아나야만 했다. 저 천사가 하얀 거인과 싸우고 있는 그 틈에 말이다. 사실 그 뒤로 무슨 일이 있었는지 모르겠다. 정신을 차렸을 때 누나와 나는 정부에서 마련한 임시 캠프에 있었다.

그게 내가 가진 천사, 아니 정확히는 천사라 자칭하는 존재에 대한 기억이었다.

악몽이 흐릿해지고 있었다.

아무래도 꿈에서 깨어날 시간인 것 같다.

"…또다시 …이것도 인연이라면, 인연이……."

갑자기 누군가의 목소리가 들린다.

그러나 아직은 어둡다. 그리고 몸이 무거웠다.

"…힘을 일부 불어넣어 주마. 하지만 그 대가로 너는…… 대신 목숨을 구할 수…."

말이 끊겨서 들리는 탓에 뭐라 하는지 알 수가 없다. 그런데 그때 화끈한 힘이 전신을 파고들어 온다.

"아아아악!"

나도 모르게 비명이 터졌다.

격렬한 통증이 온몸을 관통한다.

동시에 잃어버렸던 감각들이 돌아오기 시작했다.

새삼 내 몸에 팔과 다리가 붙어 있었단 사실을 자각한다. 그리고 곧 눈꺼풀 사이로 새하얀 빛이 파고들어 온다.

"으으…."

신음을 흘리며 눈을 떠본 순간, 눈앞에 회색 머리칼을 가진 누군가가 보인다.

누굴까?

"아직 더 잠들어 있거라. 안전한 곳으로 옮겨줄 테니."

"아…."

뭐라 대답을 하려는 순간 다시 내 몸이 깊게 침전한다. 저항할 수 없는 수면욕이었다. 그리고 정신을 다시 차렸을 때 나는 사냥터 초입의, 한 폐건물 안에 있었다.

"으으……."

침음성을 흘리며 몸을 일으켰다.

대체 무슨 일이 있었던 걸까? 잠든 중간에 누군가를 만났던 것 같은데 기억이 잘 안 나네. 그것보다 나는 왜 여기 있는 거지?

분명히 대장의 잠자리를 털었⋯.

"아!"

거기까지 생각한 나는 서둘러 허리춤을 뒤적였다.

"없잖아!"

귀중한 지네 몬스터의 송곳니가 없어졌다.

곧 나는 기억이 빠르게 돌아왔다.

그래, 돌아가는 길에 누가 내 뒤통수를 강타했지. 그리고 말소리가 들렸다.

ㅡ뛰는 놈 위에 나는 놈 있기 마련이지. 제법이긴 했다만. 킥킥킥.

갑자기 그때 들었던 말이 떠오른다.

그리고 그 목소리들.

분명한 건 인간이 나를 습격했다는 거다.

누군지는, 무슨 집단인지는 알 수 없다. 그들은 아마 나와 대건파의 충돌을 지켜보고 있었던 모양이다. 그리고 내가 송곳니를 회수하자 그걸 가로챈 거고.

기가 막힌 일이네.

대건파보다 더 지독한 놈들이다.

대건파는 그래도 눈앞에서 빼앗아 가는데 이쪽은 뒤에서 습격하다니.

어쩌면 잘 알려지지 않은 집단인지도 모르겠다.

이렇게 남의 뒤나 치니 그럴 수밖에.

이런저런 사실이 알려지려면 일단 피해자가 살아있어야 하니까.

"찾아야지."

나는 몸을 털고 일어나면서 다짐했다.

감히 날 건드리고도 무사히 넘어갈 거라고 생각하면 오산이지. 남의 뒤통수를 제대로 쳤으니 이쪽에서도 제대로 한 방 먹여줄 필요가 있다.

그건 그렇고 내가 어떻게 멀쩡하게 살아있는 걸까?

희미한 기억이 좀 남아 있긴 하다.

회색 머리칼을 가진 누군가를 본 거 같다. 그때는 경황이 없어 몰랐지만 다시 생각해 보니 천사였던 것 같다.

나는 인상을 찌푸리며 기억을 어떻게든 끌어내려 했다. 그러자 단편적인 일부가 살아났다.

─····힘을 일부 불어넣어 주마. 하지만 그 대가로 너는······ 대신 목숨을 구할 수······.

그게 대체 무슨 소리였을까?

골치 아프군.

곧 두통이 밀려왔기에 생각하는 걸 그만뒀다.

일단 이 문제는 미뤄놓기로 했다.

당장은 뒤통수 친 놈들부터 잡는 게 우선이었다.

일단 거주지인 안양으로 돌아왔다.

안양은 몬스터 사태 이후 서울권 몬스터의 남하를 막는 전진기지 역할을 하고 있다.

이곳은 천사와 헌터 뿐 아니라 군인도 많은 복잡한 도시였다. 물론 나 같이 하루아침에 모든 걸 잃은 자들 역시 거리에 넘쳐났다.

"한 푼만 줍쇼."

거지들이 지나가는 사람을 붙들고 늘어지는 것도 흔한 광경이다. 저런 꼴을 보면, 판잣집이라도 있는 나 같은 경우는 운이 좋은 편이겠지.

거지는 곧 나한테도 매달린다. 기분이 안 좋아서 걷어차려다가 그냥 주머니를 뒤져서 2,000원을 줬다.

"감사합니다."

오죽하면 자기보다 어린 나한테까지 구걸을 할까 싶다. 일단 몬스터 부산물을 넘기곤 하는 업자를 찾아가 보자. 지네 송곳니를 판 자들을 수소문하면, 내 뒤통수를 친 놈들을 찾을 수 있을지 모른다.

"여어!"

길을 가던 중 알고 지내는 형과 마주쳤다.

김혁이란 이름이고 올해 26살이다.

"혁이 형."

간단히 고개만 끄덕이며 인사했다.

"너 그거 들었어?"

"뭐요?"

"우리처럼 사냥터로 가는 일반인들 말이야. 정부에서 이제 통제한다고 하더라. 아무래도 일반인들이 멋대로 가서 죽어나가니까."

"뭐? 정말요?"

밥줄 끊기는 얘기라 발끈하자 혁이 형이 날 진정시킨다.

"아예 못 가게 한다는 건 아니야."

사실 언제든 문제가 될 부분이었다.

일단 사냥터에 일반인이 들어가는 게 불법이었으니까. 하지만 우리 같은 부류가 가져오는 몬스터 부산물이 상당해서 제재를 못 한 거다.

몬스터 사태 이후 대한민국은 엉망진창이다.

취업은커녕 길가가 거지로 넘쳐났다.

그런데 몬스터 부산물 산업이 황금알을 낳는 거위로 떠오르고 있으니, 우리를 막을 수도 없겠지.

"그럼요?"

"면허제로 한다고 하더라고."

"…세금 때문에 그러는 걸까요?"

"뭐, 그렇겠지. 지금은 눈먼 돈이 많으니까. 우리 쪽은 세금 같은 거 따로 안 내잖냐. 정부에서 군침 흘릴 만하지. 게다가 이쪽 사업은 계속 확대일로고."

"하여간 돈 냄새는 진짜 귀신이네…."

"정부에서 지불유예까지 선언한 마당이니 뭐든 긁어야겠지."

몬스터 사태 이후의 대한민국은 우울하다.

과거 IMF란 녀석보다 훨씬 심하다고 한다. 그리고 현재의 문제를 탈출할 유일한 동력은 몬스터 사업이라고들 했다.

"알겠어요. 나중에 다시 얘기해요."

"그래. 조만간 술이나 한 잔 하자고."

"형, 저 15살이에요."

"요즘 그런 거 누가 따진다고 그래."

"뭐, 그렇긴 하죠."

혁이 형과 헤어진 뒤 나랑 거래하는 부산물 업자를 찾아갔다.

"살아왔네?"

좁은 가게에서 담배를 피우고 있던 부산물 업자가 날 보더니 씩 웃는다.

"아저씨는 대머리가 더 넓어진 거 같네요. 딸이 남자 때문에 또 속 썩여요?"

"요놈이! 말도 마라. 어디서 양아치 같은 걸 데려와서는… 에 휴…… 옆집 수경이처럼 공무원을 물어오면 말도 안 해요."

"요즘 같이 밥만 먹어도 좋은 시대에는 공무원이 높으신 몸들이죠."

아저씨 딸로 공무원은 어림도 없어요, 라고 말하고 싶었지만 참 았다.

"모르는 소리 하지 마라. 정부도 요즘 돈이 없어서 공무원 월급도 제대로 못 준다더라."

"아저씨야말로 모르는 소리 하지 마세요. 월급 좀 밀리는 정도면 양반이죠. 당장 거리를 나가봐도 밥 굶은 애들이 굴러다니는데."

"하긴 뭐 그렇긴 하다만… 하아… 잘 나가던 대한민국이 어찌 이 렇게 됐냐."

"모든 게 모여 있던 서울이 통째로 날아갔으니 그리될 수밖에요. 제가 중학교도 다니다 말아 무식하지만 그건 알겠네요."

대머리의 몬스터 업자는 맞다는 듯 고개만 끄덕인다.

과거엔 이 아저씨도 잘나갔다고 하더라.

대학교 앞에서 원룸 건물을 몇 채나 돌렸다나. 요즘은 그때 학생들 등쳐먹은 탓에 자기가 죄 받았다나 뭐라나 하고 다닌다.

"그나저나 물건은 안 가져왔어? 어째 단출하게 왔다?"

몬스터 업자가 내 허리춤을 살펴보며 묻는다.

"기대를 배신한 거 같지만 오늘은 다른 일 때문에 왔어요."

"그래? 뭔데?"

"아저씨가 좀 알아봐 주셨으면 하는 게 있어요. 물론 공짜로 부탁드리는 건 아닙니다."

나는 돈 대신 손바닥만 한 비늘 몇 개를 품에서 꺼내 책상 위에 올려놨다. 뱀을 닮은 몬스터의 껍질로 오다가다 주운 것들이다. 개당 10만 원이 넘으니 제법 돈이 된다. 부산물 업자는 비늘을 살피며 묻는다.

"뭔데?"

"사람 좀 찾아주세요."

"누나, 나 나갔다 올게."

외출하기 전에 누나에게 말을 걸었지만 대답이 돌아오지 않는다. 누나는 약물치료 덕에 많이 나아졌지만 여전히 정신적으로 문제가 있어 보인다.

창백하고 아름다운 얼굴.

예전의 사랑스러웠던 누나는 이제 없다.

"냉장고에 피자 있으니까 데워 먹어. 그럼 갔다 올 테니까."

대답을 기대하지 않고 돌아섰는데 작은 목소리가 들렸다.

"빨리 와."

이 정도면 예전과 비교해서 정상인이나 마찬가지였다. 그래서 나도 모르게 기분이 좋아졌다.

"응, 금방 올게."

누나에게 웃어 보이고는 다시 거리로 나왔다. 요즘 아는 인맥은 다 동원해서 여기저기 찔러보고 다니는 중이다. 위험한 건 알고 있다.

하지만 그때 일로 완전히 열 받은 상태다. 쉽게 포기할 생각은 없었다. 그리고 사냥터에서의 일은 경찰도 전혀 도움이 안 된다. 일반인이 몬스터가 활보하는 서울로 들어가는 일 자체가 불법이었으니 어떻게 신고하겠나.

결국 스스로 해결해야 한다.

대체로 주변에선 말렸는데 혁이 형만은 달랐다.

"너 혼자 찾아서 뭘 어쩔 건데? 형이 도와줄게."

"일단 찾는 건 저 혼자 할게요. 그리고 나서는 형한테 도와달라고 할지도 몰라요."

내 말에 혁이 형은 의미심장한 표정으로 고개를 끄덕인다.

"걱정 마라. 형이 살아있는 것도 다 제아 네 덕분이잖아. 아주 뼈마디를 분질러 놓을 테니까 형만 믿어. 그런데 정말 같이 안 찾아줘도 되겠냐?"

"네. 일단 기다려 주세요."

"끄응… 그리 말하니 알겠다. 너는 어리지만 나보다 똑똑하니 다 생각이 있겠지."

일단 그렇게 혁이 형과 헤어졌다.

그 뒤로 한참을 돌아다녔지만 성과가 없었다. 역시 보통 놈들이 아닌 거 같긴 하다. 그런데 뜻밖에 제보자가 나타났다.

"저 기억하십니까?"

"글쎄, 거지야 늘 보는 거지…."

"오, 라임이 좋은 거지. 킥킥. 아무튼, 며칠 전에 저한테 2,000원 주셨잖아요."

그런가? 기억력이 좋은 거지였다.

"왜?"

나는 나보다 10살은 많아 보이는 거지에게 반말로 물었다. 요즘 이런 건 버르장머리 없단 소리 축에도 못 낀다.

"사람 찾고 있다고 들었습니다."

"어디서 들었는데?"

"건너, 건너 들었죠."

"뭐, 그래서?"

"며칠 전에 구걸을 다니다 수상한 사람들을 봤습니다. 혹시 도움이 될까 해서…."

"어서 말해 봐."

재촉하자 거지가 손바닥을 내민다.

혀를 차고는 만 원짜리 한 장을 올려놓았다. 그러자 거지가 고개를 흔든다. 한 장을 더 올려놓자 그제야 다시 얘기한다.

"과천 넘어가는 길에 비닐하우스 단지 있는 거 아시죠?"

"그래, 지금은 아무도 안 살잖아. 위험하기도 하고."

방어선 안쪽이긴 하지만, 가끔 농가에 나타나는 멧돼지처럼 몬스터가 출몰하는 장소다.

미치지 않고서야 살 수 있을 리가.

"그런데 요즘 거기 사람이 있다는 소문이 있습니다. 남자 네다섯 정도가 보인다더군요."

"군인이나 뭐 그런 거 아냐?"

"아니랍니다. 뭔가 나르는 걸 봐서 몬스터 부산물을 취급하는 게 확실한 거 같답니다."

"직접 본 거야?"

"아닙니다. 다른 거지한테 들었습니다. 그 비닐하우스 단지에 붉은 벽돌로 지은 건물이라더군요."

대체 거지들이 왜 위험한 곳까지 돌아다니는 거지.

그 점을 묻자 자기들 나름대로 이유가 있다고 한다.

"자세히는 묻지 마십쇼."

그러고 보니 혁이 형한테 들은 것도 같다.

거지들이 여기저기 다니면서 본 것들을 얼마간 받고 이런 식으로 판다고. 대신 출처도 불확실하고 신뢰도도 떨어지는 탓에 푼돈만 주면 된다고 했었다.

"알았어."

거지랑 헤어지고 혼자 고민에 빠졌다.

비닐하우스 단지라… 확실히 수상쩍은 곳이긴 하지. 게다가 몬스터 부산물 같은 무언가를 나르는 남자들이라. 한 번 확인해 볼 필요를 느꼈다.

어차피 다른 소식도 없고 말이야.

나는 권총이랑 필요한 도구를 챙겨서 비닐하우스 단지로 향했다.

몬스터 사태 이후 민간에 총기가 많이 풀렸다.

박살난 군부대에서 흘러나온 것도 있고, 외국에서 수입도 많이 됐다. 아직 행정력을 회복하지 못한 정부는 단속도 못 하고 있었다.

"저긴가…."

비닐하우스 단지에 도착하자 거지가 말했던 붉은 벽돌 건물이 보였다. 조심스럽게 접근해 근처의 비닐하우스에 숨어들었다.

일단 거리를 두고 살필 작정이었다.

위험한 놈들인데 정면으로 붙었다가는 낭패를 보겠지.

나는 영화 속 주인공도 아니고 아직 열다섯 살일 뿐이다.

"흠……."

초코바나 음료수 등 가지고 온 비상식량을 먹으면서 끈질기게 기다렸다. 2월이라 추웠지만 발열 조끼를 갖고 와서 괜찮았다.

그나저나 지루한데.

"앗."

사방이 어둑어둑해져 가던 그때 집에서 남자 몇이 밖으로 나오는 게 보였다. 자기들끼리 뭔가 말하더니 곧 어딘가로 사라진다.

좋아. 이 틈에 집 안으로 들어가 볼까?

남은 놈들이 있을 거 같지만 이럴 때를 노려야 한다. 뭉쳐 있다면 절대 당해낼 수 없으니까.

그리 결정하고 움직이려는데 앞쪽의 비닐하우스에서 작은 그림자가 보였다.

뭐지?

상대에게 들킬까 싶어 미동도 안 하고 지켜보니, 녀석이 나처럼 비닐하우스에 숨어 건물 쪽을 보는 게 아닌가.

설마 나랑 같은 목적인가?

한동안 관찰하던 나는 한 번 접촉해 보기로 했다. 만약 같은 목적이 아니라고 해도, 내 일에 방해가 될 테니 이대로 방치해서는 안 된다.

좋아.

최대한 소리가 나지 않게 살금살금 녀석에게 다가갔다. 사냥터에서도 몬스터에게 들키지 않고 숨어다니는 이 몸이다. 건물을 보느라 정신이 빠진 저런 놈 뒤로 몰래 가는 건 일도 아니었다. 바로 뒤까지 접근한 나는 권총을 꺼내 녀석의 뒤통수에 겨누었다.

"조용."

소리 죽여 경고했다.

권총이 닿는 순간 움찔하던 녀석은 곧 양손을 천천히 들어올린다.

"이제 돌아서."

"응."

목소리가 가늘고 앳되다. 이제 보니 키도 나랑 비슷한 거 같은데.

"쏘지 마."

돌아선 녀석은 과연 내 또래였다.

미소년이라고 할까? 무척이나 예쁘장하게 생긴 녀석이었다.

"여기서 뭐 하는 거야? 이름은 뭐고?"

"원윤아야. 그리고 저기 있는 녀석들을 살펴보고 있었어."

원윤아는 건물을 가리킨다.

"것보다, 너 여자야?"

"어. 여자처럼 안 보이지?"

아… 이제 보니 여자애 맞네. 숏컷인 데다가 주변이 어두워서 알아채지 못했다.

"아냐, 잠깐 착각했어."

"그래? 그러면 다행이고."

인상이 착해 보인다.

나는 일단 여기 왜 왔는지부터 설명하라고 했다.

"만약 너도 저놈들 때문에 온 거면 나랑 같은 목적이라고 할 수 있어."

원윤아는 손가락으로 붉은 벽돌집을 가리키고 있었다.

"그것보다 네 이름은 뭐야? 난 이름을 밝혔는데 너는 안 말해?"

"지금 자기 처지를 모르지?"

권총을 앞으로 내밀며 말하자 원윤아가 총을 옆으로 밀어내며 항의한다.

"그러지 마. 나 나쁜 사람 아니니까."

"으……."

이러면 안 되는데. 어째서인지 얘 앞에선 독기가 빠지는 기분이다. 나는 맥이 빠져서 총을 치웠다. 사냥터에서 다른 사람이랑 만날 때는 생각도 못할 행동이었다. 곧 주저하다가 이름을 밝혔다.

"유제아야. 그런데 너는 쟤들이 누군지 알아?"

"응, 대강은 알아."

원윤아의 말에 의하면 그들은 반년 전부터 활동했다고 한다. 조직명도 없고 조직원도 제대로 파악되지 않는데, 주로 나 같이 사냥터를 다니는 일반인을 공격한다고.

"아무래도 우리 같은 사람들이 비싼 부산물을 다루고 있으니까."

"우리?"

"응, 나도 사냥터에 다녀."

"여자애가 대단하네?"

"여자라고 무시하지 마! 또 한 번 그랬다가는 가랑이 사이를 걷어차 줄 테니까."

사근사근하던 애가 갑자기 성질 부리니까 좀 무서웠다.

"미안."

그런데 얘는 대체 저 위험한 놈들을 쫓아온 걸까. 그 점을 물어보자 원윤아는 슬픈 얼굴이 된다.

"삼촌이 저놈들에게 당해서 불구가 됐어."

"정말?"

원윤아는 몬스터 사태 때 아버지가 돌아가신 이후 삼촌만 의지하고 살았다고 한다. 그런데 삼촌이 그 꼴이 됐다고.

"너 혼자 복수하려고?"

"혼자는 아니야. 서진이 아저씨라고 삼촌 친구분이 있어."

"그런 사람이 여자애를 이렇게 혼자 보내?"

"잘 알지도 못하면서 그렇게 말하지 마. 서진이 아저씨 몰래 온 거니까."

애도 좀 막무가내네.

어쨌든 나 말고도 놈들에게 한 방 먹여주고자 하는 사람이 있는 건 환영할 만한 일이다. 안 그래도 혼자는 무리라 혁이 형에게 도와 달라고 하려 그랬는데.

"일단 오늘은 돌아가자. 그리고 나도 그 서진 아저씨 좀 만나게 해줘."

"역시 너도 저놈들한테 볼 일이 있는 거지?"

"그래, 가면서 얘기해 줄게."

"응."

애가 참 순진해서 큰일이다. 이쪽에서 하는 말을 덜컥 믿고. 물론 나를 속이는 걸 수도 있으니 권총을 언제든 뽑을 수 있게 잘 갈무리 하는 것도 잊지 않았다.

혁이 형은 내게 막역한 존재다. 사냥터에서 만나 알게 됐는데, 같이 다니지는 않지만 동업 관계라고 보면 된다.

"뭐! 얼마 전에 너 뒤통수 친 애들 찾았다고? 그 개새끼들 어딨어? 당장 가자! 형이 가서 다 조져버릴 테니까!"

혁이 형은 체대 출신이라 그런지 성격이 불같다.

"일단 내 말 좀 들어보세요. 사람 모아서 치기로 했어요."

그날 원윤아를 따라가서는 서진 아저씨란 사람을 만났다. 나이는 30살로 특전사 출신이라고 한다. 그는 내 설득에 이번 일을 같이 하기로 했다. 내 생각에 사람이 셋이면 좀 위험하고 넷 정도는 돼야 할 것 같았다. 그래서 혁이 형에게 부탁하러 온 거다.

"좋아, 당장 가자."

"위험할 거예요, 괜찮으세요?"

"그런 놈들을 수수방관하는 게 더 위험한 거 아니냐? 형도 사냥터 다니다 그런 놈들에게 뒤통수 맞기 싫다."

"고마워요, 형."

이렇게 나, 혁이 형, 원윤아, 오서진 넷이서 만나게 됐다. 작전 회의에서 혁이 형은 화끈하게 그 붉은 벽돌집을 폭파시켜 버리자고 했다.

"건물을 통째로 터뜨려 버리죠. 안에서 다 죽으면 좋고, 아니면 놈들이 나올 때 하나씩 쏴죽이면 됩니다."

나도 혁이 형의 화끈한 의견이 마음에 들었다. 머릿속에서 헐리웃 영화의 폭파 씬이 떠올랐다.

콰강! 하고 말이지.

하지만 진짜 그럴 수는 없는 일이지. 특전사 출신인 오서진도 그 의견에 혹하는 것 같기에 얼른 막아섰다.

"아무리 몬스터 사태 이후 무법천지가 됐다지만, 그 정도는 감당하기 어려워요. 혁이 형, 형도 좀 생각을 하고 말해주세요."

"뭐야?"

"제 말이 틀려요?"

"끄응…."

대신 나는 불을 지르자고 했다. 화재야 언제든 날 수 있으니 말이다.

"불과 연기 때문에 건물 밖으로 안 나오고는 못 배길 거예요. 그때 하나씩 잡죠."

최종적으로는 그리하기로 결정됐다.

"더 기다릴 것도 없이 오늘 결행하죠."

쇠뿔도 단김에 빼자는 내 의견에 다들 고개를 끄덕였다.

"아직 어린데 똘똘하군."

오서진은 일을 주도적으로 처리하는 날 보고 감탄했다는 태도였다. 옆에서 듣던 혁이 형도 거들고 나선다.

"얘가 그렇다니까요. 머리를 잘 굴리는 편이라, 사냥터에서 절 구해준 적도 있어요."

사실 내가 내놓은 의견 자체는 정말 평범하다.

방화니까.

그래도 오서진이 저리 고개를 끄덕이는 건 어른들 앞에서도 전혀 주눅이 들지 않는 내 태도 때문이겠지. 얌전히 듣고 있자니, 중2짜리 꼬맹이가 이리저리 결정하는 게 좀 재밌게 보였는지도 모르겠다.

"그러면 모두 잠시 눈 좀 붙인 뒤 다시 만나죠."

그리고 그날 밤.

완전무장한 우리 넷은 붉은 벽돌집 앞에 있는 비닐하우스에 숨어들었다. 곧 오서진이 커다란 가방에서 무언가를 꺼냈는데, 그 안에 든 물건을 보고 혁이 형과 나는 깜짝 놀랐다.

"K-2네!"

소문은 들었지만 군에서 흘러나온 소총을 이리 보긴 처음이었다. 특히 군전역자인 혁이 형이 보기엔 감개무량한 모양이었다.

"이걸 사회에서 보다니."

오서진은 별거 아니라는 듯, 돈만 주면 구해다 주겠다고 했다.

"혁이 형, 우리 이번 일 끝나면 같이 이거 사죠."

"그래, 이것만 있으면 사냥터에서 같은 인간은 무서워할 필요가 없겠다."

혁이 형과 나는 각자 석유통을 들었다.

"시작하겠습니다."

나는 혁이 형을 따라 몰래 건물로 다가갔다. 그리고 혁이 형이 창문을 열 때까지 기다렸다. 혁이 형은 몬스터 사태 이후 도둑질을 배웠다고 한다. 그래서 잠긴 창문 여는 건 일도 아니었다. 방범창이 되어 있긴 했지만 우리야 석유만 부으면 되니 알 바 아니다.

곧 작은 소리와 함께 창문이 열린다.

안에서 규칙적인 숨소리가 들리는 걸 보니 모두 잠든 것 같았다. 우리는 창틈으로 석유통의 자바라*를 밀어 넣고 석유를 붓기 시작했다.

콸콸콸.

잘도 흘러들어 간다.

두 통을 다 흘려 넣고 나서 혁이 형이 지포 라이터를 켠다.

"그거 던지게? 비싼 거 아니에요?"

"괜찮아. 어제 뽑기에서 뽑은 거다."

혁이 형은 느와르 영화처럼 멋지게 지포 라이터를 집어던진다.

화르르륵!

안에서 불길이 갑작스레 일어났다. 한껏 폼 잡던 혁이 형은 놀라

---

* 석유통에 붙어 있는 호스를 말한다.

서 뒤로 나자빠진다.

"아이쿠!"

서둘러 혁이 형을 일으키며 안을 보니 비명이 터지고 있었다. 우리가 석유를 부은 곳이 아마도 안방이었던 거 같다. 안에는 이불을 깔고 남자 여럿이 잠들어 있었기에 지금 몇 명은 몸에 불이 붙어서 난리였다.

"야, 튀자."

도망가는 혁이 형을 따라 달렸다. 우리 둘은 미리 봐둔 바위에 숨어 권총을 꺼내 들었다.

안에서 고성이 터지고 있었다. 지켜보고 있자니 남자 하나가 팬티 바람으로 튀어나온다.

곧 탕! 소리가 나더니 남자가 풀썩 꼬꾸라진다.

그리고 다시는 움직이지 않았다.

이어서 하나가 더 튀어나왔는데 이번에도 탕! 소리가 나더니 쓰러진다. 오서진은 특전사 출신이라 그런지 백발백중이다.

둘이 그렇게 당하자 건물 안에서 더는 사람이 나오지 않는다. 하지만 불길은 점점 심해지고 있었다. 잔뜩 깔아놓은 이불에 불이 붙은 게 결정적이었다.

이제 놈들은 어떻게 할까?

잠시 좀 기다리고 있자니 곧 넷이 한꺼번에 튀어나왔다. 더는 오서진만 믿고 있을 수 없게 됐다.

혁이 형이랑 나도 권총을 마구 쏘아댔다.

타당! 탕! 탕!

순식간에 남자 셋이 쓰러진다.

"음?"

그런데 마지막 남은 하나가 끄떡도 하지 않는 것이었다. 분명히 총에 맞은 거 같은데?

탕! 탕!

분명히 명중이다

그런데 남자는 꼼짝도 안 하고 이리로 다가온다.

"괴, 괴물 아니냐?"

곧장 우리 쪽으로 오는 탓에 혁이 형도 당황한 눈치다.

"일단 계속 쏴요!"

우리는 준비한 탄이 다 바닥날 때까지 쐈지만 소용이 없었다. 어느새 바로 앞까지 다가온 그는 씨익 웃고 있었다. 옷은 너덜너덜해졌지만 상처 하나 없었다.

소름이 쫘악 돋는다.

이게 무슨···. 정말 괴물인가?

"빌어먹을!"

혁이 형이 대검을 뽑아들더니 남자에게 달려들었다. 마치 상대의 품에 뛰어드는 것 같은, 온몸의 무게를 실은 찌르기였다. 하지만 서슬 퍼런 대검도 전혀 효과가 없었다.

그는 혁이 형을 잡더니 단번에 집어던진다. 보고도 믿기 어려운 완력이었다. 덩치 큰 혁이 형을 저렇게 쉽게 던져버리다니. 5미터는 날아간 것 같다.

"크악!"

땅에 떨어진 혁이 형은 충격이 큰 듯 일어나질 못했다. 이제 내 차례였다.

"으으…."

나도 모르게 다리가 떨렸다.

이제야 이 남자의 정체를 알 수 있었다. 바로 헌터였다.

천사라는 미지의 존재가 주는 힘을 받아 몬스터와 싸우는 능력자. 그러니까 총알이 안 박힌 거다. 한데 왜 헌터가 이런 곳에 있는 거지?

이대로는 죽는다.

그런데 다리가 떨어지지가 않았다.

남자의 손이 나를 향해 뻗어온다.

그리고 그 순간 달려온 오서진이 쇠파이프로 남자의 얼굴을 강타했다.

"죽어!"

퍼억!

남자의 얼굴이 꺾였다. 먹힌 건가?

하지만 그건 희망 사항일 뿐이었다.

곧 이어진 남자의 발차기에 오서진이 단번에 날아가 버렸다. 특전사가 뭐고 역시 헌터한테는 상대도 안 되는구나.

"뭐하는 놈들인지 모르겠는데… 오늘 편히 죽을 생각은 하지 말도록."

이를 바득바득 가는 남자의 목소리에 그대로 주저앉을 뻔했다. 곧 나는 복부를 걷어차여서 뒤로 몇 미터나 나가떨어졌다.

"커억!"

배가 찢어질 것 같다. 곧 입에서 피가 터져 나왔다. 한 방에 이렇게 되다니.

우리 셋은 정말 순식간에 제압당했다.

"누가 보냈어? 이 새끼들아?"

헌터가 불타는 집을 배경으로 악귀 같은 얼굴을 하고 있었다.

이제 정말 죽는 건가 싶다.

그런데 이상한 일이 일어났다. 진탕이 된 내 속이 점점 괜찮아져 간다. 설 수도 없을 것 같았는데 점점 멀쩡해진다.

이게 대체 무슨….

하지만 의문만 떠올리고 있을 수 없었다. 화난 헌터가 가까이 있던 내 배에 사커킥을 날리려 하고 있었기 때문이었다.

"읏!"

나는 재빨리 옆으로 굴러 사커킥을 피해냈다.

그리고 곧장 남자와 드잡이질을 시작했다.

"어린 놈의 새끼가! 죽고 싶어!"

깜짝 놀란 헌터는 있는 힘을 다해 날 쓰러뜨리려고 했다. 그런데 놀랍게도 내 힘은 그와 차이가 없었다. 혁이 형도 집어던질 정도로 괴력을 지닌 헌터인데, 15살인 나와 같다니?

희한하게도 힘으로 전혀 밀리지 않는다.

"잘 됐다! 이 새끼야!"

나는 주먹으로 힘껏 헌터를 두들기기 시작했다. 그런데 대검과 다르게 주먹질은 제대로 피해를 주는 것 같았다. 헌터의 얼굴에서 쌍코피가 터졌다. 그리고 아파하는 기색이 역력하다.

"이 어린 새끼가! 점점!"

나 역시 헌터한테 많이 얻어맞았다.

하지만 이상하게도 내 몸은 금방 회복하는 것이었다. 이래서는 내게 재생능력이 있다고 생각할 수밖에 없었다. 대체 왜?

헌터와 맞먹는 이 힘은 뭐고?

그러다 나는 한 가지 사실이 떠올랐다.

ㅡ…힘을 일부 불어넣어 주마. 하지만 그 대가로 너는…… 대신 목숨을 구할 수…….

분명히 날 구해준 회색 머리칼의 천사는 이리 말했었지. 그렇다면 그때 무언가 힘을 받은 건가?

좋아, 그렇다면 해볼 만하다.

"어린놈한테 맞으니 어떠냐!"

데미지가 누적된 헌터는 이미 휘청이고 있었다. 그리고 곧 내 어퍼컷이 작열했다.

퍽!

눈앞에서 부러진 이빨들이 튀어 오른다.

"크윽!"

흰자위가 드러난 헌터는 그대로 뒤로 뻗어버렸다.

뭐야? 해낸 건가?

내가 헌터를 주먹으로 때려눕힌 건가?

"하하하."

어이없어서 헛웃음이 나왔다.

어느새 옆에 다가온 원윤아도 놀란 기색이 역력했다.

"너 대체 뭐야? 유제아."

"글쎄….'"

그건 나도 정확히 모르겠단 말이지.

"형, 괜찮아요?"

"아야야. 괜찮아 보이냐 이게? 밥도 제대로 못 먹고 링거만 맞고 있구먼.'"

멀쩡한 나와 다르게, 그날의 싸움 이후 혁이 형과 오서진은 입원해야 했다. 둘은 2인실에 나란히 누워있는 상태다. 원윤아와 나는 문병을 와 있고.

"제아야, 그 헌터 놈은 카미엘 클랜에 넘겨줬고?"

오서진의 말에 고개를 끄덕였다.

"네, 말씀하신 대로 처리했어요.'"

그날 나와 싸웠던 헌터는 알고 보니 최하급 헌터였다. 당시에는 정말로 공포 그 자체였는데 알고 보니 헌터치고는 별거 아닌 경우였다고 할까.

그가 가진 능력은 금속류로부터 보호와 완력 향상, 딱 이 두 가지였다고 한다. 일단 금속류로부터 보호 때문에 납탄과 철제 대검에 피해를 입지 않았던 거다.

이게 얼핏 보면 좋아 보이지만 약점도 많다.

일단 몬스터 중에 금속류를 동원해 공격하는 종류가 거의 없단 사실이 첫 번째 문제고, 금속류만 아니면 다른 공격에는 평범하게 당하는 게 두 번째 문제다.

게다가 완력 향상도 일반인을 상대로나 무섭지 그 정도로는 험한 몬스터와 싸울 때 별로 돋보이지도 않는다고 했다.

"클랜에 가서 들어보니 가진 힘이 약해서 사냥터로 좀처럼 못 가던 헌터였다고 해요. 게다가 불법 도박으로 거액의 빚까지 지는 바람에 이런 일을 벌인 거 같아요."

헌터 중 최하급일지는 몰라도 일반인을 상대로는 무서운 게 사실이다. 그래서 그는 사람을 모으고 사냥터에 다녀온 일반인들을 털어온 거라고 했다.

"처벌은 카미엘 클랜에서 제대로 하기로 했어요."

카미엘 클랜이란 건 천사 카미엘과 그가 힘을 내린 헌터, 그리고 일반인인 종복이 모인 집단이다. 우리에게 사로잡힌 헌터는 카미엘에게 힘을 받은 카미엘 클랜 소속인 것이다.

"믿어도 되겠지. 천사란 존재들은 엄하니까."

혁이 형은 더 들을 거 없다는 듯 몸을 눕혔다.

나는 그런 형에게 물었다.

"그나저나 천사는 대체 뭘까요? 외형만 그렇지 진짜 천사는 아니라고 하잖아요."

"글쎄, 누가 알겠냐. 들리는 소문에는 사람에게 친근하게 다가오기 위해 천사의 외형을 하고 있다고 하던데. 사실 뭐 외계인 같은 거 아닐까? 어쩌면 귀신 같은 걸지도 모르고."

혁이 형은 우리가 헌터도 아닌데 신경 끄라고 한다. 참 속 편한 형이라니까.

"형."

"아, 왜 또?"

귀찮다는 듯한 혁이 형에게 앞으로 사냥터에 같이 다니자고 했다.

"정말? 너 혼자 다니는 게 좋다며?"

"이번 일로 생각이 바뀌었어요. 솔직히 또 뒤통수 맞고 싶지는 않아요. 형이랑 팀이면 잘할 수 있을 거 같기도 하고요."

"크하하하. 이제야 이 형의 진가를 알아보는군."

"그런 성격만 좀 고치면 더 좋을 텐데 말이죠."

"시끄럿!"

그렇게 형과 얘기를 하고 있는데 원윤아가 끼어든다.

"저도 같이 다녀도 될까요?"

"너도?"

"네, 그놈들 때문에 삼촌이 불구가 돼서, 같이 다닐 사람이 없어요. 삼촌 치료비로 들어갈 돈도 많아서 이 일을 계속하고 싶어요. 이번 일로 카미엘 클랜에서 받은 돈이 있다지만 그걸로는 부족해요."

듣고만 있던 오서진도 나섰다.

"괜찮으면 나도 합류하고 싶은데. 이번에 다들 호흡이 잘 맞았어. 사실 그것보단 믿을 만한 사람을 찾기 어려워서 그렇지만."

어쩌다 보니 의기투합하게 됐다.

나는 이렇게 넷이서 뭉치는 것도 나쁘지 않겠단 생각이 들었다. 하긴, 독불장군처럼 혼자 일하는 것에 한계를 느끼고 있었는데 마침 잘 됐군.

안 그래도 이번에 카마엘 클랜에서 위로금겸 침묵의 대가로 받은 돈이 있다. 총 3억 원이었는데, 적은 돈은 아니지만 넷이서 나누면 애매하긴 하다. 그래서 우리는 이 돈을 모두를 위해 쓰기로 했다.

"받은 돈으로 사무실도 하나 임대하고 같이 쓸 화기도 마련하자고."

오서진의 의견에 모두 찬성했다.

"좋아요, 그럼 우리 모임의 이름을 뭐로 지을까요?"

내 제안에 다들 이런저런 아이디어를 내놨는데 딱히 마음에 드는 게 없었다. 그러던 중 내 머릿속에 스치는 게 하나 있었다.

"하이에나단 어때요?"

"뭐? 하이에나?"

무슨 소리냐고 묻는 혁이 형에게 설명했다.

"동물의 왕국을 보니까 하이에나가 죽은 동물을 찾아다니더라고요. 몬스터 사체를 찾아다니는 우리랑 딱 닮지 않았나요?"

"하하하, 좀 멋진 이름을 생각해 봐."

"우리 일이 그리 멋진 것도 아닌데 그럴 필요 있나요?"

"하긴 그것도 그러네."

결국 우리 단의 이름은 하이에나단으로 결정되었다.

그리고 그때만 해도, '몬스터 부산물 수거업자'를 부르는 관용적 표현이 '하이에나'가 될 줄은 꿈에도 몰랐다.

우리는 연달아 성공했고 하이에나단은 모든 몬스터 부산물 수거업자의 대표와도 같은 위치에 올랐던 것이다.

하지만 그게 우리의, 나의 한계였다.

2. 끝에서 시작되는 이야기

10년 뒤.

세월이 참 무상하다는 생각이 든다.

그렇죠? 혁이 형.

모든 게 참 허무하네요. 형이 이렇게 갈 줄은 진짜 몰랐어요.

혁이 형의 기일을 맞아 납골당을 방문했다.

사방은 서늘하고 조용하다. 대리석 바닥을 울리는 구두굽 소리만 간간이 들려왔다.

"형, 저랑 같이 하얀 거인 잡으러 가기로 했잖아요."

혁이 형은 내 아버지가 정체불명의 하얀 거인에게 눌려 죽은 걸 잘 알고 있다. 그래서 10년 전 단을 만든 후부터 함께 그 거인을 잡으러 가자고 떠들곤 했다.

하지만 그건 현실적으로 불가능한 목표였다.

나는 이미 아버지의 복수를 포기했다.

하얀 거인은 그날 이후로 나타나지 않았다. 그리고 설령 나타난다고 해도 싸워서 쓰러뜨릴 수 있는 것도 아니었다. 나는 좀 특이한 힘을 갖고 있긴 했지만, 일반인이었으니까.

복수도 능력이 있어야 하는 법이다.

그날의 악몽을 아직도 이어지고 있지만, 지난 세월의 지혜가 내게 가능한 것과 불가능한 걸 구분할 현실적 감각 정도는 줬다.

나는 어른이 된 것이다.

그 하얀 거인에 대해 알려진 바는 거의 없다.

일종의 자연재해로 봐도 좋을 것이다. 인간이 어찌 자연재해와 맞서겠는가. 자연재해는커녕 하급 몬스터도 무섭기 짝이 없었다.

혁이 형도 8등급의 하급 몬스터에게 죽었다.

나는 혁이 형의 잘린 팔 하나만 가지고 도망쳤다. 화장할 때 팔 하나밖에 없단 사실이 황망했다.

"그래도 형은 팔 하나라도 가져올 수 있었죠. 사냥터에 두고 온 동료들이 참 많다고요…."

예전보다 더 많은 일반인이 사냥터로 향했다.

몬스터 사체를 수거하는 일이 과거처럼 불법인 건 아니다. 면허만 있으면 각종 총기나 폭발물, 기타 군용 물품도 취급이 가능하다. 그리고 우리 일은 일반인이 가질 수 있는 가장 위험한 직종으로 악명 높았다.

그럼에도 많은 일반인이 하이에나 일에 뛰어든다.

큰돈을 만질 수 있으니까.

몬스터 사태 이후 대한민국 경제는 파탄이 났다.

13년이 지났지만 아직도 많이 어렵다.

그래서 사람들은 인생 역전을 위해 목숨 걸고 사냥터로 나서는 거다.

정부에서도 이를 막지 않았다. 경제적으로 어려운 대한민국의 유일한 탈출구가 몬스터 사업이었으니까.

"형, 너무 쓸쓸해하지 마세요. 저도 곧 따라갈 테니까……."

이건 그냥 하는 소리가 아니었다. 이제는 담담히 받아들일 수 있을 정도가 됐지만, 내 목숨도 얼마 남지 않았다.

"사실 진작 죽었어야 정상인데… 여태 살았으니 오히려 운이 좋은 편이죠."

현재 나는 시한부 판정을 받은 상황이다.

이유는 무리한 재생 능력의 발현으로 신체가 완전히 무너졌다나.

내 재생능력은 붉은 벽돌집 앞에서 헌터와 싸울 때 처음 나타났다. 그리고 하이에나로 10년을 사는 동안 수없이 날 도왔다.

하지만 무엇이든 한계는 있는 법.

능력자도 아니고 일반인이 이런 힘을 가졌으니 신체에 무리가 가지 않을 리 없다.

결국 더는 견딜 수 없게 된 거다.

물론 그렇다고 이 힘을 준 그 회색 머리칼의 천사를 원망하는 건 아니다. 그녀는 내 생명을 구한 은인인 데다가, 그 후의 수많은 위기도 결국 그녀가 준 힘 때문에 넘길 수 있었다.

그래도 한 가지 안타까운 점이 있다.

그녀가 준 힘 때문에 10년 세월 동안 노력해도 헌터가 될 수 없었기 때문이다.

─당신은 헌터가 될 놀라운 재능을 가졌어요. 하지만 제 힘을 받아들일 수 없답니다.

천사들마다 말하는 건 약간씩 달랐지만 이유는 같았다. 이미 몸

안에 어떤 힘이 있기 때문에 자신이 능력을 줘도 소용이 없다는 것.

그들에게서 내 몸 안에 있는 힘의 정체도 들을 수 있었다.

대천사 서열 1위 메타트론의 힘이란 거다.

그렇다.

나를 두 번이나 구해준 이가 바로 그 메타트론이었다.

그녀에 대한 이야기는 많이 들었다.

천사의 수좌이며 동시에 가출 천사라는 멸칭蔑稱으로 비아냥거려지는 존재.

대천사면서도 신성지를 갖지 않고 홀로 떠도는 존재.

여섯 장의 검은 날개 때문에 타천사라 불리는, 불타오르는 검을 가진 존재.

그 외에도 대체로 소문이 좋지 않고 냉혹하단 평이 많았다.

하지만 나는 그걸 믿지 않는다.

실제로 본 모습은 차가워 보이긴 했으나 행동은 상냥했다.

적어도, 내게 보여준 면만큼은.

"그래도 이제 다 내려놓으니까 편하네요, 형."

시한부 판정을 받자 남은 미련도 모두 버렸다.

몇 달 남지 않은 삶을 친누나 곁에서 보내려고 한다.

지아 누나가 그간 나 때문에 마음고생을 많이 했다. 하나뿐인 가족이 늘 사지로 다니는데 속으로 얼마나 걱정을 했을까.

그래서 이제는 은퇴하고 누나 곁에서 있으려는 거다.

남은 시간은 조용하고 평화로웠으면 좋겠다.

"형, 올 수 있으면 한 번 더 올게요."

꾸벅 인사를 하고 납골당 밖으로 나섰다.

"축하합니다!"

"축하합니다! 단장님!"

하이에나단의 단원 모두가 몰려와 내게 축하를 해댄다. 나는 그런 단원들에게 심드렁하게 물었다.

"뭐야? 은퇴식도 제대로 안 해주고 이걸로 퉁치려고?"

"에이! 설마!"

"저희를 뭐로 보고! 제대로 할 거니 걱정 마세요!"

호들갑을 떠는 단원들의 모습에 절로 미소가 나왔다.

"아주 성대하게 열어."

"물론이죠. 하이에나의 왕이 은퇴하는데!"

"야, 그 별명으로 부르지 말랬지!"

내 말에 단의 막내인 상식이가 너스레를 떤다.

"왕을 왕이라 하지 뭐라고 합니까? 하이에나 왕도 왕은 왕 아닙니까, 전하."

주변에서 왁자지껄 웃음이 터진다.

몬스터 부산물 수거업자 가운데 내 명성은 단연 최고다. 애초에 하이에나란 관용어가 우리 단 때문에 탄생했을 정도니, 그간 우리 단이 몬스터 부산물 수거업자들에게 영향력을 끼쳤는지 말할 필요도 없다. 그래서 언제부터인가 다들 나를 하이에나의 왕이라고 부르고 있었다.

"그나저나 정말 은퇴하신다고 할 줄은 몰랐습니다."

"저도요! 단장님은 죽을 때까지 하이에나 일을 할 줄 알았는데."

듣던 나는 발끈했다.

"뭐! 이 새끼들아! 이게 뭐 좋은 일이라고 계속해! 아주 저주를 해라!"

내가 은퇴를 한다고 하자 다들 아쉬워하면서도 진심으로 축하해 줬다. 그도 그럴 게, 이 바닥에서 성공적인 은퇴를 하는 경우가 무척 적으니 말이다.

거의 몬스터 뱃속으로 들어가 삶을 마친다. 처음에야 필요한 만큼 번 뒤에 그만두자고 생각하지만 그게 생각보다 쉽지가 않다.

나처럼 돈도 벌고 축하 속에서 은퇴하는 건 열에 하나도 안 되는 게 현실이다. 사실 그런 나도 시한부 판정을 받고 은퇴하는 것이지만.

내 목숨이 얼마 안 남았다는 건 주변에 아무도 모른다. 10년을 같이 해온 부단장 역시 모르고 있다.

"잘 됐네요. 사고뭉치가 사라지니 우리 단도 이제 좀 평화로워지 겠죠."

속 시원하다는 듯한 부단장의 말에 나는 빙그레 웃었다.

"이제 네가 단장이야. 잘 부탁할게."

그런데 부단장은 어째서인지 못마땅한 표정이었다.

원윤아, 그녀는 10년 세월 동안 내게 좋은 친구이자 전우였다.

"그리고 좀 꾸미고 다니지 그래, 부단장. 예쁜 얼굴인데 만날 머리 는 짧게 깎고."

"단장님이 상관할 바 아니거든요?"

그러고 보니 10년 동안 부단장에게 좀 여자답게 하고 다니라고 구박했던 거 같다. 하이에나 일에는 필요 없지만, 미인이라 아깝단 말이지.

　내가 자리에서 일어나자 떠들썩하던 모두가 입을 다문다. 나는 단원 모두에게 힘차게 말했다.

　"10년 동안 뺑이 쳤으니까 은퇴식을 아주 성대하게 해야겠어. 이번 일 금방 끝내고 올 테니까 준비 잘하고 있으라고!"

　내겐 이제 마지막 일이 남아 있었다.

　은퇴 경기랑 비슷한 거라고 할까.

　주변에서 어차피 은퇴할 거 몸 사리라고 했으나, 이번 일은 쉬운 편이라 크게 말리진 않았다. 회수할 사체의 위치도 특정되어 있고, 침투로도 위험이 덜한 지역이다. 게다가 난 10년 경력. 베테랑 중의 베테랑 아닌가.

　그래서 단원들도 별 일 없을 거란 분위기였다.

　나 역시 가벼운 마음으로 다녀올 생각이었고.

　이번이 마지막이다.

　이번에 다녀오면, 더는 사냥터로 갈 일은 없겠지.

　뭐라 표현하기 어려울 정도로 싱숭생숭한 기분이었다.

　12명의 단원, 도축업자, 그리고 부단장을 대동하고 내 은퇴 경기에 나섰다. 마지막 경기에서 패배하면 그것만큼 최악인 것도 없다.

나는 무전으로 모두에게 주의를 줬다.

　-모두 기도비닉*을 철저히.

　-단장님, 아까부터 너무 조이시는 거 아닙니까?

　잔소리가 심했나 보다. 단의 고참 하나가 말대꾸를 한다.

　-시끄러워. 몬스터에게 물려갈 놈 같으니라고.

　주변에서 소리 죽인 웃음이 터진다. 그래도 모두 프로 중의 프로답게, 신중한 전술적 이동에는 흠잡을 구석이 없었다.

　경계도 완벽했고, 대형도 완벽했다.

　그래 이래야지.

　아무리 우리가 경험이 많아도 일반인으로 몬스터가 사는 사냥터에 들어왔단 사실은 변하지 않는다. 몬스터 몇 마리만 잘못 만나도 전멸로 이어진다. 혁이 형도 그렇게 갔던 거고.

　세상은 늘 위험 속에 사는 우리를 미치광이로 여긴다. 하지만 리더가 잘한다면 어지간한 헌터보다 생환 확률이 높다. 헌터는 몬스터와 맞서지만 우리는 피해 다닌다.

　그렇게 몸을 사리며 몬스터의 사체에서 부산물을 수확하는 것이다. 헌터가 미처 수습하지 못한 몬스터의 사체, 자기들끼리 싸우다 죽은 몬스터의 사체, 자연사한 몬스터의 사체 등을 노린다.

　그래서인지 똥파리라고도 자주 불린다. 우리 중에 그런 비아냥거림을 신경쓰는 이는 거의 없었지만 말이다.

　서울은 넓은 사냥터였고, 부지런한 하이에나가 얻을 것은 충분했

---

* 은밀한 행동을 의미하는 군사 용어.

다. 사체를 얻기 위해 별의별 더러운 짓을 다 한다.

썩은 시체를 뒤적이며 온몸에 오물을 뒤집어쓰는 건 약과다. 때때로 거대한 똥덩어리를 삽으로 퍼 안의 내용물을 찾기도 한다. 돈이 되는 일이라면 가장 더러운 곳도 기꺼이 간다. 차라리 사바나의 진짜 하이에나가 우리보다 훨씬 청결할 거다.

몇 주 전엔 건물 안에 있던 시체를 찾으러 간 적이 있었다. 방문을 열자마자 시커먼 무언가가 얼굴로 확 덮쳤다. 알고 보니 수만 마리의 파리 떼였다. 시체 위에선 아직 성체가 되지 못한 구더기가 해일처럼 쏟아져 내렸다.

그럼에도 돈이 간절한 우리는 포기하지 않았다.

썩은 몬스터의 사체에서 구더기를 손으로 치우고 원하는 걸 기어코 찾아냈다.

이런 게 내가 여태껏 해온 일이었다.

ㅡ단장, 나돈의 흔적입니다.

그때 선두에 선 정찰 요원이 무전을 해왔다. 나돈은 표범 정도 크기의 몬스터로 턱 힘이 굉장하다.

ㅡ발자국이야?

ㅡ네. 진흙 위에 찍힌 발자국이 별로 안 굳었네요. 가까이 있는 듯합니다.

ㅡ큰일이군. 모두 롱테일의 소변을 몸에 뿌리도록.

그러자 여기저기서 짜증 섞인 신음이 흘러나온다. 롱테일은 거대 잠자리 같은 괴물인데, 돌아다니다 나돈 같은 괴물을 낚아채서 잡아먹는다. 그 때문에 나돈은 롱테일의 소변 냄새라면 겁에 질려 도망간다.

문제는 이 소변 냄새가 무척 구역질 난다는 점이다.

—비싼 거니까 군말 말고 발라.

나는 단호하게 한 명도 열외가 없다고 못 박았다. 그래도 투덜거리림이 나오는 걸 막지 못했다.

—단장님, 이러니까 사람들이 똥파리라 부르는 거 아닙니까.

평소처럼 투덜거리는 것뿐이란 걸 알기에 무시했다.

결국 모두 소변을 몸에 뿌렸고 이것으로 며칠 동안은 나돈을 걱정하지 않아도 좋게 됐다.

그렇게 나돈의 위험을 피한 우리는 사당을 지나 이수까지 올라갔다. 위험천만한 길이지만 하이에나는 숨어 다닐 줄 안다. 때론 건물의 그림자에 웅크렸고 어떤 때는 하수도로 이동했다.

더럽고, 냄새나고, 축축한 하수도야말로 하이에나에게 잘 어울리는 길이었다. 우리는 이 땅 밑에서 안정을 느꼈다. 쥐가 하수도로만 다니는 이유를 나는 10년의 세월 동안 뼈저리게 이해하고 있었다.

물론 하수도라고 안전하지만은 않았다.

타다다다당!

시커먼 하수도의 어둠 속에서 빛이 번쩍인다. 후위에서 철갑탄을 연신 갈겨대고 있기 때문이었다.

—천천히, 천천히.

나는 침착하게 지휘했다.

하수도에 사는 불쾌한 몬스터들이 달라붙었다. 다행히 방어막을 가진 6등급 이상의 존재*가 아니다. 방어막을 가진 몬스터는 헌터가 아니면 상대할 수 없다.

지금 우리를 습격한 몬스터는 최하위인 9등급이다. 화기로 상대할 수 있는 등급이지만, 능력자가 아닌 우리에겐 방심할 수 없는 상대다.

"이보시오, 단장! 이리 위험할 줄은!"

옆에서 이번에 같이 따라온 몬스터 도축업자가 앓는 소리를 한다. 기가 막힌 녀석.

서울은 사냥터다. 서울에 왔다는 건 죽을 각오를 해야 한다는 소리다. 소풍이라도 온 줄 아시나.

나는 대답 대신 도축업자에게 총구를 돌렸다.

"흐아악!"

놀란 도축업자가 기겁하는 순간 방아쇠를 주저 없이 당겼다.

타다당!

막 도축업자를 물어뜯으려는 몬스터가 뒤로 쓰러진다. 녀석이 썩은 물 안으로 잠기자 더러운 물을 사방에 튀겼다.

칠성장어를 닮은 이 무리는 한 번 물면 인간의 피를 탐욕스럽게 빨아낸다. 시궁쥐처럼 하수도로 숨어든 하이에나에겐 가장 반갑지 않은 부류 가운데 하나다.

"바짝 붙어, 죽기 싫으면."

나는 아직도 꿈틀거리는 몬스터를 밟고는 총을 마저 갈겼다.

---

* 6등급 이상의 몬스터부터 중급 몬스터로 분류한다.

타다다당!

하수도 안이라 그런지 소리가 유난히 울린다.

"허어억!"

옆에 있는 몬스터 도축업자는 얼이 빠진 모양이었다. 나는 그의 뺨을 때렸다.

짝!

"이봐, 한탕 하고 싶다고 따라온 건 당신이야. 하여간 도시에서 얌전히 도축하는 새끼는 데려오지 않으려 했는데 말이야."

들으라는 듯 불평을 하고 있는데 부단장이 대꾸한다.

"너무 뭐라고 하지 마십쇼, 단장님. 안산에서 솜씨 하나는 알아주는 도축업자랍니다."

"그런 사람이 우리 같은 하이에나는 왜 따라와."

"하해방에서 돈을 빌렸다는 모양입니다."

하해방은 안산 광역자치시에서 알아주는 중국계 조직이다.

수도 서울의 참변으로 안산은 초거대 도시로 자라났다. 중국이 경제적으로 몰락한 후, 한족 자본의 유입과 남하한 서울 인구가 정착해 지금은 인구 1,500만의 거대 도시가 됐다.

헌법상의 수도는 세종특별자치시지만 실질적인 대한민국의 중심은 안산이다. 하해방은 중국 자본의 유입과 함께 들어온 흑사회 계파 중의 하나였다.

그들은 몬스터의 부산물을 이용해 마약을 만들었다. 최악의 마약으로 불렸던 헤로인조차, 몬스터로 만든 마약에 비하면 애들 장난 정도에 불과했다.

타다다다다당!

요란한 총소리가 오케스트라의 클라이맥스처럼 몰아쳤다. 그리고 아무 일도 없었던 것처럼 조용해졌다.

"휴우……."

누군가 깊은 한숨을 내쉬었다. 살아났다, 위기를 넘겼다는 의미가 담긴 저 한숨을 돌아갈 때까지 몇 번이고 반복해야 할까?

"바로 이동한다."

이 냄새 나는 하수도에서 더 주저하고 싶지 않았다.

목적지에 도착했다. 과연 제보대로 커다란 몬스터 사체가 보였다. 헌터들이 안의 값비싼 마정석만 쏙 빼 간 상태다. 우리에게 정보를 판 자들 역시 이 몬스터를 죽인 헌터단이었다.

"최대한 신속히 움직인다!"

이런 사냥터에서 발골 작업 등은 아주 위험하다. 혈향이 다른 몬스터의 주의를 끄는 일도 흔했다. 부산물을 채취하다 그대로 줄행랑친 경험도 여러 번이었다.

그 때문에 몬스터 도축업자는 놀란 표정을 여전히 감추지 못했지만 부지런히 손을 놀렸다. 우리 단원도 대부분 달라붙었다.

위이이잉!

전기톱이 요란하게 돌아가며 뼈와 살을 자른다. 안산에서 유명하다더니 과연 솜씨 하나는 탁월했다. 우리 단원도 나름대로 몬스터

해체에 이골이 난 애들인데 비교가 안 됐다. 순식간에 코끼리보다도 더 큰 사체가 분해되어간다.

주변에서 보던 단원들도 감탄한 기색이 역력하다.

나 역시 고개를 끄덕일 수밖에 없었다.

"짜증났지만 데리고 오길 잘했군."

해체 작업은 보기만 해도 즐거웠다. 보통 사람이 보면 뼈가 잘리고 썩은 피가 흐르는 광경이 뭐 좋냐고 하겠지만, 우리 입장에서는 노다지를 캐는 것과 다름없으니까.

여기저기서 명랑한 목소리가 들려온다.

"돌아가면 꽤 벌겠군!"

"이게 다 얼마어치야!"

단원들이 즐거워하는 모습에 나도 미소를 지었다. 그래도 단장인 나는 긴장의 끈을 놓으면 안 된다.

"주변 잘 감시해."

분해에 참여하지 않는 단원은 사주경계를 하면서, 일대에 미리 준비한 강한 몬스터의 분변을 뿌려댔다. 근처에 다른 몬스터가 없는 듯했지만 안전을 위한 작업은 늘 필요했다.

"여기까지 오는데 폐를 끼쳐서 미안했소."

일이 끝났을 때 몬스터 도축업자가 먼저 사과해 왔다.

"뭐, 고생했어."

나는 땀으로 엉망이 된 도축업자에게 웃어 보였다.

작업은 네 시간이 걸렸지만 만족스러웠다. 이제 귀환만 잘하면 모든 게 끝이다.

10년의 세월이었다.

감개무량을 느끼며 단원들의 작업을 지켜봤다. 그러다 놀라서는 막내 상식이에게 소리를 질렀다.

"야! 야! 위장 가르지 마!"

멍청한 막내 놈이 사체의 커다란 위장을 째려하고 있었다. 안에 뭐가 있나 보려는 것인데 저건 결코 현명한 선택이 아니다.

엄청난 오물이 쏟아져 나오면서 독한 냄새가 퍼지기 때문이다. 물론 재수가 좋다면 진귀한 걸 발견할지도 모른다. 하지만 10년 경험에 비춰 판단하건대, 안 건드리는 게 훨씬 이득이다.

"야! 야야! 야 이 새퀴야!"

다급히 소리 질렀지만 소용없었다. 좌악! 위장이 찢어졌고, 안의 내용물이 징그럽게 쏟아진다.

"하…… 씨발."

인상이 절로 구겨진다.

그 정도만 됐어도 좋았겠지. 그런데 이 일 때문에 영광의 은퇴가 물 건너가게 될 줄, 그 누가 알았겠는가.

꾸울럭-꿀럭.

고약한 냄새와 함께 끈적한 오물이 쏟아져 내렸다. 썩은 음식물 쓰레기를 싣고 가던 쓰레기차가 전복되어 안에 있는 걸 도로에 쏟아내는 듯한 느낌이었다.

"야이! 병신아!"

욕이 바로 튀어나왔다. 그렇다고 내가 나설 필요는 없었다. 옆에 있던 고참 하나가 막내를 곧장 발로 걷어찼다.

"이 또라이 같은 새끼! 물어보지도 않고 니 맘대로 하냐!"

진짜 냄새가 장난이 아니라서, 다들 입과 코를 가리느라 난리였다.

"빨리 철수하자."

나는 손짓으로 다들 물러나게 했다.

이건 단순히 더러움의 문제가 아니다. 몬스터의 위장을 가른다는 건 그 이상의 리스크를 뒤집어쓰는 행동이다.

이렇게 위장을 가르고 역겨운 냄새가 퍼지면 사방 몇 킬로미터 안의 다른 몬스터가 반응한다. 대형 몬스터는 때때로 먹은 걸 토해내는 일이 있는데 그건 소형 몬스터의 중요한 먹거리다. 하니 대형 몬스터의 위액 냄새에 민감할 수밖에 없다.

그나마 다행인 건 이미 총질로 수 킬로미터 안에는 몬스터가 없다는 걸 확인했단 점일까. 당장 뭐가 출현하지는 않겠지만 그래도 좋은 상황은 아니다.

나는 욕심에 눈이 멀어 위장 속을 뒤지다가 다른 몬스터의 위장으로 들어간 하이에나들을 여럿 안다.

진짜 엽기적이지.

사냥터에서 거대한 똥을 발견하고 눈살을 찌푸렸는데, 아는 하이에나가 거기 박혀있다면 말이야.

물론 살이 다 녹긴 했지만 뼈마디를 둘러싼 장비가 딱 봐도 아는 거였으니⋯. 그럴 때는 뭐라 명복을 빌어주기도 어렵다.

"철수! 철수!"

부단장이 소리쳤고, 우리는 신속히 짐을 챙겼다.

대형 몬스터를 해체하느라 늘어놨던 장비들이 특수한 주머니 속으로 신기하게 사라진다. 판타지 소설에 흔히 나오는 아공간 주머니의 일종이다.

이런 마법 물품은 천사의 출현 이후 등장한 것인데, 일반인은 가질 수 없는 물건이라 인류의 삶에 변화를 일으키진 못했다.

헌터나 나같이 면허를 가진 몬스터 부산물 수거업자만 가질 수 있었으니까. 그나마 그것도, 몬스터 부산물 수거업자는 하급의 마법 물품만 취급 가능했다.

그래도 이것 덕에 트럭 없이도 거대 몬스터의 부산물을 나를 수 있다. 안 그랬으면 여기까지 올 생각도 못 했겠지.

"준비됐나? 어? 이게 뭐야."

단원을 재촉하다가 나는 인상을 찡그렸다. 역겨운 내용물 안에서 사람 팔이 하나 뻗어 나와 있었기 때문이었다.

하……. 진짜 꼬이는구나.

얼른 뜨려고 했는데 이러면 난감하다. 본능적으로 무시하고 가라는 신호가 요란했지만, 호기심을 억누를 수 없었다.

"부단장, 잠시만. 애들 출발 준비시키고 대기하고 있어."

헌터나 하이에나 사이에 죽은 시신을 수습해 주는 불문율이 있는 건 아니다.

사냥터만 들어오면 육편으로 화해 부서지거나 몬스터 입으로 들어가는데, 무슨 여유가 있다고 그런 짓을 하겠는가. 죽은 애 손가락이라도 하나 주워오면 의리가 있다고 칭찬해 줘야겠지.

내가 이 시체에 관심을 갖는 건 정보 때문이다. 게다가 죽은 녀석은 하이에나가 아니라 헌터였다. 씹혀서 부서진 장비를 보면 바로 안다. 헌터는 하이에나보다 고급 정보를 가지고 있는 게 보통이다. 뒤져보면 뭐가 나올지도 모른다.

나는 오물더미에 나온 손을 힘껏 잡아 뺐다. 그러자 주욱 시신이 딸려 나왔다. 위액이 끈적하게 덮여있는 게 아주 못 볼 꼴이구나. 하여간 우리 직업이 이렇게 거지 같다.

둘러보던 나는 곧 아공간 주머니를 하나 발견하고는 얼른 품에 챙겼다. 다행히 아무도 못 봤다. 시치미 떼고 더 뒤지는데 갑자기 부단장이 다가왔다.

"무슨 일입니까?"

궁금증을 참지 못한 모양이다. 아공간 주머니를 몰래 슬쩍한 탓에 깜짝 놀랐지만 태연을 가장했다. 짬 10년차인데 주머니 하나 몰래 빼돌린 걸 티 낼 수야 없지.

보니까 다른 인원은 대기 중이다. 그래도 궁금한 듯 연신 이쪽을 힐끔거렸다. 나는 어이가 없어서 소리를 빽 질러줬다.

"사주 경계나 해!"

일이 잘 풀려서 나사가 다 빠졌구먼. 지금 여기가 어딘지 알고 저러는지. 게다가 위장까지 갈라서 근처 잡스러운 몬스터의 주의를 끌고 있는 상태 아닌가.

"너는 애들 보라니까 왜 또 왔어?"

"죄송합니다."

그런데 부단장은 사체를 내려다보더니 알은 척을 한다.

"이 녀석……. 하, 이렇게 다시 만나네."

"안면 있는 애야?"

시체긴 하지만 사지 멀쩡한 녀석이랑 만났잖아. 뭐, 이 정도면 괜찮은 거지. 똥으로 나온 놈은 유족한테 가져다주기도 애매하다. 똥을 한 수저 퍼서는 애한테 이게 니 애비다, 라고 할 수도 없고 말이야.

"제가 헌터랑 얼마나 아는 사이겠어요. 하이에나 주제에."

"그럼?"

"안산에서 우연히 밥 한번 같이 먹은 적 있어요. 제 동생 녀석이 루히엘 클랜의 종복이잖아요? 그래서 어쩌다 동석했었죠. 정찰 나가서 안 들어왔다고 들었는데 이렇게 만날 줄이야…. 아무튼, 이 녀석 엄청 특이한 부류예요. 직업이 윈드 워커거든요."

"윈드 워커?"

10년차 하이에나인 나도 들어본 적 없는 헌터 클래스다. 의아한 얼굴을 하자 부단장이 입을 열었다.

"저도 설명을 듣긴 했는데 정확히 모릅니다. 혼자 사냥터를 정찰하는 게 특기라고 했습니다."

"혼자? 위험하게?"

"네. 그런데 윈드 워커는 클래스 특징상 혼자 다니는 게 오히려 안전하다고 하더라고요. 단장님도 아시다시피 루히엘이 바람을 관장하잖아요? 뭔가 바람으로 변해서 정찰을 하나 봐요."

"흐음……."

그렇다면 정찰하다 일을 당한 모양이다.

홀로 돌아다녔을 정도라면 보통 실력자가 아닌데 무슨 일이 있었던 걸까?

나는 부단장의 도움을 받아 윈드 워커 녀석을 뒤졌다. 가진 장비는 비싸 보이는 것도 있었으나 대부분 부서진 상태. 멀쩡한 것도 보였지만 내버려뒀다. 가져갔다가 잘못하면 경을 친다. 루히엘 클랜에서 알아보고 추궁해 오면 곤란한 일이 생길 수 있으니까. 게다가 이미 아공간 주머니도 슬쩍하지 않나.

반면 시체의 경우는 걱정 안 해도 된다. 내일이나 모레쯤 되면 위장에서 쏟아진 건 모두 다른 몬스터의 뱃속으로 사라질 테니까. 고로 티 안 나고 챙길 만한 게 더 있나 찾아보면 그만이다.

"이건?"

딱인 게 있었다. 바로 DSLR 카메라였다. 망가져 있었지만 메모리칩은 멀쩡했다. 얼른 칩만 빼내서 조끼에 넣었다. 그리고 뭔가 잔뜩 적혀있는 메모장도 발견해서 챙겼다. 그 외에는 지갑 정도.

얼마 전에 새로 나온 10만 원 권으로 현금 300만 원이 들어있었다. 많이도 갖고 다니네. 나는 현금은 모두 부단장에게 찔러줬다.

"애들 밥이나 사 먹여. 그리고 혹시 모르니 시체 뒤진 거 함구시키고. 여기저기 떠들어봐야 좋을 일 없어."

"물론이죠. 다행히 본 것 같지도 않아요."

출발 준비하고 있는 단원에겐 오물 무더기랑 우리 둘에 가려져 시신이 보이지 않았다.

다들 저 양반들이 뭔가 찾았구나 하겠지만 구체적으로 뭔지는 모르겠지. 호기심이 동하는 녀석도 있겠지만 이 바닥에서 오래 살아남은 놈들답게 필요 없는 건 묻지 않는다. 거기에 300만 원을 풀어 위로하면 더 신경 쓸 애도 없을 거다.

"가자. 애들 출발시켜."

"네, 단장님."

부단장이 허공에 손짓하자 대기하고 있던 단원들이 사주 경계를 하며 출발한다. 우리는 좀 느린 발걸음으로 뒤따랐다.

그렇게 걷던 나는 뒤를 돌아보고는 죽은 윈드 워커에게 가볍게 목례했다.

영면하시길.

안양시.

군사 도시이자 몬스터를 막는 전진기지이다. 또한 대한민국의 실질적 수도인 안산의 위성도시이기도 하다.

"어이! 유 단장!"

돌아보니 각각 단을 이끌고 있는 김 단장이랑 허 단장이었다. 나와는 꽤 안면이 있는 사이로, 오늘 이런저런 정보도 교환하고 근황도 들을 겸 만나기로 했다.

"이번에 한탕 했다며? 들었어, 축하해."

"나도 축하한다."

김 단장이랑 허 단장이 웃으며 축하해 온다.

동작까지 잠입해 들어갔던 게 무사히 끝나서 돈을 많이 벌었다.

나는 3억 정도 받았고, 단원들에게도 골고루 1억 정도씩 돌아갔다. 잘나가는 헌터가 들으면 코웃음 칠 수준이었지만 하이에나에겐 이 정도면 성공적이다.

"오늘 내가 살 테니까 많이들 마셔."

넉넉한 기분에 잔을 권했다.

은퇴하면 이제 볼일도 없는 친구들이다.

"유 단장, 네가 은퇴한다니 믿기지가 않아."

"몸 건강히, 돈도 벌어 나가다니 정말 성공한 거야. 다시 한 번 축하해."

금세 흥이 올라 떠들썩한 분위기가 되었다. 좀 시끄럽긴 했는데 여긴 술집이니 상관없겠지. 옆 테이블도 우리 정도로 달아올라 있었다.

한데 어딜 가나 까칠한 부류가 있기 마련이다.

"거, 조용히 좀 하지?"

갑작스러운 목소리에 우리 셋은 입을 다물고 그쪽을 쳐다봤다. 성격이 사나운 김 단장이 '어떤 새끼가……'라고 하다가 황급히 입을 닫았다. 옆의 허 단장이 인상을 쓴다.

"헌터다. 재수 없게……"

헌터는 일반인에겐 동경과 두려움의 대상이기도 하다. 내겐 간절히 되고 싶었던 존재다. 하지만 이제는 아무래도 상관없겠지.

"죄송합니다."

이럴 때는 가볍게 넘어가야 어른이다. 허 단장도 웃는 낯으로 사과하고는 안주를 쥐었다. 주변에서 무슨 일인가 보던 사람도 자기들끼리 다시 떠들고 그렇게 지나가는 분위기였다.

한데 그 헌터 놈은 만족 못 했나 보다.

"하여간 빈 수레가 요란하다고, 똥파리 새끼들이 더 지랄이야. 여기 왜 이렇게 똥 냄새가 나나? 응?"

그 말에 동료로 보이는 헌터가 자지러진다.

꼭 저런 부류가 있다. 빼기지 않고는 못 배기는 부류다. 특히 저런 녀석들은 하이에나에게 적대적이다. 일반인에겐 거들먹거리긴 하지만 시비는 안 거는데, 같은 사냥터를 다니는 우리는 같잖게 본다.

뭐랄까. 우리도 따지고 보면 일반인이니, 일반인이 사냥터에서 나대는 게 짜증 난다나?

사실 10년의 세월 동안 저런 부류는 수도 없이 봤다. 빈 수레가 요란하다고? 진짜 빈 수레가 요란한 쪽은 저런 새끼들이다. 헌터나 하이에나나 다 자기만의 일이 있다. 헌터는 몬스터가 품은 마정석을 주로 수확한다면, 우리 같은 자가 있기 때문에 부산물의 공급이 원활해진다.

그런 점을 잘 이해하는 헌터들은 우리를 존중해 줬다. 특히 우리나라 최고의 헌터로 손꼽히는 엽왕 임철웅도 정중한 태도를 보여주었다.

하여간 힘 얻은 지 얼마 안 되고 한창 허세 부릴 때가 귀찮다. 아마 취기도 한몫 하겠지. 원래 저런 성격이긴 하겠지만 술기운에 더 저러는 거다. 딱 봐도 헌터의 말석인 9급, 10급 헌터들이구먼.

헌터는 최고가 1등급이고 최하가 10등급이다. 1등급을 넘어가면 S등급으로 따로 분류한다. 우리나라 헌터의 정점인 임철웅만 유일하게 S등급이다.

"거, 그냥 술이나 얌전히 마시고 가."

나는 더 이상 그들을 존중할 필요를 못 느끼고 말했다. 어른스럽게 넘어가려 했지만 저 정도 소릴 들으니 더는 못 참겠다.

옆에서 김 단장과 허 단장이 혀를 찬다. 둘의 얼굴을 보니 오늘 또 사고 치겠거니 하는 표정이다. 그러면서도 적극적으로 말리지는 않는다. 나를 잘 모르는 사람이 보면 이상하게 보이겠지. 일반인이 초능력자인 헌터에게 맞받아치고 있으니.

"뭐? 너 지금 뭐라고 했냐?"

기다렸다는 듯 헌터 한 녀석이 콧김을 뿜으며 일어난다. 나도 같이 일어나면서 슬쩍 혁대 뒤쪽을 쓰다듬었다. 거기에는 언제나처럼 연장이 잘 매달려 있었다.

"뭐긴 뭐야? 얌전히 처마시라고, 꼴값 좀 그만 떨고."

전혀 예상치 못한 내 폭언에 헌터 두 놈의 표정이 벙찐다. 좋은 표정이네. 하지만 이제 더 좋은 표정이 될 거니 기대하라고.

슬쩍 그들의 휘장을 살폈다. 스이엘 클랜 녀석들이군.

별 볼 일 없는 클랜이지.

내 비록 헌터는 아니지만 메타트론에게 받은 힘만 써도 저런 9, 10등급 헌터를 처리하는 건 일도 아니다.

그래, 오늘 아주 날을 잡자. 이 새끼들아.

막 허리춤에 숨겨놓은 망치를 빼들려 했다.

"너 이 새끼! 하이에나라고 봐달라고 하지 마라!"

분노한 헌터가 달려들려는 그 순간.

콰아아아앙!

건물 밖에서 요란한 소리가 들린다. 폭음은 아니다. 와장창, 하는 유리 깨지는 소리까지 더해지는 걸 보니 차가 전복되는 소리인가? 사람 비명도 연달아 들려왔다.

우린 즉각 싸움을 멈췄다. 지금 저 소리의 정체가 뭔지 모를 리 없었다. 술집의 손님들도 놀라서 저마다 창으로 와르르 몰려갔다.

"운 좋은 줄 알아."

나는 입맛을 다시고는 물러났고, 헌터들은 발끈했다.

"뭐 임마! 이 새끼가! 점점!"

"야! 됐다. 가자."

한 명이 성질을 내려고 하자 다른 헌터 하나가 잡아끈다.

"에이! 시발!"

괜히 주변에 있던 의자를 걷어찬 헌터가 후다닥 뛰어나간다. 나는 어깨를 으쓱하고는 테이블로 돌아와 술잔을 들고 목으로 단번에 넘겼다.

화끈하네.

"김 단장, 허 단장, 나도 가봐야겠어."

당장 둘은 말리고 나섰다.

"유 단장, 너까지 나갈 필요는 없어."

"그래, 헌터들도 나갔으니 괜찮겠지."

"뭐, 내가 직접 나선다는 건 아니고 구경이라도 해야지. 김 단장이랑 허 단장은 여기 있어."

지금 상황은 명백하다. 몬스터가 도시에 나타나 난동을 부리는 거다. 안양은 사냥터는 아니지만 전진기지다.

몬스터는 인덕원을 기점으로 막혀있긴 하지만 스리슬쩍 여기까지 잠입하는 일도 가끔 있다.

"워, 난리구나."

밖으로 나가보니 난장판이다. 차는 다섯 대쯤 뒤집어져 있었고 수도관이 터져 하늘로 물이 치솟고 있다. 저거 할리우드 영화에서 자주 보던 건데 말이지.

그리고 옆에선 나와 시비가 붙었던 헌터 둘이 몬스터와 격렬히 전투 중이다.

딱 봐도 쉽지 않아 보이네.

상대는 켈핌이라고 불리는 8등급 몬스터다. 키는 2.3미터 정도, 직립 보행을 하지만 얼굴은 개를 닮았고 머리에는 하얀 모발이 길게 늘어져있다.

팔은 네 개인데 한 쌍은 땅에 끌릴 정도로 거대하고 다른 한 쌍은 사람 것 정도로 작다. 큰 걸로는 싸우고 작은 걸로는 좀 더 정교한 일을 한다. 따로 무기는 안 들고 다니지만 손톱과 이빨이 날카롭기 때문에 8등급 판정을 받은 위험한 종이다.

몬스터의 등급은 비교하기 편하게 헌터와 대응되게 만들어져 있다. 9등급, 10등급인 저 헌터들에 비해 켈핌은 등급이 더 높다. 둘이 덤벼도 쉽지 않은 싸움이었다.

"빌어먹을! 이 개대가리가!"

벌써 둘은 피투성이다. 아무래도 좀 도와줘야겠지?

나는 주변을 둘러보다가 유리창이 깨지고 안이 엉망이 된 약국을 발견했다. 약사는 벌써 도망간 모양이구나.

홈, 좋아.

이럴 때 딱인 게 있지.

고개를 작게 주억인 나는 우선 근처 편의점에서 작은 밀가루 포대를 구했다. 요즘 편의점에선 튀김 가루나 밀가루도 판단 말이지. 부침개를 먹고 싶은 자취생에겐 아주 요긴하겠네. 옆에선 생사결이 벌어지고 있었지만 어쩐지 흥이 나서 혼자 허밍을 하며 걸었다.

콰아앙! 쾅!

급기야 켈핌이 오토바이를 집어서 던져댔다. 정말 무식한 힘이다. 그러나 내겐 별로 인상적이지 않다. 사냥터로 가면 자동차를 집어던지는 몬스터도 많다. 게다가 그런 몬스터와 직접 싸우는 헌터들도 있고.

켈핌 따위는 별거 아니란 얘기지.

그러고 보면 참 대단해, 우리 헌터님들. 나는 하수도로 쥐새끼마냥 숨어다니느라 정신이 없는데 아주 그냥 몬스터 대가리를 쪼개주시니 말이야.

"어디 보자."

약국 안으로 들어간 나는 감기약을 모조리 꺼냈다. 그리고 빠르게 안의 알약을 빼낸다. 대충 한 손에 가득 잡힐 정도면 된다. 이후 사발에 넣고 감기약을 곱게 갈았다. 그리고 가져온 밀가루는 다른 사발에서 물을 섞은 뒤 반죽했다. 지금 하려는 건 간단하다. 밀가루 반죽에 다시 감기약 가루를 섞어서 버무리는 것 뿐이다.

"됐다."

한참 땀을 내며 열심히 한 내 손에는 야구공만 한 반죽이 들려있었다.

그럼 가보실까?

거리로 나가보니 이미 두 헌터는 피투성이가 되어 뻗어있었다. 막 켈핌 녀석이 한 헌터를 잡아먹으려는 듯했다.

"야! 개새끼야! 사람 먹는 거 아니다."

나는 근처에 구르고 있는 짱돌을 잡아 던졌다. 켈핌이 날뛰느라 부서진 콘크리트다.

부웅.

퍽!

정확히 날아간 콘크리트 덩어리가 켈핌의 이마에 작렬했다. 피가 한 줄기 흐른다. 제대로 된 타격은 아니겠지만, 성질 돋우는 데는 성공한 듯했다.

키에에에엑!

녀석은 날카로운 이빨이 가득한 주둥이를 벌리고 거칠게 화를 냈다. 흥부는 터질 듯한 근육으로 가득 차있었는데, 거칠고 하얀 털이 멋지게 자라있었다.

근사하다. 상남자구먼.

"지랄하지 말고 이리 오렴."

반죽은 든 오른손을 뒤로 감추고 왼손으로 개를 부르듯 손을 까딱까딱하니 켈핌이 결국 폭발한다.

키에에에엑!

어이쿠, 성질하고는.

나를 단번에 물어뜯으려고 벌린 그 입을 보며 단숨에 반죽을 집어

던졌다.

퍼억!

갑자기 벌린 입으로 밀가루 반죽이 들어가자 놀란 켈핌이 펄쩍 뛰었다. 그러나 이미 목구멍으로 반죽이 꿀꺽 넘어간 뒤다. 갑자기 넘긴 탓인지 사래가 들린 듯 켈핌은 켈룩, 켈룩 연신 난리였다.

나는 유유자적 걸어 그런 켈핌을 지나쳤다. 그리고 바닥에 쓰러진 헌터 하나가 쓰던 무기를 발견했다.

"와, 이 무식한 새끼. 이게 뭐야? 모터렌치잖아?"

쓰러진 두 헌터는 신체강화 능력자였다. 하나는 힘, 하나는 민첩성이다. 그런데 힘 관련 능력자가 쓰던 무기는 1미터가 넘는 모터렌치였다.

기가 막히구먼. 진짜 감동 받았다. 빠루 이후로 이렇게 인상적인 무기가 있을 줄이야. 어떤 유명한 게임에서 주인공이 빠루로 외계인을 때려잡았지. 이 새끼는 모터렌치로 몬스터를 잡을 작정인가?

"내가 재간둥이를 미처 몰라봐서 미안하네."

나는 모터렌치를 주워들고는 몸을 돌렸다. 그리고 반쯤 기운이 빠져있는 켈핌을 보고는 싱긋 웃었다.

"감기약 먹더니 좀 노곤해졌지? 응?"

켈핌이 저렇게 변한 건 감기약에 든 슈도에페드린 HCl 성분 때문이다. 유독 몬스터 중에 저 녀석만 슈도에페드린에 민감하게 반응했다. 슈도에페드린은 마약을 만드는 데도 사용되는데, 실제로 감기약을 모아 마약을 만든 사례도 있었다.

지난 10년간 나는 몬스터를 상대하는 법을 연구해왔다. 어떻게 하면 일반인이 몬스터와 대적할 수 있을지 고민하면서 기상천외한 방법을 많이 알게 됐다.

감기약을 쓰는 것도 그런 방법 가운데 하나일 뿐이다.

"이제는 다시 쉴 시간이다. 사냥터에서 쩌리로 지내다 도시에서 왕 노릇 하니까 아주 신났었지?"

퍼억!

모터렌치가 켈핌에게 작렬했다. 격통을 느끼는 듯 2.3미터나 되는 거대한 몬스터가 비명을 지르며 뒤로 물러난다.

발악하듯 거대한 손을 휘둘러 왔지만 모터렌치로 쳐냈다. 이제 완전히 힘이 빠졌군. 원래 휘두르는 위력에 비하면 공격도 아니었다.

붕. 붕.

살벌하게 모터렌치를 휘두르며 달라붙자 켈핌이 기겁을 한다.

퍼억!

제대로 한 방이 다시 들어갔다.

키에에엑!

켈핌이 다시 울부짖었다. 하지만 공포에 잔뜩 질려있는 울음이었다. 그리고 내가 모터렌치로 녀석의 발등을 부숴놨을 때 그건 절정에 달했다.

키에에에엑! 키에에엑!

녀석의 비명이 커질수록 난 유쾌해졌다. 쉬지 않고 모터렌치를 휘둘렀고, 쓰러진 켈핌은 도망치지도 못했다.

그렇게 강한 척했잖아? 그런데 이게 무슨 꼴이냐. 제대로 된 능력을 가지지 못한 마음속의 울분 때문인지, 나는 강한 자가 몰락하는 게 좋았다. 보기만 해도 즐거운 기분이다.

"하하하하!"

터져 나오는 웃음을 참지 못하며 모터렌치를 휘둘렀다.

"진정하세요, 진정!"

그 뒤로 출동한 헌터들이 날 말릴 때까지, 켈핌의 비명은 그치지 않았다. 아무리 모터렌치가 무식하다지만 급소만 피해서 때린 탓에 켈핌은 그때까지 숨이 붙어있었다.

헌터와 같이 온 기자들은 경악해서는 내 모습을 마구 찍어댔다. 그 때 켈핌의 피를 전신에 뒤집어쓴 내 몰골은 악귀와 같았다고 한다.

평안한 주말. 느긋하게 침대에 누워 라이트노벨을 보기 좋은 시간이다. 옆에 과자와 식은 피자, 김 빠진 콜라가 함께하면 더 좋다. 맥주도 괜찮지.

내 아파트는 그 모든 것이 갖춰진 아늑한 장소였다. 주말을 혼자 보내기에 더없이 적당하다고 할까.

약속을 잡고 외출하는 놈들은 어리석다. 인간의 존엄은 주말을 오롯이 홀로 보내는 데서 찾을 수 있으니까.

띠리리링.

전화벨이 다시 울린다. 나는 급기야 폰을 꺼버렸다. 계속 수신 거부를 누르기도 벅차다. 지금 내 주말은 전면적인 방해에 직면해 있었다. 읽고 싶은 라이트노벨과 먹어야 할 음식이 산더미건만 모두

날 왜 그리 괴롭힌단 말인가.

뭐, 완전히 이해 못 하는 건 아니다. 그도 그럴 게 내가 지금 TV에서 나오고 있기 때문이었다. 그것도 황금시간대인 저녁 뉴스다.

―헐러 두 명이 쓰러져 위기에 빠진 거리는 하이에나 단의 단장인 유제아 씨에 의해 일상을 되찾았습니다. 유 씨는 일반인이라고는 믿을 수 없는 위력으로……

뉴스에는 정신 나간 사람처럼 모터렌치를 휘두르는 내 모습이 나오고 있었다. 와, 저건 언제 찍었대? 아무도 없더니 숨어서 카메라 돌리고 있었구먼.

그나저나 난 왜 저리 미친놈처럼 모터렌치를 휘두르고 있는지. 더 가관인 건 곧 내 인터뷰까지 나오고 있었다. 얼굴에 묻은 피만 대충 닦은 상태였다.

―일단 시민을 구해야겠다는 생각밖에 없었습니다. 헐러 두 분이 쓰러지셔서 저도 굉장히 당황했었고, 정신이 없었죠.

인터뷰에서 난 그야말로 겸손하고 신념 있는 인물처럼 말하고 있었다. 정신없기는 개뿔……. 노래 부르면서 약국에 들어갔었지. 내 자신의 가식에 약간 치가 떨렸다.

"하……. 아주 되는 게 없어요."

TV를 끄고 리모컨을 던져버렸다. 그리고 좋아하는 라이트노벨을 얼굴에 덮고는 눈을 감았다. 솔솔 잠이 오는 내 잠버릇이다.

이러고 자면 좋아하는 이세계로 들어갈 수 있을 것 같았다. 역시 히로인은 금발 거유지. 용족 히로인 최고. 혼자 그런 망상을 하다 보니 슬슬 눈이 감긴다.

그런데 그때, 누가 대문을 터뜨릴 것처럼 두들기기 시작했다.

"야! 유제아! 유제아! 너 안 나와!"

맙소사. 몸이 벌떡 일어나진다. 이 목소리의 주인공은 지아 누나였다. 친누나지만 내겐 너무나 무서운… 그냥 고추 없는 형이었다.

어쩌지? 주말에 무장해제 된 상태에서 강적이 불쑥 찾아오다니. 당혹감을 감출 수 없다. 솔직히 사냥터에서 몬스터를 만났을 때보다 더 놀랐다.

10년 전 유약한 누나는 이제 없다.

마음속의 상처를 극복한 건 좋은데 그러면서 성격이 너무 변해버렸다는 게 문제랄까. 어릴 적 기억 속의 나긋나긋하고 부드러운 누님은 이제 없다.

성격 강한 알파걸만이 남았을 뿐이다.

더불어 누구나 울려버릴 만한 독설가 속성까지 추가됐다. 누가 제발 좀 추억 속 청순가련한 누나를 돌려줘.

"어쩌지…"

숙련된 하이에나인 나는 강력한 몬스터라도 부딪치지 않고 피하는 법을 안다. 한데 그 훌륭한 지식도 지금은 소용없었다.

"젠장."

서둘러 스마트폰을 켜고는 부재중 전화 33통을 확인했다. 그런데 그중 21통이 한 사람에게서 왔다. 정말 놀랍게도 말이야. 뭔가 설명하기 어려운 집념에 소름이 돋았다.

"야! 유제아! 너 안에 있는 거 다 알아! 안 열어?"

아파트 현관에 들어오기 전, 내가 사는 층에 불 켜진 거 보고 왔겠지. 어쩔 수 없이 일단은 열어야겠다.

띠리링.

도어록이 풀리는 소리와 함께 유지아, 내 친누나가 들어왔다.

"벨을 눌러라, 벨을. 너는 어떻게 된 여자가 성질머리가 그리 급해서는……."

침착을 가장하며 말했지만 돌아온 건 니킥이었다.

"으윽!"

아무리 튼튼한 나라도 갑자기 맞으면 열 받는 법이다.

"야! 너는 사람을 보자마자 패냐!"

지아 누나한테 빽 쏘아붙였다. 그런데 지아 누나의 표정이 평범하지 않다. 얼굴은 잔뜩 상기되어 있고 눈가는 약간 젖었다.

…사실 지아 누나가 왜 이러는지는 알고 있다. 솔직히 미안하단 말부터 하고 싶은데 왜 이리 입이 쉽게 떨어지지 않는 건지.

"너 말이야, 나랑 약속했어, 안 했어?"

지아 누나가 다시 내 가슴팍을 때리더니 물어온다.

"…했지."

유구무언이었다.

"했는데! 이러는 거야! 이 멍청아! 너 그러다 죽는다고!"

"……."

지은 죄가 있어서 할 말이 없었다.

지아 누나와 지키지 못한 약속은 그거다. 도시에선 몬스터랑 싸우지 않겠다는 것.

지아 누나는 누구보다 잘 안다. 내게 재생력이 있긴 해도 무장하지 않은 하이에나가 몬스터를 상대로 얼마나 취약한지.

10년 전 내가 하이에나가 된 후로 눈물 마를 날이 없는 누나다. 그래도 여러 사정 때문에 지금까진 억지로 이해하고 있었다. 하지만 도심에서 비무장으로 몬스터와 부딪치는 건 결사반대였다.

그도 그럴 게, 3년 전 나는 도시에서 몬스터와 싸우다 중상을 입었었다. 재생력을 넘어갈 정도로 큰 부상이어서 간신히 목숨을 부지했다. 그 후 지아 누나와 약속했다. 도시에서 몬스터를 봐도 다시는 싸우지 않기로. 그런데 버젓이 TV에 나오고 있으니 누나가 폭발할 수밖에.

"누나가 무조건 도망가라고 했어, 안 했어? 중학교 중퇴라 그 정도도 이해 못 하는 거야?"

남의 학력 가지고 심한 말을 하는 누나다.

"저기 중학교 얘기는 좀….."

"억울하면 검정고시라도 보던가."

"윽."

그렇다고 공부하기는 싫다. 초패왕 항우도 그러지 않았나. 글이라는 것은 본래 자기 성과 이름을 쓸 줄 알면 족하다고. 역시 영웅은 영웅이다. 물론 지아 누나 앞에서 이 소리를 꺼내진 않았다. 맞을까 봐.

"너까지 죽으면 나 혼자잖아."

"미안."

아버지가 돌아가시고 둘이서 의지하고 살아왔다. 지아 누나가 나에 대한 집착이 유별나다고 해도 이상할 거 없다. 게다가 내가 어린 나이부터 하이에나 일을 시작한 것이 두고두고 한이 된 모양이었다.

당시에 지아 누나는 정신적으로 불안해서 집에만 있었기에 내가 어린 나이부터 위험한 일을 시작한 게 자기 탓이라 여기고 있었다.

이렇게 달려와서 구박하는 것도 다 내 걱정 때문에 이런다는 걸 안다. 알기에 더 미안한 마음이 들었다. 그래도 겉으로 나는 여전히 툴툴거렸다.

"아! 알았으니까 고만해! 잔소리도 한두 번이지."

"뭐? 어딜 잘했다고 큰소리야?"

"와, 검사님 됐다고 벌써부터 고압적인 것 좀 보게."

"그래, 누나는 너랑 비교도 안 되게 지력캐니까 말 좀 잘 들으라고."

올해 스물일곱 살인 지아 누나는 검사 임용을 대기 중이다. 줄곧 같이 살다가 2년 전에 사법 연수원에 들어간 뒤부터 떨어져 살고 있었다.

한데 사법 연수원을 졸업하자마자 다시 같이 살자고 하는 걸 억지로 말리는 중이다. 혼자 사는 게 편해서 도저히 같이는 못 살겠다, 이제. 그래도 대놓고 말 못 하는 건 그 말을 들으면 지아 누나가 섭섭해할 것 같기 때문이다.

"누나는 잘할 거 같아, 검사 일."

지아 누나가 검사를 직업으로 택한 건 어쩌면 당연한 건지도 모르겠다. 몬스터 사태 이후 치안이 엉망이 된 탓에 힘없는 사람들은 각종 범죄에 노출됐다. 돈을 뜯으려는 건달에 도둑, 사기꾼 등 별별 무리가 사람들을 괴롭혔다.

힘없는 우리 남매도 별꼴을 다 겪었다.

지아 누나가 이런 상황에 분노하는 건 자연스러웠다. 말로는 고작 평검사가 뭘 하겠냐고 하면서도, 누나의 마음속에는 사명감이 불타고 있는 걸 모를 내가 아니다.

"물론이지. 그러니까 이제 너는 집에서 살림이나 해."

"뭐? 살림이나 하라고? 앞길 창창한 남자에게 그게 할 소리야?"

"됐고, 너 모은 돈도 많잖아. 그러니까 이제 그런 위험한 곳은 그만 다녀. 살림하기 싫으면 어디 가서 참한 여자나 좀 데리고 오던지."

지아 누나는 아직 내 은퇴 소식을 모른다.

"제아야."

"왜?"

"왜가 아니라 응, 누나, 라고 대답해야지."

민망하게 이 여자가 왜 이런담.

무시하고 있자 지아 누나가 초롱초롱한 눈으로 날 계속 압박해 온다.

부끄럽게 별걸 다 요구하네.

정말 어쩔 수 없지. 이번만이다.

"…응, 누나."

"이제야 좀 귀엽게 말하네. 내 동생. 호호호."

맨날 야, 야 부르다가 누나라고 하니 기뻤던지 소리 내서 웃는다. 내 누나지만 미인이라 웃는 모습이 무척 근사했다. 그렇게 깔깔거리던 지아 누나는 좀 더 가까이 와서 앉더니 날 끌어당겨 부드럽게 껴안는다.

"잘했어. 10년 동안 정말 수고했어. 그러니 이제 그만하렴."

지아 누나는 내 머리를 쓰다듬는다.

"어릴 때부터 너 그런 일 시켜놓고 누나가 하루도 맘이 편치 못했어. 너도 모아둔 돈 있고, 누나도 이제 월급도 받을 거잖아. 공무원이 요즘 최고인 거 너도 알지?"

"박봉이면서. 시집갈 돈이나 모으시지."

"또 누나한테 말대꾸한다."

"웃겨, 이제와서 엄마 흉내라도 내려고? 어릴 때 누나 키운 게 누군지 잊어버렸나?"

"그래서 불만이야?"

"아, 더워. 좀 놔줘."

누나에게 안긴 게 너무 민망해서 빠져나가려고 바동거렸는데, 도무지 놔주질 않는다.

"흐흐, 우리 동생 좀 안아보자."

"뭐야, 변태 같아."

"변태는 무슨, 친누나의 품에서 표정이 풀어진 네가 더 변태지."

"그만 좀 놀려!"

억지로 누나를 겨우 떼어내고는 헛기침을 했다.

"유제아, 너 얼굴 붉어졌다? 이 섹시한 누나의 품이 그렇게 좋았구나?"

사실 좋았다. 그렇지만 자존심상 그건 인정할 수 없지.

나는 좀 정색한 뒤 지아 누나를 밀어냈다. 그리고는 중대 발표가 있다고 했다.

"뭔데 이리 폼을 잡으실까?"

"들어 봐. 중요한 이야기야."

"뭐, 좋아. 해봐."

소파에 앉은 지아 누나는 큐 사인을 보내는 감독 같이 신호를 보냈다. 나는 그런 지아 누나 앞에 서서 살짝 미소 지으며 말했다.

"사랑하는 누나."

"응? 왜, 사랑하는 동생아."

적어도, 몇 달만이라도, 누나랑 행복하게 지냈으면 좋겠다.

그간 누나한테 못했던 거 다 만회하고 싶었다.

남은 내 짧은 시간 동안.

"나 은퇴해."

지아 누나는 결국 자고 가기로 했다.

내 은퇴 선언 후에 지아 누나는 눈물을 쏟아냈다.

부모님이 돌아가신 이후 지아 누나가 우는 걸 거의 본 적이 없던 탓에 얼마나 놀랐는지 모른다. 밤도 늦은 데다가 겨우 달랜 지아 누나를 보내기도 뭐했다.

"방도 많은데 누나도 여기서 살자, 응? 진짜 치사하게 그러지 말고. 누나 월세 나가는 거 힘들단 말이야."

"힘들긴 뭐가 힘들어. 그 월세 내가 내고 있구면."

"그러니까. 누나가 같이 살면 월세 안 내도 되잖아. 반찬도 매일 맛있게 해줄게?"

"됐다. 반찬은 나중에 내 색시보고 해달라고 하면 돼."

말은 이렇게 해도 누나랑 같이 살 작정이었다.

"웃기네, 여자도 없는 게. 누가 너랑 사귀냐? 너는 성질머리가 더럽잖아. 뭐… 얼굴은 좀 괜찮긴 하지만."

발끈해서 쿠션을 집어던지자 입에 칫솔을 물고 있던 누나가 도망갔다. 솔직히 애인 없는 걸로 날 공격하면 안 되지.

"너 말이야, 27년산 솔로면서 남보고 여친 어쩌고 하지 말라고. 몇 달만 있으면 스물여덟 살이잖아!"

"못 사귄 거랑 안 사귄 거랑 같냐, 응? 이 누나, 인기는 많단다."

틀린 소리는 아니다. 지아 누나야 어딜 가나 눈에 확 띄는 미인이다. 여태 남친이 없던 건 솔직히 그간의 집안 형편 탓이다.

게다가 사법시험 공부와 사법연수원 기간으로 수년을 보낸 탓에, 결국 저 나이까지 남자 한 번 사귀어본 적 없는 처녀 귀신같은 처지가 됐다.

"진짜 나라도 데리고 살아야 하나?"

"정말?"

어느새 양치를 끝낸 누나가 화장실에서 톡 튀어나오며 묻는다.

"당연히 거짓말이다."

"이해할 수가 없네. 이 정도 미인인 누나랑 평생 살 수 있으면 절이라도 해야 하는 거 아니냐?"

"뭐… 친누나가 아니면 그게 보통이겠지."

"그러면 문제는 간단하네. 오늘부터 누나를 친누나라고 생각하지 말렴. 결국 마음의 문제가 중요한 법이니."

"…유전자의 문제를 무시하지 말아줘."

저 나이 되도록 남자가 없으니 하나뿐인 남동생에게 이상하리만큼 집착하는 거 아닌가. 부디 누나의 정신 건강을 위해서 꼭 건실한 청년 하나가 나타나야 할 터인데.

누나는 얼굴도 얼굴이지만, 몸매도 발군인데 왜 남자가 안 꼬이는 걸까. 속옷 빨래를 대신 해주다가 브라에 써진 F란 숫자를 보고 경악한 기억이 난다.

"나 잘 거야, 덮칠 거 아니면 들어오지 마!"

저 인간, 친동생한테 대체 무슨 소리를 하는 거야…. 곧 누나는 잠들었고 집은 다시 조용해졌다. 내가 시한부 판정을 받기 전에는 누나랑 같이 안 살려는 게 이런 이유 때문이었다. 도무지 정신이 없다니까. 고요함을 사랑하는 내게 누나는 너무 버겁다.

"게임이나 해야지."

자기 전에 몇 판 하고 자야겠다 싶어 컴퓨터를 켰다.

위이잉.

팬이 돌아가는 소리를 들으며 잊고 있던 한 가지가 생각났다.

"아…….."

바로 죽은 윈드 워커에게서 수습한 메모리카드와 메모장이다. 꼭 체크해 볼 필요가 있었는데, 돌아오고 워낙 정신없어서 까먹었다.

나는 서둘러 장비를 보관하는 방으로 가서 메모리카드와 수첩을 가져왔다. 얼른 수첩을 뒤적였다. 그리고 그 내용은 매우 흥미로웠다.

—군주급 몬스터를 추적 중. 강남에 군주급 몬스터가 출현했다.

"뭐?"

이게 무슨 소리야. 강남에 군주급 몬스터가 나타났었다니?

엄청난 정보에 순간 소름이 돋았다. 여기서 강남은 예전 서울의 강남구를 말하는 게 아니다. 문자 그대로 한강 남쪽을 의미한다.

그리고 강력한 군주급 몬스터는 강남 쪽이 아닌 강북에 거주했다. 그게 현재 헌터들이 강북으로 진출하지 못하는 중요한 이유고.

보통 때는 느슨하게 흩어져 지내는 몬스터지만, 때때로 뭉쳐서 인간을 침공해 온다. 웨이브라고 부르는 현상이다.

이때 무리를 통솔하는 게 군주급 몬스터다. 딱히 군주급으로 정해진 종이 있는 건 아니고 일대에서 가장 강한 녀석이 자동으로 승급한다. 그리고 특별한 힘을 얻고 주변의 몬스터들에게 강한 영향력을 갖게 된다.

그들은 하나하나가 중세 유럽의 영주와 같다. 몬스터들의 지배 구조에 대해 대강 밝혀진 바로는 봉건제와 아주 유사했다.

평시에는 그런 군주급 몬스터끼리 대결을 벌이기도 하는 모양이었다. 그러다 아직 한 번도 확인된 적은 없는, 그러나 개념상으로 추측되는 '왕'이란 존재에 의해 단결되는 것 같다.

"보자……."

메모리카드의 사진 파일을 DSLR에 꽂은 다음 다시 컴퓨터로 연결했다. 사진 전송이 끝나자 급하게 눌러 열어봤다.

"여긴……."

사진 속의 쇠락한 폐허는 내가 아는 곳이다. 바로 동작구 노량진 일대다. 한강과 가까운 곳이라 위험도가 높았다. 그래서 하이에나는 얼씬도 안 하는 장소다. 심지어 10년 경력인 나도 한 번을 안 가봤다.

나는 계속 사진을 넘겼고 곧 한 번도 본 적 없는 몬스터를 발견했다. 사진으로만 보는데도 포스가 장난 아니다. 실제로 보면 오줌을 안 지리는 게 이상할 정도로 무시무시한 괴물이었다.

직립보행하는 괴물이었는데, 키가 옆에 있는 건물의 3층까지 달했다. 이게 군주급 몬스터란 말인가.

"대단해."

그런데 문제는 그게 아니었다. 다음 사진부터는 갑자기 흔들리는 게 여러 장 있었다. 뭔가 알 수 없는 빛의 번쩍임도 잡혀있었다.

아무래도 무슨 일이 있었던 것이 틀림없었다. 그리고 더 충격적인 건 그 다음 사진에 그 군주급 몬스터가 피칠갑이 되어 쓰러져있단 사실이었다.

황당한 마음에 나는 들고 있던 수첩도 놓고 말았다.

뭐지? 뭐야? 무슨 일이 있었던 거지?

불과 사진 몇 장 사이에 어떻게 군주급 몬스터가 죽을 수 있는 거야.

참고로 군주급 몬스터의 등급은 S등급. S등급부터는 핵으로도 못 죽인다. 그런데 누가 이걸······.

어처구니없어하며 스페이스바를 눌렀다. 그리고 어떤 존재의 일부만이 찍힌 사진을 보게 됐다. 그것은 여러 쌍의 검은 날개였다. 그리고 불타오르는 검······.

갑자기 심장이 크게 뛰었다.

저 날개는.

저 불타는 검은.

설마 내가 아는 그녀인가?

빠르게 더 사진을 넘겼지만 그게 다였다. 하지만 나는 저 날개와 검의 주인이 메타트론이란 점을 알 수 있었다. 아무래도 그녀가 저 군주급 몬스터를 살해한 듯했다.

궁금증을 감추지 못하면서 수첩을 넘겼다. 그리고 내 예상은 사실이 됐다.

-군주급 몬스터를 죽인 건 메타트론이었다. 그녀는 날 발견했지만 무심한 눈길로 바라보고는 곧 떠났다.

파르르.

갑자기 전신이 떨려온다.

그리고 오만가지 생각이 다 떠오른다.

어쩌면 나는 그녀를 만날 수 있을지도 모르겠단 생각이 들었다.

노량진이라.

하려면 빨리 결정을 내리는 게 좋았다.

은퇴식 뒤에는 총기 등의 각종 장비를 사용할 수 없게 된다. 면허도 반납해야 하니 사냥터로 가는 것도 불법행위였다.

"메타트론…."

고민은 이어지고 있었지만 나는 내가 어떤 결정을 내릴지 짐작할 수 있었다.

메타트론의 사진을 보고 잠을 제대로 자지 못했다. 그녀는 날 기억도 못할 거 같지만, 내 입장에서는 인연이 깊은 존재다.

두 번이나 목숨을 구해준 은인이며, 하이에나로 10년 세월을 버틸 수 있게 해준 힘을 주기도 했다. 그러니 그런 그녀라면 내가 겪고 있는 문제를 해결해 줄지도 모른다는 생각이 들었다.

시한부 인생인 문제와, 헌터가 되지 못한 문제, 이 두 가지를 말이다. 전자의 경우는 해결해 줄 수 있을지 잘 모르겠다. 반면 후자의 경우는 내 안에 있는 힘을 메타트론이 회수하면 가능하지 않을까?

그렇다면 나도 헌터가 될 수 있다.

그녀가 준 능력이 가로막고 있는 탓에 다른 천사들에게 힘을 받지 못한 거니까. 그리고 헌터가 된다면 시한부 문제도 어쩌면 해결할 수 있을지 모른다.

헌터는 초인이니 수명이 좀 늘 수도 있겠지.

이런 고민 끝에 메타트론을 만나야겠단 결론을 내렸다. 원래는 그녀가 어딨는지 아무도 알 수 없어서 고려해본 적도 없는 문제다. 하지만 최근까지 노량진에 있었던 게 확실하다면 한 번 뒤져볼 만하다. 위험하긴 하겠지만 가만히 죽음을 기다리는 것보단 낫겠지.

다음날 곧장 행동에 나섰다. 천사에 대해 궁금하다면 같은 천사에게 물어봐야 하겠지.

"이봐."

미리 기다리고 있던 나는 지나가던 두 사람을 붙잡았다.

"너는?"

내게 불린 두 명의 헌터는 깜짝 놀란 표정을 지었다. 그럴 수밖에.

이들은 그때 술집에서 시비가 붙었던 헌터들 이었으니까.

두 헌터는 날 보더니 말로 표현하기 어려운 얼굴이 됐다. 수치심, 분노, 고마움 등이 섞인 얼굴이다.

나는 그냥 무심하게 물었다.

"몸은 좀 괜찮냐?"

"어? 어. 그렇지 뭐. 우리는 헌터니까 빨리 회복하거든."

둘은 날 어떻게 대해야 할지 모르겠단 표정이었다. 뭐 그렇다면 내 페이스대로 하면 되겠지.

"니들 말이야, 결국 둘 다 내가 목숨을 구해준 거 알지?"

"…그렇지."

내게 시비 걸었던 게 생각난 듯하다. 그래서 씩 웃으면서 그들의 어깨를 두들겨줬다.

"사소한 건 잊어버려. 남자가 술 먹고 시비 붙고 그럴 수 있는 거지. 난 신경도 안 쓴다."

내가 이렇게 나가자 둘의 표정이 곧 풀렸다.

헌터가 술 먹고 일반인에게 시비 건 건 큰 문젯거리다. 내가 그들의 천사에게 이르기만 해도 곤경에 처할 터. 한데 내가 통 크게 문제 삼지 않겠다고 하니 좋아할 수밖에.

"고맙다, 정말. 네 덕에 목숨을 구했어."

"헌터로서 부끄럽다. 정말 고맙다."

이렇게 보니 괜찮은 녀석들인 것도 같다. 역시 술이 원수지. 아직 헌터가 된 지 얼마 안 된 탓에 과시하고 싶었을 것이다. 이들은 이번 일로 여러 가지 교훈을 얻었을 거다.

내가 이들을 만나러 온 건 따로 부탁할 게 있기 때문이다. 그 점을 말하자 둘은 흔쾌히 승낙해 왔다.

"말만 해. 들어줄 수 있는 거면 꼭 들어줄게."

"나도. 생명의 은인이 하는 부탁인데 말이야."

긍정적이라 다행이군.

"무슨 부탁이냐면, 너희가 섬기는 스이엘님을 만나고 싶다."

스이엘은 대지의 힘을 다루는 천사다. 평천사인 탓에 그 세력이 그다지 크지 않다.

"이쪽이야."

내가 목숨을 구해준 헌터의 이름은 김준, 오상혁이었다. 둘의 주선으로 오늘 스이엘과 만날 약속을 잡았다.

앞서 가던 김준이 내게 주의를 준다.

"알아서 잘하겠지만, 스이엘님께 무례하게 하면 안 된다?"

"걱정 마."

곧 김준은 조심스레 덧붙인다.

"그리고 너 믿고 약속 잡아준 거니까 그 일은 얘기하지 말고."

"하하하, 그러니까 애초에 왜 술집에서 시비를 걸어."

"미안. 입이 열 개라도 할 말이 없다."

둘은 구명의 은혜 때문에 무척 저자세였다.

"걱정 말라고. 내가 고자질하려고 굳이 스이엘님과 만나자고 했을까, 번거롭게."

"하긴."

스이엘이 거주하는 곳은 안양시 평촌이다. 아무래도 안양에 신성지를 뒀으니 그 권속이 나랑 부딪친 거겠지. 안양은 중요한 방어 지점이라 이곳에 신성지를 둔 천사들은 많다. 그 유명한 태양의 대천사 미카엘라가 안양을 지키는 대표다. 스이엘 같은 평천사는 미카엘라의 휘하에 있다.

"여기야?"

"응, 아크 타워 52층이야."

맙소사. 무슨 신성지가 주상 복합 52층에 있어.

천사들의 적응력은 하여간 대단하다. 천사의 성지라면 거룩한 느낌이 가득한 성당 정도가 적당할 거 같은데 말이야.

띵.

고속 엘리베이터가 금세 52층에 도착했고, 곧 '스이엘 헌터 사무소'란 간판이 눈에 들어왔다.

뭐랄까, 너무 예상 밖인데? 이쪽에서도 기본적으로 기대하는 부분이 있단 말이지. 적어도 인테리어만큼은 거룩한 모습일 듯했는데. 천주교 성당에서 볼 법한 분위기 있잖나. 옆에는 천사나 성자의 동상도 좀 있고 말이야.

역시 갑옷 입은 수도승 기사나 향초를 든 사제 같은 건 무리였나. 아무래도 내가 라이트노벨을 너무 본 모양이다.

"우리 사무실은 처음이지? 여기 커피 좀."

주변에는 나 말고 방문한 손님으로 번잡하다.

"내가 좀 바쁠 때 왔나?"

"아냐, 종복 친구들이 바쁘지 우리 헌터랑 스이엘님은 한가해."

천사는 클랜을 만들고, 클랜에는 헌터와 종복이 있다. 헌터는 천사에게 힘을 받은 자고, 종복은 일반 직원이다. 보니까 여기저기 서류가 날아다니는 게 오늘 일반직에겐 큰 일거리나 있나 보다. 잠시 기다리고 있자니 비서라는 여자가 와서 날 부른다.

"유제아님이시죠? 스이엘님께서 기다리고 있습니다."

"아, 예."

천사랑 직접 대면하는 건 오랜만이라 가슴이 두근두근 뛴다. 헌터 적격성을 테스트하기 위한 짧은 만남이었지만 기억 속의 천사는 실로 고결함 그 자체였다. 우리의 기대, 우리의 환상을 한 치도 벗어나지 않는, 신화 속에서 튀어나온 모습 그대로였다.

똑똑.

비서가 문을 두들기고 '유제아님 방문입니다.'라고 말하고 문을 열었다. 안에 들어가자 15세 정도로 보이는 여자애가 보인다. 그녀의 옆에는 전혀 예상치 못했던 종류의 물건들이 산더미처럼 쌓여 있었다.

그건 온갖 종류의 만화책과 애니메이션 굿즈였다. 심지어 벽 한 쪽에는 비싸 보이는 블루레이 박스가 빼곡하게 꽂혀 있었다. 그 외에 각종 캐릭터 테피스트리가 벽에 걸려있었고, 소파 위에는 안아베개*까지 보였다.

---

* 캐릭터가 인쇄된 긴 배개형 침구인 다키마쿠라抱き枕를 뜻한다.

'대체 뭐야, 이 별천지는…. 애니를 엄청나게 좋아하는 건가.'

지금 그녀는 온통 컴퓨터에 신경을 집중하는 중이었다.

"흥흥~ 이번에는 뭘 주문할까나. 이번 겨울 코믹에 정말 두근거리는 게 많이 나왔다니까."

얘는 대체 누구지?

연분홍색 머리칼과 인형처럼 예쁜 얼굴은 틀림없이 천사인 것 같은데, 나머지 모든 사항이 그걸 전력으로 부정하고 있었다.

소녀가 날 힐끔 보더니 말한다.

"왔니? 거기 앉아. 잠깐만 이번에 나온 신작 애니 PV까지만 보고."

일단 소파에 앉으면서 물었다.

"너 누구? 천사님은 어디 가신 거야?"

내 말에 눈앞의 깜찍한 소녀는 기괴한 걸 봤다는 표정이 됐다.

"나잖아? 내가 스이엘인데."

"정말? 그런데 무슨 천사가 애니를 이리…. 이건 이미지가……."

소녀가 말을 자르고 들어온다.

"달라도 너무 다르다고?"

그래, 내 말이 그거다.

소녀는 의자에서 일어나 내 앞까지 걸어오더니 작은 손가락으로 이마를 쿡쿡 찔렀다.

"원래 밖에 보이는 이미지랑 현실은 다른 거 몰라? 왜 이래, 업계 뉴비 같이."

허탈했다. 이 울적함은 현실과 마주했기 때문이겠지.

뭐랄까, 깬다.

너무 깬다.

"날 그렇게 원망스럽게 보지 말렴. 천사도 엄연히 사생활이 있는 법이야."

"스이엘님만 그런 거 아닌가요?"

나는 너만 비정상이지 다른 점잖은 천사까지 끌어들이지 말라는 어투로 힐난했다. 그러자 스이엘이 비웃음을 머금는다.

"내가 부장을 맡은 애니 연구회에 설마 천사가 나밖에 없다고 생각하는 건 아니겠지?"

"허…."

결국 나는 곧, 생각하는 걸 그만두었다.

"어휴……."

나도 모르게 노골적으로 한숨을 쉬고 말았다. 그러자 싱글거리던 스이엘이 발끈한다.

"야! 그 한숨은 뭐야? 너도 내가 평천사라고 존나 무시하냐?"

"아닙니다."

"꼭 천사 많이 못 본 티를 내요. 10년차 하이에나라며?"

"하이에나가 천사님들 뵐 일이 있겠습니까?"

"그렇긴 하겠네. 내가 널 너무 과대평가한 것 같다."

한숨에 대한 카운터가 즉각 날아오는구나.

"이번에 너한테 신세 진 것도 있고 하니 방금 무례는 넘어가주지."

스이엘은 내 앞쪽 소파에 앉더니 팔걸이에 팔을 거만하게 올렸다. 외형은 예쁜 소녀라 거들먹거리는 게 귀엽게만 보인다.

"아무튼 이번 일은 고마워. 우리 애들 때문에 고생하게 해서 미안해. 그래서 시간을 낸 거야. 업무로 바쁜 가운데 말이야."

특별히 '바쁨'을 강조하는 스이엘. 오늘 일없는 거 다 알고 왔는데 말이야. 애니메이션 감상도 업무에 들어가는 건가.

"우리 애들이랑 시비 붙었는데도 구해준 건 진짜 높게 평가해."

"어라? 알고 계셨습니까?"

"물론이지. 내가 바보도 아니고 말이야. 그 두 놈은 잘 감추고 있다고 생각하고 있는 모양이지만 조만간 조치할 거야. 이 스이엘님의 애정 가득한 훈육으로. 흐흐히히!"

뭔지 알고 싶지는 않았다.

그나저나 나 꽤 좋게 보여지고 있었구나. 하이에나인데도 선뜻 만나준다 했던 것도 그래서였군.

"아무튼, 인사치레는 이 정도하고. 오늘 방문한 목적이 뭐야? 부디 내 아이들을 위해 노력이 보답 받을 수 있길 바라."

"궁금한 게 있습니다."

스이엘은 한쪽 눈가를 올리더니 물어보라는 듯 턱짓을 했다. 행동 하나하나가 예쁘고 매력적이었다. 확실히 천사는 천사구나.

"다른 천사에 관해 알고 싶습니다."

"누구?"

민감한 주제라 잠깐 숨을 가눈 후에 말했다.

"메타트론."

"뭐?"

스이엘이 깜짝 놀라 반쯤 몸을 일으켰다.

"그년은 왜? 너 진짜 어이없는 질문 하는 거 아니?"

메타트론을 '그년'이라 부르고 있다. 같은 천사에게도 꺼려진다는 건 알고 있었지만, 평천사보다 한참 높으신 분일 텐데?

"그년이라고 막 불러도 됩니까?"

"…그건 좀 그런가. 나름 사정이 있어. 뭐 잘못하긴 했네."

얼버무리는 얘기를 들어보니 스이엘의 상관이 대천사 미카엘라 인데, 메타트론에게 겁쟁이라고 모욕당한 적이 있다고 한다. 스이엘 은 미카엘라를 무척이나 흠모하는 느낌이다. 그런 탓에 감정이 안 좋은 듯했다.

"그런 이유군요."

"맞아. 그러니 별로 즐거운 이야기는 아니네."

더 대답하기 싫다는 듯 고개를 팩 돌리는 스이엘.

하지만 난 들어야 한다. 어르고 달래서라도 말이야.

"그래도 제 궁금증에 답해 주시길 바랍니다. 지금은 제게 보답해 주는 자리 아닙니까?"

"이 하이에나 얼굴 두꺼운 것 좀 보게. 아까부터 날 너무 편하게 대하는 거 아냐?"

"천사는 인간에게 친근하고 다정한 존재 아닙니까? 설령 당신들 이 진짜 천사가 아니라도 천사를 자칭하고 있다면 응당 인간을 그리 대해야겠죠. 그리고 저를 하이에나로 비하하는 건 무척 천사답지 못 한 태도입니다. 물론 저희가 하이에나라고 관용적으로 불리긴 합니다만, 엄연히 '부산물 수거업자'라는 직업명이 있습니다. 그런데 천사의 위에 있으신 분께서 그리 말씀하시는 게 바르다고 보십니까?"

정론으로 밀어붙이자 스이엘은 꿀 먹은 벙어리가 됐다. 그러더니 곧 솔직히 사과한다.

"미안."

이런 면은 꽤 담백한 천사군.

"너 말이야, 왜 그년… 아니, 메타트론에게 관심을 갖는지 모르겠지만, 안 그러는 게 좋을걸. 메타트론은 날개가 까마귀처럼 검어. 속도 분명히 음흉할 거라고."

저게 보통 세속적인 평가다. 하지만 내 시각은 좀 달랐다. 그녀는 내 은인이기도 하고, 여기 오기 전에 조사하면서 뭔가 특이점을 발견했달까.

"하지만 전 이렇게 생각합니다. 우리의 기대나 선입견이 대상에게 색을 입히고 있는 거 아닐까 하고 말이죠."

"엥? 그게 무슨 생뚱맞은 말이니?"

간단한 얘기다. 메타트론이 과연 나쁜 존재냐는 그 말이다.

그녀가 우리의 기대나 소망대로 행동하고 있지 않은 건 사실이다. 하지만 그녀에 관한 기록을 살펴보니 인간에게 해악을 끼친 적은 없었다. 몇 번의 장대한 도심 파괴가 그녀의 불명예로 남았지만 거기에는 반드시 몬스터가 연관되어 있었다.

나는 그녀가 소문 그대로의 인물은 아닐 거라 설명했다. 과거의 사건 하나하나를 분석해 나의 견해를 덧붙인 내용이었다.

"호오……"

스이엘은 매우 재밌다는 표정이 됐다. 아니, 이제까지와 다른 얼굴이 됐다고 할까. 감탄했다는 기색마저 느껴진다.

"꽤 재밌는 의견을 가진 하이에나네. 그래, 네 말은 메타트론은 검은 게 아니라 우리가 검게 인식하고 있단 거구나."

"비슷합니다."

스이엘은 소파 뒤로 털썩 기대더니 턱을 작은 손에 기댔다.

"10년을 하이에나로 살아왔다고 들었어. 그게 역시 우연은 아니구나. 우리 애들보다 훨씬 낫네."

"무슨 뜻이신지?"

잠시 심각한 표정으로 생각에 잠겼던 스이엘은 곧 방긋 웃었다.

"흥미로워. 오랜만에 제법 쓸 만한 아이가 나타났어. 좋아. 어쩌면 이 비루한 하이에나가 그녀에게 파문을 일으킬지도 모르지. 메타트론은 중요한 존재거든. …적성을 가지고 있으니까."

마지막 말이 무슨 뜻인지 알 수 없었지만 굳이 묻지는 않았다. 대답해 주지 않을 걸 알았기 때문이었다.

"자, 네가 원하는 걸 질문해."

허락이 떨어졌다.

그녀에 대한 질문은 미리 정리해 왔다. 나는 메타트론의 권속들에게 무슨 일이 있었는지, 그녀에 대한 소문이 사실인지, 그리고 그 외의 몇 가지를 물어봤다.

스이엘은 내게 비밀을 지키겠다는 약속을 받은 뒤, 생각보다 자세한 내용을 알려줬다. 그녀에게 들은 정보는 놀라운 것이었다. 하지만 이 스이엘조차 메타트론에 대해 정확히 파악하지 못하고 있는 듯했다. 그 점을 얘기하자 스이엘은 어깨를 으쓱였다.

"대천사님들조차 메타트론의 꿍꿍이를 몰라. 그녀가 우리 천사의 배신자일지 아닐지 두려워하고 계시지."

"대천사들조차 두려워합니까?"

"그럴 수밖에. 어쨌든 최강의 천사니까. 인정하긴 싫지만, 내가 모시고 있는 미카엘라님마저 한 수 접어줘야 해."

정말 더럽게 강한 년이에요, 라고 스이엘은 덧붙였다.

"크게 도움이 못된 것 같아서 미안하네. 하지만 내가 알고 있는 건 이게 다야."

"아뇨, 정말 큰 도움이 됐습니다. 그리고 이런 이야기는 돈으로 살 수 없다는 걸 알고 있습니다."

아무래도 단순 사례 차원이 아니었다. 내가 했던 말이 어째서인지 스이엘의 마음을 움직였던 것 같다. 안 그랬으면 수십억을 준다고 해도 스이엘은 지금 얘기를 털어놓지 않았을 거다. 천사란 세속의 수단으로 매수할 수 있는 존재들이 아니었다.

"알긴 잘 아네. 호호호, 너 점점 더 마음에 드는구나. 혹시 우리 클랜에 들어오지 않을래?"

당연히 거절했다.

그러자 스이엘은 꽤 아쉬운 기색이었다.

"정말 거절이양?"

스이엘은 놀랍도록 깜찍한 표정을 지으며 눈을 깜빡거렸다. 보고 있자니 이 치명적 귀여움에 심장이 아파질 정도다.

이게 갑자기 어디서 아양이야.

그리고 그만두지?

사람을 맛있는 먹이같이 보는 눈빛은.

"슬슬 일어나 보겠습니다."

인사를 하려는데 갑자기 스이엘이 날 붙잡는다.

"얘."

"네?"

"가기 전에 점 한번 보고 가지 않을래?"

"점이요? 갑자기 무슨……."

그냥 심심풀이로 하자는데 무슨 꿍꿍이인지 의심스럽다. 그래도 내게 손해는 없겠지.

"좋습니다."

"꺄! 잘 생각했다. 그럼 오랜만에 솜씨를 발휘해 볼까?"

"뭘로 하는 건가요? 타로 카드?"

뭔가 서양풍이라면 그런 이미지가 아닌가. 그런데 타로란 말에 스이엘이 질겁한다.

"뭐어? 타로? 오컬트의 서자, 점성술과 수비학의 열화, 심리학의 이단아인 그 타로? 너 지금 또 나 존나 무시하냐?"

"에?"

타로가 그런 위치였나? 뭔가 역린을 건드린 것 같아서 무섭다. 곧 스이엘이 열변을 토했다.

"그런 근본도 모르는, 19세기 이전 어떤 신비주의 기록에도 없는 타로라고? 그거 원래 귀족 애들 교육용 카드였던 거 모르고 하는 말이야? 난 말이야! 그거랑 차원이 다른 거로 할 거거든! 수비학

Numerology이라고 들어는 봤냐? 엉? 수천 년을 거슬러 올라가는 뼈대 있는 방법이라고. 어디 근대기에 그 아서 에드워드 뭐시기가 정리한 잡스러운 타로와 비교를 하나! 어?"

완전 화났네. 뭐 애초에 내가 그런 걸 아나……. 난 잘못한 거 없다.

"죄송합니다. 그럼 수비학으로 부탁드릴게요."

"흥! 정말 이래서 하이에나는 안 된다니까. 왜 헌터 각성은 못 하고 만날 하이에나인지 생각해 보라고. 노력이 부족하다니까."

전혀 상관없는 얘기로 흐르고 있단 느낌이다. 애초에 내 헌터 각성과 노력은 관계없다. 내가 헌터에 한 맺혀서 안 해본 짓이 없는 입장에서 자신한다. 대한민국에 나처럼 헌터가 되고자 노력했던 사람이 어딨을까. 하지만 메타트론의 힘이 내 안에 머무는 한 어떤 천사도 날 헌터로 만들 수 없다. 이유는 간단하다. 메타트론보다 강한 천사가 없기 때문이다.

"흥흥!"

다시 성대하게 콧김을 내뿜은 스이엘은 그래도 차곡차곡 준비한다. 하얀 A4용지랑 펜을 꺼내고는 내 이름을 끄적끄적 쓴다. 글씨체가 완전 유치원생이다. 이런 애 같은 필체도 오랜만에 보네. 스이엘은 하얀 종이 위에 삐뚤삐뚤 유제아란 이름을 썼다.

"수비학이란 간단한 거야. 수야말로 사물의 본성, 인물의 미래와 운명을 볼 수 있는 수단이란 말이지. 수는 우주의 근본이야. 그리고 그 수로 길을 찾는 게 수비학이고."

뭔가 수비학에 대한 긍지가 느껴진다.

"우주의 모든 건 수에 의해 일체화되고 측량될 수 있어. 니네 인간들은 $E = mc^2$ 를 그렇게 신봉하고 있잖아. 이게 수에 의한 정의가 아니고 뭐겠어."

들다 보니 좀 그럴싸하네. 나는 나름대로 기대가 피어오르는 걸 느꼈다. 일단 지켜볼까.

"그럼 시작한다? 자, 일단 '유'란 글자를 ㅇ과 ㅠ로 나눌게. ㅇ는 획이 한 개고 ㅠ는 세 개네. 히힛! 둘이 합치면 네 개다!"

잠깐.

잠깐, 이거 뭐야?

스이엘은 내 이름을 분해한 뒤에 획을 숫자로 적고 아래로 선을 그어 더한 뒤 다시 더하고 있었다.

"이거 어린애들 놀이잖아요!"

참지 못하고 소리를 지르자 스이엘은 깜짝 놀란다.

"뭐야? 인간들은 이미 알고 있었어?"

충격을 받은 얼굴이었다. 마치 자기만의 비밀을 들킨 어린아이 같은 표정이다. 잠시 뒤엔 눈물을 조금 글썽이기까지 했다.

부들부들.

"인간이 내 특허를 훔쳐갔어! 이 얼마나 무서운 일이야!"

지금 상황이 농담 아닌 게 더 무서워.

"인간은 정말 대단해. 얕볼 수 없다니까."

절레절레 고개를 흔들던 스이엘은 다시 작업에 집중했다. 한동안 계속 숫자를 가지고 놀더니 벌떡 일어나며 경악에 찬 소리를 질렀다.

"오오오오옷! 이것은!"

"뭡니까? 뭐가 나온 거예요?"

나까지 덩달아 놀라서 종이에 얼굴을 가져갔다.

"오오!"

"왜요? 뭔데?"

내가 고개를 들이밀자 스이엘은 어깨를 으쓱하고는 숫자를 펜으로 찍찍 긋는다.

"아니, 계산이 틀려서. 예전부터 산수에 약했어."

방금까지 수비학 부심 폭발하던 사람이 산수에 약하다니?

"획 숫자로 할 거면 차라리 한자 이름으로 하시죠? 한자가 획이 많아서 더 그럴싸하잖아요."

"아, 그건. 스이엘은 바보라서 한자를 쓸 줄 모르거등."

"……."

한글도 유치원 글씨체로 어렵게 쓰는 천사였다. 한자는 역시 무리인가.

내가 한심하다는 시선을 감추지 않고 있는 사이 스이엘은 나름대로 열심히 계산을 거듭하고 있었다.

"수비학에서 내세우는 원리는 그거야. 한 사람의 생에서 특정한 숫자가 반복적으로 등장한다는 거지. 그리고 그 숫자로 네 운명을 추론해 볼 수 있어."

이제 와서 다시 진지해져 봐야 망가진 분위기가 복구될 리 없다. 하지만 반론을 하면 상황이 더 길어질 듯해서 잠자코 있기로 했다.

"그 특정한 수에는 1차수와 2차수가 있어. 지금부터 계산할 거야. 네 생년월일을 말해 줘."

"2002년 6월 14일이요."

"그래? 그러면 생일은 14일이구나. 1과 4를 더하면 네 행운의 1차수는 5야."

여전히 애들 장난질을 못 벗어나는 것 같은데. 그래도 일단 지켜보자. 여기까지 온 이상, 과연 스이엘이 길가에 멍석 깔고 장사할 수 있을지 나도 궁금하다.

"2차수는 좀 더 복잡해. 생년월일의 각 숫자를 다 더해야 하거든. 더할 때는 수비학 특유의 법칙이 적용되지. 모든 숫자는 가장 낮은 가치로 감해진다는 거야."

2차수의 계산 공식은 이렇다.

월+일+년이다.

먼저 월은 6이다. 일은 14일을 분해해 1+4를 해 5다.

년은 2002의 2+0+0+2을 해서 4.

최종적으로 모두 더한다.

6+5+4=15.

하지만 스이엘이 말한 수비학 법칙에 의거해 다시 낮은 가치로 감해서 15를 분해한다. 15는 1+5가 되어 최종 결과는 6.

"자, 이제 네 1차수는 5, 2차수는 6이란 걸 알 수 있지. 둘이 나란히 놓으면 56이란 숫자가 나와. 이 부분만 감해진다는 규칙의 예외야. 우린 이걸 기둥수라고 부르지. 그렇지만 기둥수를 감한 결과 역시 추가로 필요해. 5+6은 11. 다시 1+1을 하면 2다. 하니 이제부터 이 모든 숫자, 5, 6, 56, 2를 가지고 네 운명을 계산하겠어."

애들 장난 정도로 보고 있던 나는 눈앞에서 빛이 폭발하자 깜짝 놀라서 뒤로 물러났다. 갑작스레 스이엘의 주위로 빛나는 숫자가 몰아치기 시작한다.

우우웅.

마치 CPU에 붙은 팬이 돌아가는 듯한 소리가 요란하게 나면서 반짝이는 숫자가 사방으로 튀며 요동친다. 그러던 중 그 혼란 속에서 내 운명의 숫자들인 5, 6, 56, 2가 떠오른다. 그리고 그 숫자들은 다른 숫자를 마구잡이로 끌어들여 규칙적으로 정렬해 간다.

"이것은!"

스이엘은 진지하게 빠져들고 있었다. 그녀의 아름다운 눈동자가 새하얀 빛으로 번쩍인다. 스이엘은 숫자의 기기묘묘한 배치 속에서 무언가를 보는 중이었다.

"말도 안 돼! 이럴 수가!"

대체 무엇을 읽고 있는 걸까? 놀란 기색이 역력하다. 그녀의 이마에 땀이 흥건했다.

"이런 운명이!"

그게 마지막 감탄사였다.

빛의 폭풍이 나타났던 때처럼 순식간에 사라졌다. 사방으로 흩날리던 스이엘의 머리칼 역시 곧 차분하게 제자리로 돌아간다.

"후우……."

스이엘은 매우 복잡한 표정으로 날 보더니 뒤로 몸을 기댔다. 잠깐 사이 땀범벅이 되어있었다.

"왜 그러세요? 무슨 일입니까?"

궁금해 죽겠다. 그러거나 말거나 스이엘은 이쪽을 관찰하느라 여념이 없었다.

"비범한 아이라는 건 알겠어. 솔직히 하이에나인 게 아까울 정도야. 하지만 네가 어떻게 이런 운명을 타고난 거지?"

"대체 뭔데 그러십니까?"

스이엘은 잠시 숨을 고르더니 이어간다.

"네게서 장엄하기까지 한 운명을 봤어. 환상 속에서 화염에 타오르는 칼날이 나타났지. 그리고 그 칼은 왕들의 심장을 꿰뚫고 있었어."

"왕이요?"

"그래. 우리가 개념상으로만 추론할 뿐, 확인하지 못한 그 존재 말이야."

몬스터는 아직도 미지의 존재였다. 처음 나타난 지 13년이 흘렀지만 알려지지 않은 게 더 많았다.

"하하……."

어이없어서 마른 웃음만 나왔다.

가장 비루한 하이에나가 어떤 천사도, 어떤 헌터도 도달하지 못한 왕을 죽인다고? 황당하다. 게다가 이런 주제는 내 마음을 아프게 후벼 파는 게 있었다.

"재밌는 얘기 잘 들었습니다. 제가 소설 좋아하는 건 어떻게 알고."

더 듣기 싫다는 듯 일어나자 스이엘이 잽싸게 내 팔을 잡는다.

"앉아. 그리고 더 들어. 지금 장난하는 거 아냐."

"……."

"너는 아마 곧 죽게 될 거야."

"그거라면 저도 알고 있습니다. 시한부 판정을 얼마 전에 받았거든요."

스이엘은 고개를 절레절레 저었다.

"네 몸의 균형이 완전히 무너진 걸 말하는구나."

"알고 계셨어요?"

"나도 천사야. 척 보면 딱이지. 하지만 지금은 그 얘기를 하는 게 아니야. 일단 앉으라고."

나는 한숨과 함께 자리에 다시 앉았다.

"너는 분명 왕을 죽일 운명을 타고난 게 틀림없어. 그런데 하이에 나인 네가 어찌 그리할 수 있는지는 나도 몰라. 그런데 말이야, 그런 위대한 운명을 갖고 있는 네가 가까운 시일 안에 죽을 확률이 높아. 그냥도 아니고 무지하게 높아. 아마 99% 정도일까? 흠… 네가 새로운 만남을 가질 때 그 위험이 발생한다고 하네. 그리고 그 절망적인 확률을 돌파해야 네 운명이 펼쳐질 거야. 이건 정말 가혹하군……"

새로운 만남을 가질 때 위험이 발생한다라.

아무래도 그건 메타트론과의 만남을 말하는 것 같은데. 역시 그녀를 찾아가는 건 보통 일이 아닌지도 모르겠다. 그나저나 99%라니 너무 심하잖아.

애초에 돌파할 수 있는 확률이 아니다. 그냥 확정이라고 보면 딱맞았다. 그 정도 확률이라면 그 후에 펼쳐진다는 운명도 사실상 의미가 없는 수준이다.

어쩌면 장엄한 운명을 타고나는 자들은 생각보다 많을지 모른다.

하지만 그들 거의 다가 보이지 않는 운명의 필터에 걸러지는 거겠지. 지금의 나처럼 말이다.

게다가 그런 걸 떠나서 99%던 말던 어차피 난 목숨이 몇 달 안 남았다. 죽을 운명이라고 해도 특별한 감상이 있을 리가 없다.

"극복할 방법이 있습니까?"

"그런 건 없어. 그래도 약간은 대비할 수 있겠지. 겨우 1~2% 정도 죽을 확률을 낮춰 주겠지만 지금은 그것도 커. 그런데 나쁜 예언을 들었는데 의외로 침착하구나? 역시 시한부 판정 때문에 그런 거야?"

"아무래도 그렇지요. 이미 파산한 사람한테, 빚이 추가로 늘었다고 해봐야 신경이나 쓰겠어요?"

"젊은 애가 그런 달관한 듯한 태도 별로 좋지 않다고? 하루를 살아도 젊은이답게 살아 이 녀석아."

나는 대답 대신 가볍게 웃고 말았다. 스이엘은 고개를 흔들더니 생각에 잠긴 듯 말이 없어졌다. 침묵이 꽤 길어지는 게 뭔가 고민스러운 듯했다. 급기야 자리에서 일어나서 한참 동안 혼자 방을 서성이더니 마침내 무언가 결심한 표정이 됐다.

"그래, 결정했어. 스이엘은 바보긴 하지만, 바보라서 과감하지."

"네?"

"네게 투자하겠다고. 유제아 네게 말이야. 사실 이렇게 성공 확률이 낮은 일에 뛰어드는 건 어리석은 일이지. 나도 잘 알아. 하지만 이미 네 운명을 본 이상 이대로 내버려둘 수는 없어."

스이엘은 조만간 내가 죽음에 직면하게 될 거라 했다. 그게 어떤 상황인지는 알 수도 없고, 피하기도 극히 어렵다는 것.

"피해서는 안 돼. 만약 그랬다가는 왕을 죽이는 운명에 결코 다다를 수 없으니까."

"저기? 그리 고생하지 않아도 죽게 된다니까요? 그 운명 어쩌고가 아니더라도 시한부 인생이잖아요."

"자꾸 그렇게 모른 척할래? 너 메타트론을 만나러 갈 셈이잖아! 그러면 그깟 시한부 정도는 극복할 수 있겠지!"

"……."

"만약 메타트론을 찾아갈 생각이 아니라면 왜 여기까지 찾아와서 묻겠어? 너도 현재의 문제를 해결하고 싶은 거잖아. 그러니까 널 돕겠다는 거야, 유제아."

맞는 말이기에 대꾸하기 어려웠다.

"그리고 나는 알고 있지, 네가 누구보다도 헌터가 되고 싶어한다는 걸. 무슨 목적 때문인지는 모르겠지만."

갑자기 심장이 한 번 크게 뛰었다.

"그걸 어떻게?"

"넌 말이야, 지금 네 자신이 생각하는 것보다 유명해. 이 나라의 하이에나 중에선 제일 이름 높지. 하이에나의 왕이라고 불릴 정도잖아. 그날 내 권속이 술집에서 시비를 걸었던 이유도 다름 아니야. 하급 헌터인 자신보다 하이에나인 네가 잘나가니 고까웠겠지. 너는 하이에나지만 하급 헌터의 질투를 살 정도의 인물이란 말이야, 유제아. 게다가 이번 도심에서의 싸움으로 더 명성을 얻었지. 사람들은 헌터도 못 이기는 괴물을 때려잡은 하이에나라고 난리였다고. 인터넷도 안 본 거야? 엄청 화제였는데."

심지어 대천사들조차 날 알게 됐다고 했다.

"…몰랐습니다."

"그런 유제아에 대해 알아보는 건 일도 아니었지. 그간 너의 튀는 행동들은 알기 쉬웠어. 헌터가 되지 못해 화난 젊은이의 전형이었지. 하이에나라고 믿을 수 없는, 무모하기까지 했던 지난 네 업적들 말야, 달리 설명할 수 있겠어?"

"…스이엘은 바보라면서요?"

입을 뽀족 내밀며 묻자 그녀는 맑게 웃음을 터뜨린다.

"바보지. 하지만 과감한 데다 감이 좋은 바보란다."

"정말 곤란한 바보네요."

같이 작게 웃었다. 분위기가 약간 더 풀어진다. 스이엘은 다가오더니 내 옆에 바짝 붙어서 앉았다. 달콤한 향이 코를 자극한다. 깜찍할 정도로 예쁜 소녀가 내게 얼굴을 바짝 대고 속삭였다.

"너를 도울게."

"이유는요? 정말로 제가 왕을 죽일 운명이면 천사 진영에 도움이 되니까?"

"물론 그 이유를 부정하지는 않겠어. 하지만 말이야."

스이엘이 내 손을 꽉 잡았다. 작고 귀여운 손에서 강한 의지가 느껴졌다.

"죽음과 맞서야 하는 운명을 눈앞에서 본다면 동정심이 생기지 않을 수 없어. 나는 천사라고."

"진짜 천사도 아니면서."

"하지만 진짜 천사와 다른 점은 무엇일까?"

그 물음엔 대답할 수 없었다.

이들은 천사를 복사한 존재다. 천사처럼 사고하고 천사처럼 행동한다. 스이엘은 애니메이션에 열광하고, 나잇값 못 하는 유감스러운 성격이긴 해도 분명 선량한 존재였다. 이 소녀의 눈에는 나에 대한 걱정이 가득했다.

"내가 널 돕게 해주겠니, 유제아?"

"…좋습니다. 전 언제나 합리적으로 행동해 왔죠. 쓸데없는 자존심으로 이런 기회를 거절하지 않습니다."

"잘 생각했어!"

그런데 어떻게 내게 투자하겠단 걸까. 그 점을 물으니 스이엘의 결론은 간단했다.

"어렵지 않아. 네게 돈을 바르겠어. 풀템으로 무장시켜 주지. 지금 네가 가진 하이에나 장비와 차원이 다른 헌터 장비로 머리끝부터 발끝까지 맞춰줄 거야. 그러면 좀 뒈질 확률이 낮아지겠지."

심플한 결론이구먼. 다만 문제가 있긴 했다.

"아쉬운 건 헌터의 장비는 헌터가 가진 능력을 기반으로 작동하는 게 대부분이야. 네가 가져봐야 빛 좋은 개살구이기 마련이지. 심지어 너는 장비가 가진 스탯도 볼 수 없으니까."

천사는 인간에게 힘을 부여하기 위해 게임에서 많은 시스템을 차용했다. 그래서 헌터의 장비 역시 헌터에게는 방어력 +11, 회피 확률 2% 증가 같은 게 눈으로 정확히 보인다. 문제는 헌터가 아닌 난 까막눈이나 다름없다는 소리다.

"그래도 대책이 없는 건 아냐. 장비 중에는 능력을 크게 요구하지 않으면서 성능이 좋은 부류도 있거든. 네가 쓸 만한 것도 찾으면 있을 거야."

"돈 많이 들 것 같은데 괜찮습니까?"

"말했잖아, 네게 투자하겠다고. 당분간 피규어는 못 사겠네. 아까 결제한 것도 다 취소해야겠다. 흐윽."

스이엘은 정말 울적한 표정이라 좀 미안했다.

그녀는 곧 나를 데리고 다른 방으로 갔다. 방의 바닥에는 커다란 마법진이 그려져 있었다.

"뭐죠, 이건?"

"넌 정말 헌터에 대해 아무것도 모르는구나? 여긴 소환의 방이야. 우리 천사가 원래 있던 세계에서 마법 물건을 불러오는 곳이지. 너희도 알겠지만 우린 특별한 세계에서 왔어. 그리고 그곳의 물건은 여기서 만들어낼 수 없기 때문에 이렇게 소환하는 거야. 소환의 동력을 위해 몬스터 안에 든 마정석이 필요하고."

6등급 이상의 몬스터는 방어막을 가졌고 내부에 마력이 뭉친 마정석이 있다. 흔히 마정석이라 불린다. 이것을 천사에게 갖다 주면 그들의 고향에서 물건을 소환할 수 있다.

지금 헌터가 소비하는 치료 물약이나 마법 물품은 대부분 천사에 의해 차원을 넘어온 물건들이었다. 이건 천사가 헌터를 대상으로 장사를 하는 건 아니고, 순수한 봉사였다.

"자, 상점 창을 표시할게."

스이엘이 마법진 한가운데 서더니 곧 능력을 사용했다. 그러자 허공에 홀로그램처럼 창이 나타났다. 이건 게임 속에서 보던 아이템

구입 창과 똑같이 생겼다.

"와! 완전 게임이네요, 게임."

"당연하지. 애초에 인간의 게임을 기본으로 지금 시스템을 만든 거니까. 거기 오른쪽 위에 돈 보이지? 그 한도 안에서 물건을 소환할 수 있어. 사실 돈이 아니라 마력 수치이지만."

129억 원이라고 써있었다. 이건 대한민국의 원화와 그대로 대응된다. 내 하이에나 장비가 전부해서 1억 정도 되는데 129억이라니, 입이 벌어질 지경이다.

"엄청나네요."

"그리 대단한 것도 아니야. 내가 평천사라 저 정도인 거지. 대천사님들의 재산은 어마어마하지."

"그런데 여기서 얼마나 쓰면 되나요?"

내 물음에 스이엘은 통 크게 대답한다.

"다! 다 쓰렴. 그래 봐야 생존 확률이 1% 정도 올라가려나? 넌 진짜 뒤질 상이거든."

이걸 웃어야 하나, 울어야 하나.

"생의 마지막 쇼핑이 될지 모르니 분발해 줘. 쇼핑은 소중한 거니까, 암암!"

혼자 고개를 끄덕이는 스이엘을 보며 나는 마음속 깊이 고마움을 느꼈다. 그러니 제대로 골라야 한다.

상점창에는 온갖 호화찬란한 장비가 많았지만 내가 쓸 수 없는 게 더 많았다. 그래서 그중에 사용 가능하면서도 성능 좋은 걸 찾는 게 중요했다.

"이거 맘에 드는데요?"

암살자 함의 야행복(C등급)

함은 솜씨가 부족한 암살자였음에도 마지막까지 살아남아 은퇴했습니다. 사람들은 그래서 함이 입었던 야행복이 특별한 물건일 거라 생각하고 있습니다.

방어력 +31

민첩성 +9

독에 대한 저항력 +10%, 마비에 대한 저항력 +10%

하루에 세 번 그림자로 변신

특질 : 매우 가벼움, 저렴한 수리비, 강화된 내구도

"용케 가성비 최강의 물건을 찾아냈구나? 역시 안목 하나는 좋네. 네가 못 찾으면 추천하려고 그랬던 제품 중 하나거든. 함은 별 볼 일 없는 암살자였지만 저 옷 한 벌로 버텼어. 다른 유능한 동료가 모두 죽는 와중에도. 물론 함의 비겁함도 한몫했겠지만."

"비겁함이야말로 훌륭한 덕목이에요. 아프리카에 이런 말이 있습니다. 겁쟁이는 엄마가 있는 고향에 간다고요. 위험을 피하면 살아남을 수 있다는 말이죠."

내 반론에 스이엘은 웃음을 터뜨렸다. 그녀는 걸작이라는 듯 손뼉

까지 쳤다.

"흐히힛. 정말 하이에나다운 의견이구나. 너는 진짜 최고의 하이에나야."

어깨를 으쓱해 보인 뒤 함의 의복을 샀다. 더 고민할 것 없었다. 이건 내게 맞춤이나 마찬가지다.

―결제하시겠습니까?

시스템에서 아름다운 목소리가 흘러나온다.

"목소리 예쁘네요?"

"응, 그렇지? 미카엘라님 목소리거든."

방금 엄청난 비밀을 듣고 말았다. 게다가 웃긴 건 시스템 음성 말이야……. 천사들이 직접 녹음한 거구나. 얘들 진짜 게임 개발하는 기분으로 달려들었던 거 같다.

나는 일단 '예'를 눌렀다.

―결제되었습니다. 담당 천사가 전송 절차를 시작합니다.

"맡겨두라고."

스이엘은 콧김을 내뿜으며 팔을 걷어붙였다. 그리고 사방에 빛을 뿌리며 소환 마법을 시작했다. 방 안의 마법진이 빛으로 온통 물든다.

위이이이이잉!

소음과 함께 시스템 음성이 다시 들렸다.

―남은 소환 시간 한 시간.

창도 같이 나타났는데, 즉시 소환을 위해서는 얼마의 마력이 '추가로' 소모되는지 적혀있었다.

야, 아주 기가 막히구먼, 우리 천사님들. 게임 업체에서 캐시템 팔아먹는 부분까지 충실히 구현해 놨네. 기립 박수라도 쳐주고 싶은 기분이다.

나는 당연히 그 유혹을 이겨내고 한 시간을 기다렸다.

우우우웅.

시간이 되자 기계가 꺼지는 듯한 소리와 함께 사방의 빛이 사그라진다. 그리고 마법진의 빛까지 모두 없어진 그때, 눈앞에 굉장히 심플한 흑의가 나타났다.

"이건가……."

입어보니 상당히 편했다.

"음, 음, 좋아. 이제 나머지도 골라보렴. 신중하게 구매해야 해."

목숨이 달린 문제다. 그래서 눈에 불을 켜고 보고 있는데 어떤 상자 아이템이 보였다.

행운의 상자

당신의 운을 시험해 보세요. F등급 아이템에서 SS등급 아이템까지 무작위로 나타납니다. 실패가 쌓일수록 고등급 아이템이 나타날 확률이 '미세하게' 오릅니다. 다만 창을 한 번 닫으면 쌓인 확률은 초기화됩니다.

가격은 1억 원이었다.

맙소사, 사행성이라니. 뽑기 한 번에 1억이다, 1억.

"너 설마… 그거 사려는 건 아니지?"

"이거요?"

"그래, 우리 천사가 만든 최악의 아이템, 일명 패가망신 선물 세트야. 유능한 헌터가 여럿 그 상자에 작살났지. 한번 시작하면 전 재산이 갈리는 건 시간문제야."

"그래도 성공한 사람은 있을 거 아니에요?"

"물론 있지. 실제로 S등급을 뽑은 사람이 한 명 있었어."

대단한 마법 검을 뽑았다고 한다. 경매장에 내놨는데 판매가는 1조 2,800억이었다고. 1억 원으로 1조 이상을 번 그는 헌터계의 영원한 전설로 남았다.

"고약한 녀석이지."

"왜 고약해요?"

"수많은 헌터가 그 성공 사례에 낚여서 패가망신하니까. 너도 알겠지만 될 놈만 되고, 안 될 놈은 뭘 해도 안 되잖냐."

스이엘은 한심하다는 듯 어깨를 으쓱였다.

그러나 내 시선은 어째서인지 행운의 상자에서 떨어지지 않았다. 그래, 몇 개 정도라면 운을 시험해 보는 것도 나쁘지 않겠지. 이 옷을 사고도 51억이나 남았잖아?

게다가 이렇게 평범하게 무장해 봐야 어차피 죽는다. 뭔가 극적으로 바뀌려면 모험을 할 수밖에 없어. 지난 10년간 내 인생은 늘 도박이고 모험이었다.

"이걸 뽑겠습니다."

"에엣? 돌았어?"

스이엘이 대번에 반대하고 나섰다.

"마음은 알겠는데, 그러지 마. 여기서 실패하면 되돌릴 수 없어.

게임 시스템으로 만들어졌다지만 이건 진짜 게임이 아냐!"

"하지만 이대로는 절망적인 건 마찬가지 아닙니까? 죽을 확률이 절대적이라고 하셨죠? 그렇다면 1% 정도 나아진다고 티나 나겠습니까? 어차피 남은 돈으로 C등급 한두 개 사면 끝입니다. 잔돈으로는 포션 좀 마련하고 말겠죠. 그렇게 하면 제가 살아날 수 있겠습니까?"

"그래도……."

"당신은 제게 이 돈을 맡겼습니다. 그러니 제가 좋은 것으로 선택하게 해주세요."

"…알았어. 네 뜻대로 해."

고개를 끄덕인 나는 일단 행운의 상자 열 개를 구매했다. 자그마치 10억 원이 소모된다. 소환된 열 개의 상자를 열려고 하는데 손이 다 떨려왔다. 나는 입술을 깨물고는 과감히 열었다. 그러자 효과음과 함께 내용물이 나타난다.

─축하합니다! 엘릭서를 얻었습니다.

"아……."

긴장했던 탓에 한숨이 절로 나왔다. 엘릭서는 최고급 회복 포션이다. 가격은 1억 2,000만 원. 2,000만 원 이득이었다. 잘 뽑았다고 할 수 있었다.

하지만 두 번째 상자는 바로 말썽을 일으켰다.

─아쉽네요. 낡은 구두가 나왔습니다. 어떻게 봐도 아무런 효과가 없어 보이네요. 지나가는 거지에게 적선하세요.

"으윽!"

1억 원을 주고 낡은 구두를 뽑다니. 엘릭서를 뽑았을 때 눈을 반짝이던 스이엘이 나를 째려보기 시작한다. 그러지 마라, 내 맘도 찢어지니까.

다시 상자를 열었다.

-**짱! 식은 음식이 나왔습니다. 데워 먹기에는 이미 풍미가 사라진 뒤입니다. 변변찮군!**

"뭐야, 이게!"

급기야 참지 못하고 소리를 지르자 스이엘이 혀를 찬다.

"말했잖아, 패가망신 세트라고."

나는 두려움에 빠져 남은 일곱 개의 상자를 보다가 쉬지 않고 개봉했다. 내용은 다음과 같았다.

-**축축한 수건.**

-**쥐고기 크리스피 버거(시궁창 스파이스 향).**

-**상한 거북이.**

-**음식물 쓰레기봉투.**

-**행운의 편지(이 글을 읽는 당신은 저주에 걸렸습니다······.)**

-**마법 소녀 미쿄링 피규어.**

-**위조 지폐 한 다발.**

띠잉-

갑자기 머리가 핑 돌았다.

"아아······."

10억을 날렸다. 갑자기 숨이 다 막혀왔다. 순식간에 그 거금이 증발했는데 결과가 저거라니. 나온 음식물 쓰레기봉투에 나 자신을 폐기하고 싶은 기분이다.

"이건 꿈이야……."

스이엘이 그런 날 딱하게 보더니 "그 정도에서 멈춰. 10억이면 양호한 수준이니까. 우리 다른 거 골라보자. 나도 같이 골라줄게."라고 달래온다. 저렇게 착한 모습에 속이 더 찢어졌다.

하지만 절대 이대로 물러날 수 없다. 여기서 포기하면 조만간 찾아올 죽음에 굴복할 것 같았다.

잠시 심호흡을 한 후 준엄하게 요구했다.

"행운의 상자 41개."

스이엘의 얼굴이 파랗게 질려버렸다.

"고만, 고만해! 미친 새끼야!"

하지만 나는 기어코 결제 창에서 예를 눌렀다.

"이 정도는 제가 지금까지 했던 미친 짓에 비하면 미친 짓도 아닙니다."

두 시간 뒤.

나는 엎드려 있었다. 숙인 고개 아래의 바닥에는 물이 흥건했다. 이게 내 눈물이라면 믿겠는가?

지난 두 시간 동안, 41개, 즉 41억 원어치의 상자를 까면서 나는 삶의 모든 걸 느낄 수 있었다.

희노애락애오욕.

이 사행성 도박에는 그 모든 게 녹아있었다. 몇 번이나 천국에서 지옥으로 떨어지길 반복했다. 그리고 깨달았다. 41개의 상자를 까기 전의 나와, 41개의 상자를 까고 난 뒤의 내가 결코 같을 수 없음을.

나는 인생을 느끼고 인생을 보았다. 그리고 실패했다.

부질없었다.

처절할 정도의 대실패였다.

어떤 의미도 찾을 수 없었다. 여기가 막장인가…….

더는 손발도 떨리지 않는다.

이것은 끝, 기도조차 나오지 않는 끝의 끝 이야기다.

"기념할 만한 날이네. 네 죽음이 확정된 날이니까. 축하해."

경멸이 가득 담긴 깨끗한 목소리가 귀를 후벼 판다.

맞다.

이 방 안에는 나 외에 다른 이도 있었지. 41개의 상자를 까며 절규하느라 모든 걸 잊고 말았다. 추하게 희망이란 진창에서 뒹구는, 그 모든 돼지 같은 꼴을 보였겠구나.

고개를 들어보니 스이엘이 있었다. 저 눈빛은 사람이 아니라, 핵폐기물을 보는 눈빛이었다.

나는 망했다. 51억을 날리고 모두 꽝을 뽑았다. 옆에서 스이엘이 몇 시간 전의 내 대사를 따라하며 빈정거린다.

"이 정도는 내가 했던 미친 짓에 비하면 미친 짓도 아닙니다."

"으아아아아악!"

참지 못하고 소리 지르자 스이엘이 날 비웃는다.

"아직 부끄러울 감정이 남았나 보지?"

이대로 포기할 수는 없다. 안 돼.

나는 스이엘을 붙잡고 매달렸다.

"대출을 해주십시오! 갚겠습니다!"

"곧 뒤질 네가 무슨 수로? 이 쓰레기가!"

"실패마다 희귀 아이템이 나올 확률이 오른다고 했습니다. 이대로 포기하긴 아깝습니다!"

"그래, 설명에 보면 미세하게 오른다고 하긴 했지. 그리고 51개가지고는 0.1%도 안 올랐을걸?"

반박할 말이 없었다. 기껏 일어났던 나는 어지러움을 느끼고 털썩 주저앉았다.

역시 얌전히 스이엘의 말을 들을 걸 그랬나? 아니야. 어차피 답 없긴 마찬가지잖아. 지금은 후회하고 있을 때가 아니다. 뭔가 방법을 생각해라. 하지만 아무리 머리를 굴려도 없는 돈을 만들 순 없었다.

곧 스이엘이 소환의 방을 나가자고 하자 무기력하게 동의했다. 고개를 끄덕이고 자리에서 일어나는 그때, 내 의복 안 품에서 무언가 땅으로 떨어졌다.

잠깐.

"이건?"

아공간 주머니였다. 이게 웬 건가 생각하다가, 불현듯 죽은 윈드워커가 떠올랐다. 윈드 워커에게서 구한 메모리칩이 인상적이라 이 아공간 주머니는 잊고 있었다.

오늘 가지고 온 건, 나온 김에 안전한 물건만 골라 장물아비에게 매각하려던 계획 때문이었다. 물론 안에 뭐가 들었는지 몰랐지만, 확인해 볼 적당한 장소를 찾아야 했다.

내용물도 모르고 함부로 집에서 깔 수도 없는 노릇이다. 죽은 몬스터의 사체가 와르르 쏟아지면 어쩌겠나. 잘못하면 집 안이 개판된다.

"이게 있었지!"

윈드 워커나 되는 헌터의 아공간 주머니다. 돈이 되는 것쯤은 있으리라. 한꺼번에 쏟아내자 우르르 안의 내용물이 나타난다.

"잠깐! 이거 뭐야?"

갑작스러운 일에 스이엘은 놀란 소리를 냈다. 하지만 곧 세상에, 라고 중얼거리며 말을 잇지 못했다.

그건 나 역시 마찬가지. 안에서 엄청난 양의 마정석이 쏟아져 나온 것이다.

"어디서 난 거야, 이거?"

스이엘의 물음에 솔직히 대답했다. 천사를 속이기는 극히 어렵다. 그리고 내게 동정심을 베푼 스이엘에게 거짓말하긴 싫었다.

"그러니까, 죽은 윈드 워커의 유품이라 그거지?"

"네."

"헌터나 하이에나가 죽은 자의 물건을 갖는 건 나도 이해해. 하지만 유족에게 먼저 가져다줘야지?"

"알아보긴 했어요."

천애 고아였다, 그 윈드 워커 녀석.

그렇다면 남은 건 녀석의 클랜에 주는 건데 거기까지 할 필요는 없다. 솔직히 그 정도까지 하면 바보 소리 듣기 십상이다. 이런 점을 설명하자 스이엘도 어쩔 수 없단 표정이었다.

"그쪽 클랜 공용의 물품이 있다면 얘기가 다르겠지만, 다 마정석이고……. 아무래도 이런 건 주운 쪽에서 입 닦는 걸 뭐라 하기도 어렵고……."

스이엘은 꽉 막힌 천사랑은 거리가 멀었다. 태도를 보니 못 본 척하기로 한 모양이다.

나는 그사이 마정석 측정기를 이용해 총 얼마인지 확인해 봤다.

"대단하군……."

원으로 환산하면 무려 201억 원어치다.

"꺄아!"

놀란 스이엘도 감탄을 터뜨린다. 그녀는 눈물을 약간 글썽였다.

"잘됐어, 네가 한 모든 삽질을 만회할 수 있겠어."

스이엘은 내가 얌전히 마법 물품을 구매하길 바라는 듯했다. 하지만 어림없는 소리. 어차피 저 돈으로 C급 마법 물품으로 전신을 도배해 봐야 내 운명을 극복할 수 없다. 무조건 답은 행운의 상자뿐이었다.

기적에 기대는 게 아니다. 최선의 선택이지. 오히려 C급 마법 물품으로 도배하고는 99%의 확률을 견디길 바라는 게, 더 기적에 매달리는 거다.

나는 즉각 이 점을 스이엘에게 설명했다.

"궤변이잖아!"

스이엘은 격노했다. 그래도 나는 쇠심줄 같은 고집으로 포기하지 않았다. 도박 중독 같은 게 아니다. 오로지 이 방법뿐이니 이러는 거 아닌가.

결코 물러나지 않자 스이엘은 급기야 두 손 두 발 다 들고 말았다.

"바보! 바보! 바보! 나도 이젠 몰라! 어디 가서 죽어 버리라고!"

"죄송합니다."

사과한 뒤에 나는 시스템 창 하나를 손가락으로 가리켰다.

"뭔데?"

스이엘은 내가 가리키는 걸 본다.

-50개를 뽑은 당신에게 특별한 기회를 드립니다. 가진 돈을 모두 배팅해 압축 상자를 구매하실 수 있습니다. 가령 100억이면 100개의 상자가 압축된, 확률적으로 상위 마법 물품의 드랍 확률이 올라간 상자가 출현합니다.

압축 상자라니…… 사행성 끝판왕이구나. 이래서야 부자도 자살로 끝나겠다.

"미쳤어. 유제아, 넌 미쳤어."

"알고 있습니다. 그게 제가 10년 동안 가장 많이 들었던 소리죠."

나는 바닥에 쌓인 마정석을 모두 스이엘에게 밀었다. 스이엘은 이제 화낼 기력도 없는 듯했다. 그저 모든 게 빨리 끝나길 바라는 사람처럼 기계적으로 마정석을 흡수해 동력으로 치환한다.

게임 인터페이스 같은 창 오른쪽에 201억이 새로 입력된다. 행운의 상자 201개 가격이다. 나는 단 한 번에 이 모든 걸 배팅했다. 과감하게 임했지만 몸에 안 떨리는 곳이 없었다. 구매 버튼을 누르기 전에 일단 핸드폰 어플로 한강 온도를 체크했다.

4도.

좋은 온도다.

시리게 아름다운 날이구나. 창이 없어 밖이 안 보이긴 하지만.

"갑니다, 스이엘."

201개의 상자를 압축해 구매했다.

－압축 상자를 구매하셨습니다. 총 201개 분량입니다. 희귀한 마법 물품이 출현할 확률이 약간 올라갔습니다.

201개인데 약간이라니. 생각할수록 극악한 게임이다.

－담당 천사가 전송 절차를 시작합니다.

우우우우웅.

다시 기계음과 같은 게 들리며 마법진이 빛나기 시작한다. 그리고 그 모든 절차가 끝났을 때 처음 보는 시커먼 상자가 눈앞에 출현했다. 스이엘은 그걸 보고 이죽거렸다.

"어라? 새까맣구나. 마치 누구 인생처럼."

그래도 난 내가 믿는 길을 가야 한다.

"좋아……"

죽음을 앞둔 검객처럼, 비장의 각오로 상자를 열었다. 201개의 압축분을.

띠리링!

유난히 효과음이 컸다. 빛이 작렬하며 물건이 나타났다. 갑자기 팡파레가 터진다. 어찌나 소리가 큰지 방 전체가 쩌렁쩌렁 울린다.

－놀라운 확률의 기적이 일어났습니다! 가장 무심한 자조차 이 업적에 경탄을 금치 못합니다. 당신은 S등급 마법 물품을 획득했습니다.

뭐야? 정말 해낸 건가?

순간 소름이 돋았다.

—기적적인 행운으로 새로운 타이틀을 획득합니다. 이제부터 럭키가이 타이틀을 사용하실 수 있습니다. 타이틀의 효과는 행운 +10입니다.

시야가 돌아왔다. 앞을 보니 스이엘도 혼란스러운 모양이었다. 우리 둘은 어벙한 표정을 짓다가 발치에 놓인 커다란 검을 발견했다.

정말 압도적인 존재감이다. 보고만 있어도 숨이 턱턱 막히는 느낌이랄까? 들어보려고 하자 갑자기 창이 떠오른다.

—감정하시겠습니까?

'예'를 누르자 로딩 창이 떴다. 그리고 곧 아이템의 상세 스펙이 나타났다.

용사 헤르의 양손검(S등급)

위대한 용사 헤르가 쓰던 양손검입니다. 검신에는 아직도 마왕의 피가 만든 얼룩이 남아 있습니다.

공격력 +198

회피 +41

생명력 +40

힘 +35

민첩성 +15

매력 +55

특수 능력 : 낙뢰, 사악함 제거, 발키리 소환

등급 제한 : 1등급 이상의 헌터만 사용 가능

과연 S등급이라 그런지 스펙이 장난이 아니다. 옆에서 스이엘이 몸을 부들부들 떤다.

"세상에 S등급을 뽑다니! 게다가 이 검은!"

"아는 물건입니까?"

"한국에는 단 한 자루뿐인 물건이야. 그때 행운의 상자로 1조 2,000억짜리가 나왔다고 했잖아. 그게 이 검이야, 용사 헤르의 양손검."

설마 그 칼이었나.

"다른 것도 아니고 이걸! 유제아, 너는 얼마나 강운을 가진 거야?"

스이엘은 정신을 못 차렸지만 정작 나는 차분했다.

S등급, 확실히 대단하긴 하다. 전설적인 당첨자와 같은 물건이기까지 했다. 하지만 내가 사용할 수 없으면 다 무슨 소용이라.

여기에는 1등급 헌터 이상이라는 조건이 붙어 있었다. 게다가 이건 내 직감인데 S등급 마법 물품으로도 죽음의 확률을 피해 가긴 어려울 듯했다. 뭔가가 더 필요했다. 그래서 일단은 이 물건의 처리에 관해 스이엘에게 물었다.

"팔면 돼. 대천사님들 중 이 용사 헤르의 양손검을 원하는 분이 몇이나 계셨어. 물건이 없어서 못 구한 거지."

대천사들은 자신의 권속을 매우 아낀다. 모바일 게임에서 키우는 몬스터를 사람들이 아끼는 것과 비슷한 심리다. 물론 그 감정의 수준은 비교가 안 된다.

천사에게 권속인 헌터들은 자신의 뜻을 관철할 수족이다. 오랜 시간 정성껏 지도하고 좋은 장비를 지원한다.

게다가 이런 활동은 다른 천사와 경쟁 관계에 있었다. 자금이 풍부한 대천사들은 최정예 권속을 고강한 무기로 무장시키려 했다. 억만 금을 줘서라도 말이다. 더구나 이런 검을 하나 사놓으면 필요에 따라 클랜에서 돌려쓰기도 좋았다.

"금방 팔 수 있나요?"

"물론. 천사는 천사만의 네트워크가 있어. 거기에 올리면 금방 대천사님들께서 입찰하실 거야."

"하지만 1조가 넘는 물건이잖아요? 그렇게 쉽게 팔릴까요?"

"걱정 마. 이 양손검, 확실히 판매할 작정이지?"

스이엘은 자기 일처럼 신을 내고 있었다.

얼마에 팔릴 줄은 모르겠다만 1조 언저리겠지. 그녀는 그 어마어마한 자금으로 내가 완벽한 장비를 세팅할 거라 기대하는 모양이다.

하지만 스이엘, 그래 봐야 결국 죽음을 피할 수 없다. 나는 S등급의 마법 물품을 보고도 이거다란 느낌을 못 받았다.

"오옷! 대천사님들께서 경쟁적으로 입찰하고 있어."

나는 안 보여서 사정 파악이 안 되지만 스이엘은 흥분하고 있었다. 급기야 그 용사 헤르의 양손검은 1조 5,000억에 낙찰되는 기염을 토했다.

맙소사. 이 몸께서 행운의 상자계에 새로운 전설을 쓰고 말았다.

금액은 곧장 입금이 되어서 내 창 위에 떴다.

정말 믿기지가 않는다.

아이템 구매 창의 오른쪽 위에는 1,500,000,000,000원이란 숫자가 보였다. 0이 너무 많아서 얼만지도 모를 정도다. 저걸로 행운의 상자를 다시 사면 대체 몇 개야? 하하하. 속으로 웃던 나의 머리에 갑자기 무서운 생각이 떠올랐다.

"가만……."

1만 5,000개의 행운의 상자를 구할 수 있는 돈. 그리고 행운의 상자 중첩에는 제한이 없었다.

"스이엘님."

"응?"

"지금까지 행운의 상자를 가장 많이 중첩시켰던 게 얼마예요?"

"아, 그거? 300억이야. 300개의 상자를 겹쳤지. 진짜 미친놈이었다니까. 결국 그 만용의 대가를 처절하게 치르고 말았어. 아무리 헌터가 돈을 잘 벌어도 그렇지. 뽑기 상자에 300억을 쓰는 바보가 어딨어?"

바보는 없지만 미치광이는 있는 법이지.

스이엘은 내 머릿속에 떠오른 무서운 생각도 모른 채 희희낙락했다.

"천사로 근무하면서 이런 돈은 처음이야. 호호호. 이제 정말 완벽히 무장할 수 있겠다."

꿈에 부푼 스이엘. 나는 그런 그녀에게 가혹하기까지 한 선언을 했다.

"스이엘님."

"응? 뭐든 말해. 호호호."

"행운의 상자를 구매하겠습니다. 1만 5,000개. 모두 중첩하겠습니다."

"에?"

눈앞에서 순진한 천사가 새하얗게 굳어버리는 장면을 목격했다.

이 천사는 자신의 두뇌가 받아들일 수 있는 충격의 한계 이상을 경험하고는 그대로 정지해 버렸다. 마치 조각상처럼 굳어서 아무것도 하지 않는다. 눈을 깜빡이지조차 않고 숨도 쉬지 않았다.

"일단 구매 버튼부터 누르겠습니다. 전송 절차 준비해 주세요."

나는 창의 숫자를 계속 위로 눌러 15,000개로 맞췄다. 올라가는 숫자에 제한이 있으면 어쩔까 했는데 다행히 그런 건 없었다.

"유유유유유제아!"

스이엘이 그제야 혼란에서 벗어나 격렬하게 몸을 떤다. 그러고는 곧장 폭발했다.

"이 쓰레기가! 지금 무슨 짓을 하는 거야! 꺄아아아아아!"

하이 톤의 비명이 방을 찢어발길 듯했다. 순간 물리적인 풍압이 거칠게 몰아친다. 그래도 나는 침착한 표정으로 스이엘을 바라보았다.

"뭐야! 뭐야! 지금 네가 무슨 짓을 하는 건지 알아? 1조 5,000억이라고! 1조 5,000억! 그 돈을 도박에, 그것도 한 방에 처넣겠다고?"

"그게 최선이기 때문입니다. 단지 그것뿐입니다."

"실패한 모든 도박꾼은 자신이 던진 주사위가 최선임을 의심하지 않았어! 네게 강하게 경고하겠어. 이 미친 짓을 멈춰!"

이번에 스이엘을 설득하긴 불가능하단 걸 나는 잘 알았다. 놀라운 이해심을 보여준 관대한 천사지만 이것만큼은 어떻게 할 수 없었다.

그렇다면 시스템에 의지해 행동하면 그만이다. 그녀는 내가 원하면 소환 절차에 응할 수밖에 없다.

"미안합니다."

그 말 한마디만 하고는 구매 창의 확인 버튼을 눌러버렸다.

-1만 5,000개의 행운의 상자를 구매하셨습니다. 모든 상자가 중첩됩니다. 담당 천사가 전송 절차를 시작합니다.

"안 돼!"

스이엘은 1조 5,000억의 공중분해에 절규했지만 정해진 규칙을 벗어나진 못했다. 시스템이 전송 절차의 시작을 얘기한 이상, 결국 시스템의 부속물인 천사는 따라야 한다.

"미친놈! 미친놈! 세상에서 제일 미친놈! 으아아앙! 미카엘라님!"

스이엘은 엉엉 울면서 소환 절차를 진행했다. 그리고 마침내 우리 앞에 검은 상자 하나가 나타났다.

"새까맣구나, 마치 우리 인생처럼."

자포자기한 스이엘은 털썩 주저앉아 있었다. 그녀의 혼은 우주 먼 곳으로 날아가 버린 듯하다.

그래도 난 내가 믿는 길을 가야 한다. 1만 5,000개의 상자를 중첩했어도 꽝일 확률이 훨씬 높다. 만약 그렇다면 담담히 받아들일 생각이었다. 어차피 정말 다른 무언가가 나타나지 않으면 운명을 바꿀 수 없을 테니까.

"좋아……."

나는 죽음을 앞둔 검객처럼 비장의 각오로 상자를 열었다.

띠리…….

그런데 뭔가 효과음이 이상했다. 원래라면 띠링! 하는 경쾌한 소리와 함께 내용물이 나타난다. 한데 소리가 늘어지더니 곧 링! 링! 링! 링! 하는 뒷소리가 끝없이 나온다.

마치 컴퓨터가 다운된 것과 비슷한 증상이었다. 게다가 상자의 안을 살펴보니 내용물 역시 나타나지 않는다. 꽝이라면 썩은 생선이라도 떨어져야 정상 아닌가.

온몸으로 절규를 표현하던 스이엘도 뭐지? 하는 얼굴이 됐다.

"스이엘님."

"부르지 마, 나도 뭔지 모르겠으니까."

우리 둘은 열린 상자 안을 들여다보았다. 안에는 아무것도 없었다.

"이럴 수도 있나요?"

"아니, 절대로 없어. 빈 상자는 시스템적으로 존재하지 않는다고. 하다못해 닭 뼈라도 나와야 해."

설마 다운 같은 건가? 버그?

그때 갑자기 시스템 음성이 들린다.

—시스템이 다운되었습니다. 복구 절차를 진행합니다.

그리고 잠시 뒤.

—아이템이 나타나지 않은 현상을 감지했습니다. 최근 시스템에 도착했으나 분류되지 않은 물품을 무작위로 발송합니다.

스이엘은 깜짝 놀랐다.

"세상에, 정말 다운이라니. 대천사님들께서 만든 시스템이 다운되다니."

역시 세상에 완벽한 건 없나 보다. 아무리 대천사라도 1만 5,000개가 중첩될 줄은 예상치 못했나 보다. 그렇기에 결국 진행이 멈춰버렸고, 아이템은 증발하고 말았다.

시스템은 이걸 감지하고 규격 외의 새로운 아이템을 보내 주겠다는 거다. 기존의 드랍 테이블에선 또다시 다운이 일어날 수 있기 때문이었다.

우우우우웅.

마법진에 빛이 들어온다. 뭔가 확실히 오고 있었다.

"스이엘님."

"알았어! 이렇게 된 이상 궁금해서라도 착실히 일해 주지."

스이엘은 마법진을 통제해 나갔다.

-담당 천사가 전송 절차를 시작합니다.

파앗!

빛이 작렬하며 새로운 물건이 도착했다. 갑자기 방 안의 공기가 달라질 정도다. 일순간 부하를 이기지 못하고 마법진에 쇼트가 났다.

파직!

마법진 일부에서 불꽃이 튀더니 더는 가동되지 않았다. 그래도 시스템 메시지는 들려온다.

-전무후무한 기적이 일어났습니다! 이제 당신은 SS등급 마법 물품을 획득합니다.

뭐? 그게 무슨?

-전무후무한 기적으로 새로운 타이틀을 획득합니다. 이제부터 '기연왕' 타이틀을 사용하실 수 있습니다. 타이틀의 효과는 행운 +30입니다.

대체 무슨 소리야?

작렬하던 빛이 사라지자 시야가 돌아왔다. 앞을 보니 스이엘도 넋이 나간 모양이었다. 우리 둘은 어벙한 표정을 짓다가 발치에 놓인 커다란 원형 방패를 발견했다.

뭐지 이게?

단순한 방패일 터인데 보고 있자니 초월적인 느낌까지 든다. 어쩐지 방패 주위로 공간이 일그러져 있는 것 같았다. 보고만 있어도 숨이 턱턱 막히는 느낌이랄까?

－감정하시겠습니까?

'예'를 누르자 로딩 창이 뜬다. 그리고 감정이 끝나자 아이템의 상세 스펙이 나타났다.

태양 신격 오즈의 방패(SS등급)

갈라스의 위대한 신격 오즈가 사용하던 방패입니다. 그의 연인이자 바다의 신격인 바쉬냐리페에 의해 선물됐습니다. 어째서 이 방패가 태양 신격 오즈의 곁을 떠나게 된 건지는 불분명합니다.

공격력 +99

방어력 +341

생명력 +120

힘 +75

민첩성 +75

지능 +75

지혜 +75

건강 +75

매력 +75

특수 능력 : 반사, 되돌리기, 태양광 폭사, 진실의 시야, 마법 무효화, 소환 무효화

> **특질** : 화염 저항 +30%, 냉기 저항 +30%, 산성 저항 +30%,
> 탁월한 내구도, 석화 마법에 면역, 수면 마법에 면역, 발견되
> 지 않은 옵션

"뭐지, 이 말도 안 되는 방패는⋯⋯."

마법 물품에 문외한인 나도 이 방패가 규격 외의 물건임을 여실히 알 수 있었다.

SS등급이라고? 뭐라고 반응해야 할지 모르겠다.

앞을 보니 스이엘은 기절하기 직전으로 혼자 헛소리를 하고 있었다. "뭐야, 이거 몰라. 무서워. 중얼중얼." 쉽게 정신이 돌아오지 않을 것 같았다. 나는 스이엘을 수습하는 걸 포기하고 앞의 방패를 살폈다. 보고 있자니 절로 고개가 끄덕여진다. SS등급이라서가 아니다. 이 방패가 그 어떤 아이템과도 다르게, 운명조차 바꿀 힘을 가졌다는 걸 깨달았기 때문이었다. 그래, 이 방패라면 가능하다.

"…그런 것이냐.
돌이켜 보면 첫 번째에는
스쳐지나갔다.
두 번째는 기억에 남았지.
그리고 세 번째가 되자
운명을 느꼈다."

3. 사지로 가는 하이에나의 왕

인생을 건 뽑기의 날로부터 나흘 뒤.

"지친다, 지쳐."

파김치가 돼 집으로 돌아왔다.

요즘 계속 스이엘을 만나며 마법 물품 사용법을 배웠다. 오늘이 마지막이었고, 드디어 끝났다.

덕분에 방패의 사용법을 대강이나마 익힐 수 있었다. 아직 갈 길이 멀었지만 그건 앞으로 내가 스스로 연구해 갈 부분이었다.

이번에 스이엘에게 너무나 큰 은혜를 입었다. 언젠가 그녀에게 이 은혜를 갚을 날이 왔으면 한다. 그러려면 일단 살아야겠지.

그리고 그간 나도 몰랐던 변화가 있었다.

내 안에 있던 메타트론의 힘이 약해졌다는 것. 더는 재생력이 제대로 발휘되지 않을 수 있다고 했다. 스이엘에게 이유를 물어보니 엉망인 내 몸 상태가 힘을 견딜 수 없어서란다.

—정말 어중간한 상태야, 넌. 메타트론의 힘이 약해지긴 했지만 여전히 남아 있으니 다른 천사의 헌허가 될 수 없어. 차라리 완전히 사라지면 내가 널 헌허로 만들어 줄 텐데.

그래도 스이엘은 너무 아쉬워하지 말라고 했다. 태양신격의 방패를 들면 그런 손실 정도는 사소한 문제라나. 그런데 내가 정작 걱정하는 건 힘이 약해져서 메타트론과의 지난 인연이 사라진 게 아닌가 하는 점이었다.

ㅡ힘이 약해졌으니 메타트론이 널 한 눈에는 못 알아보겠지. 그래도 힘이 사라진 건 아니니까 그녀가 네 몸에 손을 대고 집중하면 알 수 있을 거야.

그렇다면 다행이었다.

"휴우…."

고단함이 묻어나는 한숨과 함께 방패를 창가에 내려놓았다. 며칠간의 교육도 끝난 이제는 드디어 내 운명과 맞서야 한다. 피하지도 않고, 미루지도 말아야 한다.

차갑게 식어가던 마음이 메타트론이란 목표 때문에 다시 타오르고 있었다. 비록 그게 불나방 같은 무모함이라고 해도 어차피 더 잃을 건 없었다.

"그래, 해보자."

오늘따라 창가에 비추는 석양이 따뜻하고 부드러워 보인다. 언제까지나 이 노곤하고 다정한 일몰을 보고 싶은 기분이었다. 그래서 나도 모르게 태양 신격의 방패를 쓰다듬으며 중얼거렸다.

"이 시간이 끝나지 않았으면 좋겠군."

새벽 두 시.

인적이 끊긴 시간이다. 특히 몬스터 사태 이후 이런 시간에 돌아다니는 건 미친 짓이다.

치안이 무너져 범죄자들이 어슬렁거리는 정도는 차라리 괜찮은 거다. 밤의 어둠 속에 숨어든 몬스터를 만난다면 돈으로 해결이 안 되니까.

그래서 어지간한 사람은 이 시간에 돌아다니지 않기에 마치 유령 도시에 와 있는 기분이다. 예전에는 이 시간에도 사람을 흔하게 볼 수 있었다. 번화가라면 아직 흥청망청한 시간대다.

하지만 그것도 예전의 이야기일 뿐이다. 나는 하이에나단의 사무실이 있는 건물로 몰래 숨어들었다.

띠리릭.

카드를 대자 문이 열린다. 보안 기록에 내가 이 시간에 출입한 게 남겠지만, 이미 그때는 사냥터에 있을 테니 상관없겠지. 그나저나 매일 오던 곳인데 몰래 들어오니까 도둑이라도 된 기분이네.

총기가 보관된 곳으로 이동했다.

이쪽은 보안이 좀 더 엄격하다. 하지만 단장인 나는 프리패스다. 홍채 인식, 지문 인식까지 다 뚫고는 화기류가 보관된 창고로 들어섰다.

이곳은 창이 없기에 LED등을 바로 켰다.

사방이 밝아지니 이제야 좀 살 것 같네.

익숙한 손길로 총기와 화약, 폭발물을 집기 시작했다. 엄청 챙겼지만 아공간 주머니 안에 다 들어간다. 한참 그리 열중하고 있는데 뒤쪽에서 인기척이 일었다.

"뭐가 그리 많이 필요한데?"

목소리가 들린 순간 아차 싶었다. 내겐 너무 친숙한, 부단장 원윤아의 목소리였기 때문이다. 돌아보니 화난 듯한 얼굴의 그녀가 보인다. 옆에는 어째서인지 서진 아저씨도 있었다.

"하하하… 안녕? 아저씨도 안녕하세요?"

"그래, 하하하. 그나저나 너 은퇴하고 도둑으로 전직하려는 거냐?"

업무 때는 단장인 내게 둘 다 존대를 해주지만, 사적인 때는 서로 편하게 말한다.

"아니, 뭐 별일은 아닌데…."

얼버무리려는 내 태도에 원윤아가 성큼성큼 다가오더니 눈을 치켜뜬다.

"위험한 일이 별일 아니라고?"

"그게…."

"이번 주말에 호텔에서 거창하게 은퇴식을 할 양반이 혼자 어딜 가겠다고? 너 미쳤니? 아무리 하이에나의 왕이라지만, 사냥터에 혼자 가는 하이에나가 어딨어?"

"끄응……."

예전부터 느낀 거지만 원윤아 얘는 진짜 못 당하겠다. 똑 부러진 데다가, 슬렁슬렁 일처리를 하려는 나랑 다르게 매사 정석대로 해서, 말싸움하면 당해낼 수가 없다.

단에서도 원윤아를 보고 진짜 권력이라고 할 정도였다. 대체로 내가 일을 벌이면 부단장인 원윤아가 수습하는 게 그간의 수순이었달까.

"말해 봐, 너 진짜 어디 가려는데? 이해가 안 돼."

"……."

내가 묵묵부답으로 있자 지켜보던 서진 아저씨도 거들고 나섰다.

"그래, 말해 봐. 제아야. 이 아저씨한테도 말 못할 일이냐? 그러면 나 정말 섭섭하다."

"아니에요, 아저씨. 제가 아저씨 좋아하는 거 아시잖아요."

"그러면 말해 봐, 이게 무슨 일인지."

하… 망했다.

어쩌다 걸린 거지?

지금 상황을 보니 대강 넘어가긴 틀렸다. 하긴 황당한 상황이긴 하지. 은퇴를 앞둔 단장이 밤에 몰래 단의 물건을 털고 있으니.

아무래도 뭔가 털어놔야 이 상황을 벗어날 수 있을 것 같다. 그렇다고 솔직히 다 말할 수는 없는데. 메타트론을 만나러 간다고 하면 미쳤다는 소리밖에 더 듣겠나.

나는 여러 가지를 고민했다.

적당한 핑계로 이들을 속일 수 있을까?

어림없겠지.

10년 세월을 하이에나로 살아남았다는 건 눈치가 보통이 아니란 소리. 그 정도 핑계로는 은퇴식을 앞둔 단장이 왜 자기 단의 무기 창고에 도둑처럼 숨어들었는지 변명할 수 없다.

"크……."

눈앞의 둘은 절대 물러날 생각이 없어 보인다. 결국 이들이 깜짝 놀랄 만한 핑계가 필요했다. 그래야만 진짜 목적인 메타트론을 감출 수 있다.

당연한 얘기지만 메타트론과의 만남에 다른 이를 끌어들일 생각은 없다. 새로운 만남이 있을 때 죽을 확률이 99%라고 하지 않았나.

그렇다면 그전까지는 괜찮다는 말인데….

결국 나는 결정을 내렸다.

"위험한 일이 있어. 너무 위험해서 단원들에겐 같이 가자고 못 하겠더라."

"그래서 혼자 가려고?"

원윤아는 목소리를 높인다.

"같이 가자고 하면 같이 가줄 거야?"

"응."

원윤아는 한 치의 망설임도 없이 대답해 왔다. 나는 그녀가 보여주는 우정에 순간 가슴이 먹먹해짐을 느꼈다. 좋은 녀석이다. 정말 좋은 녀석이야.

"물론 터무니없는 일이면 말리겠지만. 그러니까 뭔지 말해 봐, 유제아."

어쩔 수 없나, 역시.

생각해 보면 메타트론을 만나기 전까지 단원들의 도움을 받으면 상당히 수월할 거 같았다. 노량진까지 혼자 올라가기는 무척 어려우니까.

그 대가로 단원들에게 대박을 안겨줄 수도 있다.

"그게 말이야… 군주급 몬스터의 사체를 찾았어."

"뭐?"

"정말인가?"

끄덕끄덕.

"내가 이런 걸로 쓸데없는 말 할 사람이야? 정말이야. 노량진에 있어."

"그걸 왜 말 안 했어!"

"세상에!"

나는 너무 위험한 일이라 차마 같이 가자고 하지 못했다고 변명했다.

"섭섭하군, 이런 대박을 혼자 날름 드시려고 했단 말인가?"

"아저씨, 어차피 저 혼자 가봐야 사체를 얼마나 회수해 오겠어요. 너무 위험하니까 저 혼자 가서 간만 보고 오려고 했죠. 괜찮다 싶으면 이후에 모두 같이 가고요."

"과연… 그래도 은퇴식이 며칠 뒤인데 이건 아니지 않나."

서진 아저씨의 말에 원윤아도 거들고 나선다.

"맞아, 지아 언니 생각도 해야지. 너 은퇴만 기다린다고 하던데."

"미안, 그래도 이 건은 포기할 수 없어. 우리가 평생 하이에나 짓을 해봐야 군주급 몬스터의 사체를 회수할 날이 오기나 하겠냐."

"일단 자세히 좀 설명해 봐. 그 소리를 어디서 들은 거야?"

사무실로 가서 메모리 칩의 사진을 보여줬다. 둘은 과연 이 일을 해야 하나 말아야 하나 고민하는 눈치였다.

하지만 군주급 몬스터의 사체란 유혹은 너무나 컸다.

마침내 원윤아가 결정을 내렸다.

"좋아, 같이 하자. 그리고 나도 은퇴할 거야. 아저씨, 아저씨는 어쩔래요?"

"좋지. 사실 나도 하이에나 일이 지긋지긋하다. 제아가 은퇴한다고 해서 별별 생각이 다 들더라. 그러니까 이번에 한탕 크게 하고 모두 다 같이 은퇴하자."

결국 우리는 함께 노량진으로 가기로 했다.

기왕 일을 벌인 거 제대로 하기로 했다.

하이에나 단의 고참만 따로 소집해서 이 건에 대해 참여 의사가 있는지 물었다.

"이번 일의 목표는 군주급 몬스터의 사체를 획득하고, 가능하다면 녀석의 마정석까지 노리겠다. 남아있다면 말이다."

고참들은 내 말에 충격을 받은 듯했다. 그리고 내가 공개한 사진에서 눈을 떼지 못하고 있었다.

"군주급이라! 저것만 얻으면 앞으로 이 짓을 그만해도 돼!"

"위험하지 않을까?"

"멍청하긴! 죽어있잖아!"

"대체 누가 죽인 건데?"

다들 설왕설래하고 있었다.

"사진을 판독한 결과 다른 군주급 몬스터에게 죽은 것 같다."

"질문 있습니다, 단장님."

"묻도록."

"사진의 날짜로부터 벌써 1주일이나 지나지 않았습니까? 사체가 과연 멀쩡할까요?"

"그것에 대해 걱정하지 않아도 좋다. 확실한 정보에 의하면 군주급 몬스터의 사체는 잘 썩지 않는다. 게다가 다른 몬스터가 겁을 내어 좀처럼 뜯어먹는 일도 없다고 한다. 3주 정도 지나면 본격적으로 부패하는데, 그때가 되어서야 사체를 먹으려는 무리가 달려든다는 군. 우리가 제때 들어가기만 하면 멀쩡한 사체와 만날 수 있을 것이다. 그리고 이 정보를 아는 건 현재 우리 단이 유일하다. 모두 철저히 보안을 유지하도록."

인생을 바꿀 대박의 기회인지라 다들 엉덩이가 들썩들썩한 모양이었다. 그러나 근심거리가 없는 건 아니었다. 고참 하나가 문제를 제기한다.

"하지만 사진상의 위치는 노량진 아닙니까? 하이에나가 잠입하기 극히 위험한 곳입니다. 아니, 노량진까지 간 하이에나는 지금까지 없지 않습니까?"

분위기가 바뀌려고 하기에 나는 강하게 나갔다.

"우리가 최초로 가겠다. 겁나는 사람은 빠져도 좋다."

10년간 느낀 점이 있는데, 리더는 강해야 한다. 특히 하이에나 같은 약한 무리의 리더는 더더욱. 일단 세게 나간 뒤에 살살 달래는 게 단을 자신이 원하는 방향으로 유도하기 유리했다.

"하이에나가 노량진에 들어간 적이 없는 건 사실이다. 하지만 헌터들은 몇 번이고 드나드는 곳이다. 객관적인 기준으로 노량진은 최고 등급 사냥터도 아니다."

여기에 단원들이 혹할 게 하나 더 있었다.

"미카엘라의 헌터들에게 노량진 사냥터의 정보를 사기로 했다.

걱정할 것 없다. 정보만 안다면, 피할 적에 대해서 안다면, 하이에나는 어디서든 살아남을 수 있다."

이 건에 관해서는 스이엘의 도움을 받았다. 미카엘라가 스이엘의 직속상관이기에 힘을 써준 것이다.

"오! 미카엘라 클랜에서!"

"강한 만큼 재수 없는 놈들이라 하이에나는 상대 안 할 텐데 말입니다. 대단하십니다, 단장님. 인맥이 장난 아니시군요."

"과연 하이에나의 왕!"

단원들이 입을 모아 감탄한다. 그도 그럴 것이 미카엘라의 헌터는 강하기로 이름 높다. 미카엘라 본인도 대천사 중 서열 2위일 정도니 말이다.

대신 자존심 강하고 건방지기로도 그만큼 유명하다.

"미카엘라 클랜의 정보라면 확실하지. 해볼 만하겠는데."

"이건 인생에 한 번밖에 안 올 기회라고."

분위기가 다시 긍정적으로 변했다.

"죽으면 죽는 게 하이에나 아닙니까?"

서진 아저씨가 일부러 너스레를 떨었다.

주변에서 가볍게 웃음이 터진다. 결국 모두 이 일을 하기로 했다.

"좋다. 출발은 사흘 뒤다. 보안을 유지하고 준비 철저히 하도록. 이번 작전은 지금까지와는 비교도 안 되게 위험하다. 죽을 수 있다는 걸 충분히 자각하도록 해. 하지만 우리가 무사히 돌아올 수만 있다면, 이 냄새나고 더러운 일과 작별이란 점을 상기하도록."

군주급 몬스터의 사체는 이지스함보다도 비싸다. 단원 개인당 수

백억이 떨어질 테니 어찌 구미가 안 당기겠나.

"아예 이참에 단을 없애버리자. 이번 일 성공시키고 다 같이 은퇴하는 거다!"

내 제안에 뜨거운 호응이 터져 나왔다.

"좋아! 단을 해체하자!"

"공중분해!"

소속된 곳을 없애 버리자는데 이리 박수를 쳐대는 건 아마 하이에나들밖에 없을 거다. 그도 그럴 것이, 돈을 벌고 단을 해체한다는 건 우리에게 행복한 결말이기 때문이다.

사실 내겐 군주급 몬스터 사체의 회수는 중요한 문제가 아니었다. 그 이후가 중요하다. 회수가 끝난 후 혼자 이탈하기 위한 방법은 이미 생각해 뒀다.

나는 노량진까지 단원들의 도움을 받아 안정적으로 갈 수 있고, 단원들은 대박을 친다. 서로 원원하는 좋은 이야기였다. 이후에는 잘 헤어져서 서로 갈 길 가면 되는 거다.

"제아야, 은퇴라면서 또 가는 거야?"

아침에 짐을 꾸려서 나서려 하자 현관에서 누나가 막는다.

"걱정 말래도. 마지막 일이 하나 남아서 그래. 금방 돌아올게. 이번 건은 위험한 일이 아니니까 기다리고 있어."

"그래도…."

여자의 촉이 발동한 걸까? 지아 누나는 평소답지 않게 날 붙잡고 쉽게 놔주질 않았다. 누나한테 거짓말을 하는 게 미안했지만 어쩔 수 없었다.

"걱정도 팔자다. 복귀하면서 전화할 테니까 맛있는 거 해놔."

요즘 지아 누나는 자주 내 집에서 자고 간다. 저러다 은근슬쩍 눌러앉으려는 속셈을 모르는게 아니다. 지아 누나가 쓰는 방에 자꾸 짐이 늘고 있으니 말이다. 원래라면 정색하고 쫓아냈겠지만, 요즘은 마음이 변했다.

그냥 지아 누나만 봐도 뭔가 애틋하고 미안해졌다. 나 죽으면 대체 어쩔까 걱정도 됐다. 뭐, 워낙 여장부 같고 똑똑하니까 잘 살긴 하겠지만.

나는 요 며칠 지아 누나와 함께 있는 시간이 좋았다. 죽으러 간다는 극한 상황에도 평정을 유지했던 건 지아 누나의 따뜻함에 기댄 탓이 크다. 그런 것만 보면 역시 누나는 누나다.

가기 전에 한 번 꼭 안아줄까 했지만 민망해서 관뒀다. 사랑한다고 말해 주고 싶지만 목에서 그 말이 턱 막혀 나오지 않는다. 솔직히 친누나에게 사랑한다고 말하긴 너무 민망하긴 하다. 대신 무사히 잘 다녀온다면 누나한테 그간 속 썩여서 미안하고 사랑한다 말해주자. 그때는 이 무거운 입이 열리겠지. 나는 애써 덤덤한 척하며 말했다.

"내가 서울에 하루 이틀 가냐? 비켜, 나가게."

"알았어…."

말끝을 흐리는 게, 대장부 같은 지아 누나의 평소 모습과는 영 안 어울렸다.

"새삼스레 왜 그래? 늙으니까 걱정만 느는구나?"

겉으로는 툴툴대도 속으로는 사과했다. 미안, 자꾸 모난 소리만 히는 동생이라서.

결국 나는 고민 끝에 지아 누나의 등을 살짝 두들겼다. 좀처럼 애정 표현을 안 하는 나인지라 이 정도가 한계였다. 사실 맘 같아선 꽉 안아주고 싶었다. 이게 지아 누나를 보는 마지막일지도 모르니까.

"금방 갔다 올게. 항상 그랬잖아."

"그럼 돌아오겠다고 약속해."

더는 말리긴 무리라고 판단했는지 지아 누나는 내 상의 소매만 잡고 있었다.

"그래, 돌아올게."

"늘 조심하고."

"응, 알았어."

나는 서둘러 현관을 나섰다.

지아 누나의 옆에 오래 있으면 나는 흐물흐물해진다. 사실 지아 누나가 의지가 안 되고 허당이라고 생각하는 건 다른 게 아니다. 내가 약해지는 게 싫은 거였다.

"후우."

밖의 찬 공기를 마시자, 따뜻함에 흐물흐물 녹았던 마음이 다시 단단히 굳는 느낌이었다.

경기도 과천시. 사냥터 입구가 있는 곳이다.

옛 선비들이 과거를 보러 한양에 갈 때 과천의 남태령 고개를 넘어갔다고 한다. 이제는 헌터들이 사냥터로 가기 위해 이 남태령을 넘어간다. 물론 과천에도 몬스터가 있긴 하지만 약체뿐이라 하이에나들도 편히 다닐 수 있었다.

"정지, 도시락 시간을 갖겠다."

도시락 시간은 다른 게 아니다. 단원들의 가족이 싸준 도시락을 까먹는 시간이다.

하이에나의 가족은 모른다. 우리가 사냥터에서 건조된 특수 식량만 먹는다는 사실을 말이다. 매우 맛없지만 영양과 칼로리는 높은, 군대의 특전 식량과 비슷한 거다. 특징이라면 안전을 위해 냄새가 거의 안 난다는 점이다.

하면, 왜 이걸 모르느냐? 하이에나들이 집에 말하지 않기 때문이다. 가뜩이나 사지에서 더러운 일을 한다. 그런데 밥도 못 먹고 굳은 막대 같은 것만 씹어 먹는다는 걸 알면 가족의 마음이 얼마나 짠하겠나. 그래서 일부러 함구했다.

일반적인 식사는 몬스터의 후각을 자극할 수 있기 때문에 위험하기도 하다. 헌터들이라면 다르겠지만 하이에나는 작은 것 하나도 신경을 곤두세워야 한다.

그래서 늘 남태령을 넘어가기 전, 과천에서 가족들이 싸준 음식을 나눠 먹고 출발했다. 남으면 이 일대에서 근무하는 경계부대 군인에게도 건넨다.

"우리 어머니도 정성이시네."

나이 든 어머님을 모시고 있는 부단장이 도시락을 보더니 웃는다. 화려함은 없는, 옛날 시골 밥상에 오를 듯한 반찬이다. 하지만 거기에는 따뜻함이 가득했다.

저 고구마 순을 다듬느라 노모의 품이 얼마나 들었을까? 한 시간이고 두 시간이고 고구마 순 껍질을 침침한 눈으로 일일이 벗기셨겠지.

가족의 입장에서는 사지로 가는 하이에나에게 밥이라도 정성껏 싸주고 싶다. 그런 맘을 모두 헤아리기에 묵묵히 도시락을 받아오는 거다.

어쩐지 저걸 보니 마음이 짠하다. 동시에 무슨 일이 있든 우리 단원들을 무사히 돌아가게 하겠다고 맹세했다.

나도 약간의 기대를 안고 누나가 만들어준 도시락을 열었다. 우리 누나도 분명히 정성이 가득한 도시락을……

어? 이게 뭐야.

도시락 위에 웬 종이가 하나 놓여있다.

누나의 메시지인가? 이런 걸 남기는 사람이 아닌데.

의아해하며 열어보자 다음과 같이 적혀있었다.

-3345232-01-453424 ✕✕은행. 비밀번호 1226
안 돌아오면 네 재산, 누나가 맘대로 다 써버릴 거야.

"하하하."

헛웃음이 터진다. 진짜 지아 누나답다는 생각이 들었다. 어떻게 비밀번호까지 안 걸까? 생각해 보니 그럴 법도 하다.

1226은 다른 의미가 아니다. 옛날에 아버지가 몰던 차 번호다. 내가 이걸 비밀번호로 한 걸 어떻게 눈치 챘을까. 역시 누나는 나에 대해서 모르는 게 없는 듯했다.

메모에도 네가 그래 봐야 이 누님 손바닥 안이야, 란 느낌이 확 들었다.

"그래, 돌아가야지."

위험하긴 하지만 희망을 갖고 가는 길이다.

자살하고 싶은 생각은 없다.

지아 누나가 만들어준 도시락은 아주 맛있었다. 다시 먹을 수 있으면 좋겠네, 누나표 도시락.

"얘들아, 이제 우리 일을 하러 갈 시간이다!"

어느새 모두 도시락을 치우고 준비 완료된 상태였다. 도시락 시간이 끝나자 다들 약속한 것처럼 태도가 변했다. 하나같이 베테랑의 표정이었다.

사냥터에서 하이에나가 얼마나 취약한지를, 단원들은 절절할 정도로 잘 알고 있었다. 무사히 가족의 품으로 돌아가려면 한순간도 긴장의 끈을 놓아서는 안 된다.

"목표는 노량진, 정찰병 선두로."

하이에나들은 남태령의 고갯길을 천천히 오른다. 각자의 사연을 안고서.

"헉! 헉!"

숨이 턱까지 차오른다. 하지만 살기 위해선 계속 다리를 놀려야
한다. 뒤쪽에서 살벌하기 짝이 없는 녀석이 쫓아오고 있으니까.

"거의 다 왔다. 서둘러!"

나와 함께 미끼의 역할을 자처한 단원 셋이 달리고 있다. 우리는
기괴하기 짝이 없는 거대한 식물의 숲을 헤쳐 나갔다. 숲이라곤 하
지만 주변에 빽빽하게 자란 건 나무가 아니라 풀이었다. 거의 2~3층
높이까지 자란 풀이 주변을 가득 채우고 있었다. 그 때문에 마치 거
인국에 온 소인이 된 기분이었다.

현재 위치는 동작역 근처의 반포천이다. 원래 한강으로 흘러가던
평범한 개천이었으나 이제는 괴식물이 가득한 군락지로 변해있었다.

기기묘묘한 거대 식물들이 건물처럼 자라나 있었고, 그중에는 아
주 위험한 육식성 식물도 많았다. 별생각 없이 걸었다가는 거대한
꽃망울이 입을 벌리고 단숨에 희생자를 집어삼킬지 모른다.

그런 포식 식물의 종류도 다양해서, 한 번 붙으면 끝장인 끈끈이
풀이나 마약성 향으로 희생자를 유혹하는 부류도 있었다.

하여 반포천의 이 식물 지대를 가로지른다는 건 자살 행위로 여
겨진다. 헌터조차 어지간하면 이쪽으로는 오지 않는다. 그러나 그게
통상적이라고 해서 우리까지 그럴 필요는 없다.

우리는 목적지인 노량진으로 가기 위해선 보통 헌터들은 숭실대
에서 장승배기로 이어지는 아래쪽 길을 탄다. 하지만 나는 그쪽 길
이 하이에나에겐 오히려 버겁다고 판단했다. 무력이 없으면 갈 수
없는 루트였다.

반면 동작에서 흑석을 거쳐 바로 노량진으로 가는 길은 우리에게도 가능성이 있었다. 헌터들은 이 반포천 숲 지대에서 막대한 희생자를 낸 후 접근하지 않지만, 우린 다르다. 이 수많은 식물을 무찌르고 태우며 전진하는 건 무식한 헌터의 방식일 뿐, 우리는 다르다.

"이쪽입니다!"

목적지에 다다르자 20미터 앞 정도에서 대기하고 있던 단원이 나타났다.

딱 적당한 순간 도착했다. 뒤에서 들리는 소리로 판단해 보건대 거의 따라잡힌 것 같으니까. 목적지가 조금만 멀었어도 경을 칠 뻔했다.

"모두 막판 스퍼트다!"

우리는 악을 쓰고 달렸고, 앞에 설치된 함정을 재주 좋게 피해서 갔다. 하지만 우리 뒤쪽에서 쫓아오던 녀석들은 꼼짝없이 걸리고 말았다.

케엑!

짧은 비명과 함께 멧돼지만한 벌레 두 마리가 공중으로 치솟아 오른다. 그들의 발에는 철제 와이어가 매달려 있었다.

곤충형인 저 괴물의 이름은 괴물 진딧물이다. 실제로 꽤 진딧물과 비슷한 형상을 갖고 있다. 그러나 확연하게 다른 점 하나는 주둥이에 달린 단단한 턱이다. 한번 물리면 사람 허리 따위는 단번에 동강날 정도다.

"계속 묶어!"

숨어있던 부단장이 나타나 대기하고 있던 함정조를 지휘했다. 곧 괴물 진딧물이 내려지더니 사방에서 철제 와이어가 쏘아진다.

케에엑!

무식한 힘을 자랑하는 괴물 진딧물이지만 온몸을 조이는 와이어엔 결국 소용없었다.

"다리 하나씩 떼어내!"

지켜보던 나는 장대 여러 개로 괴물 진딧물들의 다리를 누른 뒤 잘라내게 했다.

이놈의 발톱은 크고 날카롭다. 자칫 배라도 잘못 긁히면 내장이 와르르 쏟아지고 만다. 그러니 미리 다리를 다 잘라낼 필요가 있었다.

"이 새끼 힘 좀 보게!"

"쳐! 단번에 치라고!"

단원들이 아공간 주머니에서 소방도끼를 꺼내 연신 내리친다.

퍽! 퍼억!

사방으로 연녹색 체액이 튀었다.

냄새 한번 지독하구나. 뭐, 악취야말로 하이에나의 친구이자 생존 도구이니 불평할 생각은 없다.

그렇게 다리를 다 잘라내자 묶인 괴물 진딧물은 매우 볼품없어졌다. 1.5미터 정도의 타원형 몸만 남아 뒹굴고 있으니 말이다.

우리가 일부러 유인까지 해서 괴물 진딧물을 잡은 이유는 하나다. 반포천의 숲 지대를 안전하게 통과하기 위해서다.

이 숲 안에는 온갖 육식성 식물이 산다. 근처에 걸어 다니는 생물 중 먹을 만한 건 닥치는 대로 집어삼키는 무서운 포식자들이다.

그런 숲에서 유일하게 자유롭게 다니는 부류가 있으니, 바로 이 괴물 진딧물이다. 숲에 이로운 역할을 하기에 육식성 식물들이 먹지 않고 내버려둔다. 우리는 바로 그 점을 이용하려 한다.

이 괴물 진딧물에게는 독특한 향취를 일으키는 주머니가 있다. 육식성 식물은 눈이 없는 탓에 그 냄새로 이들을 구별한다. 하니 우리가 괴물 진딧물의 체액을 몸에 바르기만 하면 이 숲을 무사 통과할 수 있다.

그렇다고 해도 최대한 얌전히 행동하는 게 좋았다.

헌터들은 대부분 이 사실을 모르는데, 일부 아는 자도 있다고 한다. 하지만 알아도 이 냄새 나는 진딧물의 체액을 바르느니 숲을 우회하는 게 보통이었다.

"갈라서 체액을 받아. 피랑 안 섞이게 주의하고."

나는 배를 가를 때 주의 사항을 알린 뒤 털썩 주저앉았다. 저 체액은 몇 시간 정도면 효과가 사라져서 가공해 보관할 수가 없다. 그래서 이 반포천의 숲에서 살아남으려면 매번 이렇게 괴물 진딧물을 잡아야 한다.

"갈수록 산이겠군."

미카엘라 클랜에게 받은 정보는 노량진 한정이지, 이쪽 윗길에 대해서는 아니었다. 하여 많은 부분을 임기응변으로 대응해야 한다.

좌아악.

갈라진 괴물 진딧물의 배에서 노란색 체액이 쏟아져 나온다. 두 마리를 가르니 1.5리터 페트병 두 개가 가득 찼다. 나는 단원 하나가 건네준 페트병을 받아들고는 명령했다.

"발라."

"으으······."

또 단원들이 앓는 소리를 한다. 솔선수범을 보이는 수밖에. 선뜻 먼저 바르자 주변에서 따라 한다.

우욱.

하마터면 단원들 앞에서 토할 뻔한 걸 간신히 겨우 참아냈다. 이건 단장의 체면이 달린 문제였다.

"우웨에엑!"

그러나 막내는 결국 참지 못하고 속을 다 게워내고 말았다. 역시 짬이란 건 무시할 수 없다. 투덜거리기만 하는 고참과 다르게 막내는 괴로워 보였다.

"처음 발라 보냐?"

"우읍······. 네, 단장님."

"처음에는 다 그래, 인마."

나는 달래 주면서도 페트에 남은 체액을 막내에게 뿌렸다.

"우웨에엑!"

다시 막내가 토악질했고, 주변에선 소리 죽인 웃음이 터졌다.

"되도록 신속하게 숲을 돌파하겠다. 체액만 뿌리면 끝이 아니니 다들 조심하도록. 끈끈이에 붙어도 끝이야. 아니면 줄기를 부비트랩처럼 쓰는 놈들도 있지. 모래 위에 살짝 나온 돌기를 건드리면 갑자기 주둥이가 튀어나와 잡아먹는다고. 그런 부류는 진딧물이라고 봐주지도 않아."

완벽한 조치는 존재하지 않는다. 살아남으려면 체액에 의존하지 않고 자신의 감을 극대화해야 한다.

"선두부터 이동."

우리 단에서 가장 뛰어난 고참 셋이 앞쪽에서 모두를 이끌었다. 셋 다 특수부대 출신에 감각이 칼날처럼 날카로운 사내들이다. 믿고 선두를 맡길 만했다.

우리는 조용히 이 살벌한 숲을 가로질렀다. 사방에는 소음으로 가득하다. 지구가 정상일 때는 보이지 않던 온갖 기괴한 작은 벌레와 새가 숲 안에서 불협화음을 만들고 있었다.

나는 주변을 둘러보다 손가락 끝으로 왼쪽 위를 가리켰다. 단원들은 그쪽을 보고는 헛바람을 삼킨다. 거기에는 거대한 이빨을 가진 꽃이 자라나 있었다.

줄기의 높이는 6미터가량. 그 위에 어지간한 범종만 한 괴물 꽃이 달려있다. 입에는 마른 가시처럼 날카로운 이빨이 가득했다.

녀석은 지금 우리를 감지하고 있었다. 꽃이 우리의 이동에 맞춰 움직이는 게 보였다.

단원들이 입술을 깨물고 있었다. 저 괴물 꽃이 당장이라도 머리 위에서 떨어져 내릴 듯했기 때문이다. 진딧물의 체액을 바른 게 천만다행이었다. 그냥 가다가는 무슨 일이 일어난 건지도 모른 채 깨물렸을 거다.

"쫄지 마, 새끼들아."

나는 주변을 보며 피식 웃었다. 리더인 내가 여유 있는 모습을 보이자 다들 표정이 좀 나아졌다.

그대로 나아가던 우리는 이제까지와 다르게 평평한 지역에 도착했다. 줄기들이 위로 솟아난 게 아니라 옆으로 누워있는 공터였다.

바닥에는 1미터는 넘어 보이는 수많은 잎사귀들이 무언가를 가리는 것처럼 깔려있었다.

"우회한다."

멈춘 선두에 신호를 보내자 정찰병들은 이 거대한 생체 함정의 가장자리로 돌아갔다.

이 공터에 자리 잡은 식물은 고모라라 부르는 거대 식물이다. 저 무수히 많은 잎사귀 아래는 지름이 20미터나 되는 거대한 꽃이 숨어 있다. 그리고 그 꽃은 위에서 부주의하게 떨어진 생물을 게걸스럽게 먹어치운다.

부주의하게 저기 빠지면 고위 헌터라도 목숨을 담보할 수 없다. 용암에 떨어지는 것만큼 위험했다.

"별별 위험한 게 다 있네요."

내 뒤에 따라오고 있는 막내가 두려움이 묻어나는 목소리로 중얼거렸다.

"그래, 그러니까 이번에 은퇴하게 잘하자고."

이후에도 몇 번이고 위험 지대가 나타났지만 무사히 반포천 숲의 끝자락에 도착했다.

우리는 이제 흑석을 거쳐 노들에 다다랐다.

이제 목표인 노량진까지는 그야말로 엎어지면 코앞이었는데, 생각처럼 쉽지만은 않았다.

노들역부터는 지하철로 내려갔다. 그리고 선로를 따라 노량진까지 이동하기로 했다. 당연한 얘기지만 이런 어두컴컴한 외길에서 무척 위험하다. 하지만 지상에 몬스터가 가득했기에 어쩔 도리가 없었다.

"좆 같구먼."

뒤쪽에서 누가 중얼거린다. 나는 곧장 주의를 줬다. 이런 굴 안에서는 작은 소리라도 크게 울리니 조심해야 했다.

"플래시는 사용 금지한다. 모두 야투경을 쓰도록."

일단 GPS부터 구동했다.

노들역에서 출발한 후 도보로 500미터를 왔다. 지도를 검색해 보니 노들역에서 노량진역까지의 거리는 1.02킬로미터. 이제 반절이다. 잔뜩 경계하며 걷고 있는 탓에 이동이 느리기만 했다.

그러던 중 바닥에서 무언가가 눈에 띄었다. 나는 걸음을 멈춘 채 그것을 주워들었다.

"음…"

길고 매끈한 깃털이었다. 딱 봐도 평범한 새의 것은 아니었다. 어디서 본 것 같은데, 내가 이걸 어디서 봤더라? 고민하던 나는 곧 이게 스이엘의 깃털과 비슷하다는 걸 깨달았다. 그렇다면 천사의 깃털이란 말인가? 하지만 천사가 왜 이런 장소에…… 그런 의문을 품다가 내가 누구를 찾아왔는지 상기했다.

'설마……'

일단 깃털을 품 안에 넣고는 계속 걸어나갔다. 그렇게 200미터를 더 전진했을 무렵, 선두가 양 갈래 길에서 멈춰 섰다. 좌측으로도 길이 있었기 때문이었다.

"지하철 노선이 이쪽으로도 있었나?"

지도를 검색해 보면 노들역에서 노량진역까지 일직선으로 뚫려 있을 뿐이었다. 다들 의아해하고 있을 때, 나는 좌측 길을 잘 살펴보다가 소름이 돋았다.

"이거, 노선이 아니다."

굴의 폭이 지하철 노선과 거의 흡사해 모두 착각한 거다. 그런데 아래를 보면 일단 레일이 없었다. 게다가 벽면이 콘크리트로 마감되어 있지도 않았다. 결정적으로 바닥이 다소 끈적끈적해 보이는 무언가로 뒤덮여 있었고 불쾌한 냄새가 감돌았다.

머릿속에서 적색경보가 울리기 시작한다.

"모두 조심스럽게 물러난다. 조용히, 조용히. 그리고 직선으로 계속 나아간다."

다들 이게 인위적으로 판 굴이란 걸 알아챈 모양이다.

"맙소사, 누가 이걸."

"누구긴 누구겠냐, 몬스터지."

저마다 놀라서 수군댄다.

저 굴 안에 몬스터가 있는지 없는지는 잘 모르겠다. 레이더를 써도 등급이 높은 몬스터는 잘 잡히지 않는다. 자세한 이유는 알 수 없다. 1차 레이더든, 2차 레이더든 안 먹힌다. 방어막이 전파를 흡수하거나 그대로 통과시켜 버리는 건지도 모르겠다.

그래서 아무것도 레이더에 잡히지 않는다는 건 복불복이다. 몬스터가 없거나, 진짜 강한 몬스터가 있거나 둘 중의 하나다.

"모두 침착해. 이대로 물러나면 아무 일도 없으니까."

내 말에 다들 차분하게 움직였다. 그런데 말썽꾸러기가 하나 있었다.

"막내야?"

옆에 늘 끼고 있던 막내가 안 보인다 싶어서 고개를 두리번거렸다. 다행히 5미터 정도 옆에서 무언가를 보며 뒤로 물러나고 있었다.

그런데 녀석이 철로의 레일에 걸려 넘어질 것 같았다. 하지만 말리기에는 너무 짧은 순간이었다. 입에서 아! 하는 말이 나오기도 전에 막내가 발뒤꿈치가 레일에 걸려 뒤로 넘어졌다.

카앙!

총이 레일을 때리면서 요란한 소리를 낸다. 그 순간 우리 모두는 얼음처럼 굳어버렸다. 다들 너무 놀라서 막내를 욕할 틈도 없었다. 카앙, 하고 울린 소리가 지하에서 사방으로 울렸다.

그리고 몇 초 후.

크르르릉!

토굴 안에서 묵직한 소리와 함께 거대한 게 꿈틀거리는 듯했다. 이럴 때는 1초도 주저할 필요가 없었다.

"노량진역까지 뛰어!"

나는 곧장 막내를 일으켜 세웠다. 우리는 숨도 제대로 안 쉬고 달려나갔다.

콰아아아앙!

폭음에 가까운 소리가 뒤에서 들려온다. 황급히 돌아보니 거대한 벌레가 토굴을 반쯤 무너뜨리듯 튀어나오는 게 보였다. 사방에 흙먼지가 자욱한 가운데 거대 벌레는 우리 쪽으로 기어오기 시작했다.

"진짜 너무하네!"

어떻게 된 벌레가 전철만 하냐. 아니, 뚱뚱해서 그런지 전철보다 더 위압감이 있었다. 벌어진 입에는 칼날 같은 이빨이 가득했고, 눈은 수십 개가 넘게 달렸다.

"달려! 죽고 싶지 않으면 달려!"

더 이상 사주 경계 따위는 없다. 다들 앞만 보고 달린다. 이 상황은 뒤에서 전철이 밀고 오는 것과 똑같았다. 아니, 더 심하다.

놈은 지하철의 상행선과 하행선을 구분 짓는, 가운데의 기둥을 모조리 부수면서 전진해 오고 있었기 때문이다.

쿠아앙! 콰아앙! 콰아앙!

달릴 때마다 소름이 쭈뼛쭈뼛 올라와 달리다가 다리가 딱딱하게 굳을 듯한 느낌이다. 내가 용케 도망치고 있다는 느낌밖에 안 들었다.

"하아! 하아!"

최악의 사태다. 이대로는 전멸이었다.

'빌어먹을…'

어쩔 수 없구나.

이럴 때 쓰지, 언제 쓰겠어.

나는 제자리에 멈춰 서서는 아공간 주머니에서 방패를 꺼냈다. 어둠 속에서 환하게 빛나는 방패가 출현한다. 깜깜한 방에 형광등이라도 켠 느낌이다. 갑작스러운 광채의 출현에 거대 벌레가 주춤하고 멈춰 섰다.

"단장님!"

달리던 내가 멈추자 부단장이 경악에 찬 음성으로 소리 지른다.

"다 도망가! 어서 움직여!"

"그게 무슨 소립니까! 미쳤어요?!"

하이에나 주제에 혼자 저 괴물을 막겠다고 서있으니 기가 막힐 수밖에. 게다가 이 빛나는 방패도 황당해 보이리라.

"어디서 무슨 아이템을 구한 건지 모르겠는데, 이런 미친 짓은 그만두세요!"

부단장뿐만이 아니었다. 다른 하이에나들도 우르르 몰려왔다.

이 미친놈들이? 황당하기 짝이 없다. 지금 눈앞에 우리를 뭉개버릴 거대한 재앙이 버티고 있다. 잠시 빛에 당황에 멈췄을 뿐, 이 유예는 무척 짧은 것이었다. 1미터라도 더 달려가도 부족할 판에 왜 다들 돌아와?

"돌았냐! 이 새끼들아! 당장 안 튀어가!"

악을 쓰며 소리 지르자 의외로 다들 침착한 얼굴이었다. 보고 있자니 어이가 없을 정도다.

어랍쇼? 그때 정찰병 하나가 담배를 꺼내 불을 붙이기까지 했다. 늘 선두를 맡은 그는 최고 고참 중 하나였다.

영화 찍냐. 뭐하는 거야!

"거, 지랄 마쇼. 내가 보기엔 이미 틀렸는데 담배나 하나 태웁시다."

그러면서 총은 왜 겨눠! 이 미친놈이!

뭐라고 쏴붙여 주려다가 주변의 하이에나들이 아공간에서 중화기를 꺼내는 걸 보고 뒷목을 잡았다. 심지어 무반동총까지 꺼내서 순식간에 거치한다.

"야! 야, 이 개새끼들아! 튀라고! 그깟 무기가 통할 거 같아!"

악을 쓰는 내 모습을 보고도 부단장은 마음을 굳힌 모양이었다.

"혹시 알겠습니까? 화기에 놀라서 녀석이 도망갈지? 그러면 다 같이 달리죠."

세상에…….

"하이에나끼리 의리가 어딨어! 시팔 놈들아! 당장 꺼지라고!"

잘못하다가 부하들이 몰살되게 생겼다. 이 SS등급 방패가 있다고 해도 저 전철보다 큰 괴물을 막아낸다는 보장이 없었다. 내 입장에선 일이 틀어지자 죽을 각오를 하고 나선 거였다.

그런데 이 하이에나 새끼들이 주제 파악도 못 하고 단체로 미쳤다. 속에서 열불이 터져 나왔다. 좆같은 새끼들이 집에 부모도 있고, 형제도 있고, 아내도 있고…….

순간 속에서 무언가 욱하고 올라와 입이 막히고 말았다. 이유를 모르겠는데 코가 갑자기 찡하다. 실내에 먼지가 심해서 그런 듯했다.

부단장은 그런 내 속내를 짐작하고는 웃는다.

"하이에나라고 의리 없고, 헌터라고 의리 있겠습니까?"

대화는 거기까지였다. 곧장 부단장이 사격을 시작했다.

타다다다다당!

마침 거대 벌레가 빛에 거의 적응했는지 그 징그러운 몸을 꾸물거리며 앞으로 다가오고 있었다.

텅! 텅! 텅!

무반동총이 커다란 탄피를 내뱉으며 쏘아진다.

갑작스러운 화력 공세에 거대 벌레가 온몸을 꿈틀거린다. 피해가 들어간다기보다 놀라서 저러리라. 마치 말미잘처럼 움찔거리며 뒤로 물러난다.

하지만 저 멍청한 녀석의 두뇌로도 이 시끄러운 폭음이 자신에게 아무 피해를 주지 못한다는 걸 눈치채면 곧장 이쪽을 들이받겠지. 그러니 내가 뭐라도 해야만 한다.

나는 방패를 앞으로 내밀고는 정신을 집중했다. 이 태양 신격의 방패를 든 순간 내 능력치는 3등급 헌터에 준한다. 그리고 스이엘에게 방패의 능력을 사용하는 법 역시 배웠다.

할 수 있다. 아니, 지금은 반드시 해내야 한다.

나 혼자 죽는 게 아니다. 내 옆에서 죽을 각오로 총질을 해대는, 세상에서 제일 미련한 놈들의 목숨이 걸린 문제였다.

우우우우웅!

힘을 집중하자 태양 신격의 방패가 백열등처럼 새하얗게 물들어 가기 시작했다.

4. 아름다운 시간은 계속된다

원래라면 범인의 몸으로 감당할 수 없는 위력이나, 전 스탯을 +75 해준 덕에 감당할 수 있었다. 과연 신병神兵은 신병이구나 싶다.

지금 내가 사용하려는 것은 일시적으로 전방에 막강한 태양열을 투사하는 기술이다. 실사용은 처음이라 어느 정도 위력인지 나도 모르겠다.

"단장님! 그 알 수 없는 방패로 뭔가 할 셈이라면, 서두르는 게 좋을 겁니다!"

거대 벌레가 거의 앞까지 전진해 온 상태라 늘 여유만만하던 서진 아저씨도 얼굴이 창백해졌다.

우우우우우웅.

방패가 계속 진동한다.

이제 조금만, 이제 조금만.

"단장님!"

"도망가든 뭐든 해야 합니다! 이대로는 다 죽습니다!"

단원들이 비명을 질러댄다.

"개새끼들아! 멋지게 죽겠다며!"

내가 소리를 지르자 사방에서 욕설이 난무한다.

"씨발! 말이 그렇다는 거지! 어떻게든 해보라고 단장 새퀴야!"

"그래, 거지 같은 놈아!"

나도 모르게 웃음이 터졌다. 진짜 멍청이들아. 이런 생명의 위기에선 날 믿지 말고 도망을 치라고 좀.

그때 방패의 충전이 완료됐다.

"닥치고 모두 야투경 벗어!"

쿠르르르릉!

지하를 쩌렁쩌렁 울리는 소리와 함께 거대 벌레가 우릴 덮쳐오던 그 순간, 새하얀 빛이 작렬한다.

어둠이 가득해도 앞이 보이지 않지만 그 반대의 경우도 마찬가지다. 완벽하리만큼 사방을 채우는 빛 앞에 시야가 완전히 날아갔다. 아니, 시야뿐이 아니라 모든 감각이 마비된 것 같은 기분이었다.

시간이 한없이 길게 느껴져 도저히 이 시간이 풀릴 것 같지 않던 그때, 어둠이 다시 찾아왔다. 하지만 이번에는 처음처럼 완전한 어둠은 아니었다.

우리 앞은 불바다였다. 맹렬하진 않지만 넓게 퍼져 타닥타닥 타오른다. 원래 무엇이었는지 짐작하기 어려운 검은 덩어리 위에 붙은 불길은 오래가지 못할 듯했다. 사방에는 독한 연기가 가득 찼고, 콘크리트 벽면은 그림자로 일렁였다.

"방독면 착용한다."

지하의 공기는 지독했다. 수십 초를 더 들이마시면 심각한 문제가 생길 수 있었다.

-이 시커멓게 변한 게 설마 그 벌레입니까?

-기가 막히군요.

방독면에는 기본적으로 통신 장비가 붙어있는 탓에 단원들의 목소리가 정확히 들렸다.

-단장님, 그 방패 가지고 대체 무슨 짓을 한 겁니까?

-설명하자면 복잡해. 여길 신속히 벗어나고 나서 얘기하자.

다들 어안이 벙벙하겠지.

-그래도 일단 마정석을 회수하는 게 좋겠습니다.

부단장이 혼란스러운 와중에도 현실적인 의견을 내놓았다. 그러자 단원들은 아공간 주머니에서 장대를 꺼내서는 앞의 시커먼 잔해를 헤집기 시작했다.

그러자 곧 머리 쪽에서 커다란 마정석이 나왔다.

-맙소사, 단장님. 이 마정석, 측정기로 재보니 130억이 나왔습니다.

주변에서 감탄이 터진다.

-대박인데! 그 가격이라면 이 괴물이 3등급은 됐단 소리잖아.

-죽다 살아난 보상치고는 괜찮군.

모두 엄청난 금액에 정신이 팔린 듯했지만, 나는 다른 부분에서 전율하고 있었다. 세상에, 위험 몬스터로 분류하는 3등급을 일격에 날려버리는 힘이라니.

새삼 이 SS등급 마법 물품의 위력에 소름이 돋았다.

다만 아쉬운 건, 이 힘을 또 한 번 쓰려면 꽤 시간이 필요할 듯했다. 방패에선 에너지가 방전된 것 같았다. 스스로 다시 힘을 모으고 있는 것 같은데, 역시 사용자가 보조해 주지 않으니 이런 모양이었다.

　—부단장, 마정석 챙기고 빨리 주변을 정리해. 이 지긋지긋한 지하에
　서 어서 나가자고.

　다들 공감한다는 듯 고개를 끄덕였다. 내가 혹시라도 한 마리 더
있을지도 모른다고 하자 단원들은 손이 보이지도 않을 정도로 움직
였다.

　노량진에 도착한 후 여섯 시간이 지났다. 우리는 과거 학원으로
쓰였던 훌륭한 건물 안에 묵었다.

　"왜, 더 안 자고?"

　불침번을 서던 나는 예정보다 일찍 일어난 부단장을 보며 물었다.
그녀는 무척 피곤해 보였다.

　"유제아, 대체 어떻게 된 거야? 이번 원정에 우리가 모르는 게 있어?"

　단도직입적인 물음에 나는 좀 양심이 저려왔다. 그렇지만 진실하
게 대답해 줄 수는 없어. 미안.

　"이번 원정은 처음 말했던 그대로야. 위험하지만 할 만하다는 판단
이 들었고, 그래서 우리가 여기 있는 거야. 내가 너희를 속인 건 없어."

　"하지만 감춘 건 있잖아. 대체 그 방패는 뭐야? 경황이 없어 제대
로 묻지 못했는데, 생각할수록 말이 안 돼."

　"속인 게 아니라 불필요해서 감춘 것뿐이야. 애초에 그런 사고만
없었다면 방패를 꺼낼 일은 없었겠지."

내 개인적인 일과 하이에나단은 무관하다, 그렇게 선을 그었다.

"말해 줄 순 없어?"

원윤아는 서운한 표정을 감추지 못했다.

"나중에. 때가 되면 얘기할 수 있을 거야."

"알겠습니다."

원윤아는 딱딱한 부단장의 말투로 돌아갔다. 할 말이 많은 얼굴이었으나 더 묻지 않는다.

"그건 그렇고. 그날 새벽에 내가 총을 가지러 간 지 어떻게 안 거야?"

"우연이었죠. 아저씨랑 상갓집에 새벽까지 있다가 돌아오는 길에 보니까, 많이 본 누가 쥐새끼처럼 살금살금 건물로 들어가더군요."

쥐새끼라니, 다분히 감정이 담겨 있구나.

"우연이었군."

"그렇습니다. 더 하실 말씀 없으시면 이만."

"그래."

나는 자기 자리로 돌아가는 그녀의 뒷모습을 보며 중얼거렸다.

"정말 모두에겐 아무 문제 없을 거야."

그건 나 자신에게 다짐하는 말이기도 했다.

군주급 몬스터의 시체가 있는 곳은 동작구청 앞이다. 지하철 9호선 노량진역에서 도보로 불과 100미터 정도다. 동작구청까지 도착하자 주변은 고요하기 짝이 없었다.

역시 군주급 몬스터의 사체에는 몬스터가 꼬이지 않는다는 말이 사실인 것 같았다. 덕분에 우린 가장 위험한 몬스터가 죽은 곳에서 안전을 얻었다.

과거 구청으로 쓰였던 건물은 반파되어 보기만 해도 을씨년스러 웠다. 그리고 앞에는 넓은 주차장이 있었는데 부서지고 넘어진 차의 잔해로 어지러웠다. 마치 폐차장의 찌그러진 차를 사방에 뿌려놓은 것 같은 모양이었다.

미로 같은 느낌이다. 우리는 벽처럼 쌓여있던 차 무더기를 옆으로 지났고, 곧장 원하던 목표를 발견할 수 있었다.

"아아……."

주변에서 나직한 탄성이 터진다.

우리 눈앞에 거대한 몬스터 사체가 있었다. 저게 군주급 몬스터의 사체라는 건 누가 설명해 줄 필요도 없었다. 보기만 해도 숨이 막힐 듯한 위압감이 느껴졌다.

죽어서도 이 정도인데 살았을 때는 대체 어땠을까? 마음속에서 스멀스멀 공포가 피어오른다. 당장이라도 저 몬스터가 일어나 우리를 씹어 먹을 것 같았다. 옆을 보니 다들 주춤거리며 사체에 다가가지 못하고 있었다.

죽은 군주급 몬스터는 거대한 고릴라를 닮은 외형이었다. 고릴라의 몸에 비늘로 덮인 꼬리가 달렸고, 등 뒤에는 박쥐 날개와 비슷한 게 두 쌍 있었다. 그리고 얼굴은 거대한 뿔이 난 악마와 같았다.

지옥에 장군이 있다면 이런 모습이 아닐까? 단원 중 누군가 내 심경을 대변하듯 중얼거린다.

"악마다. 역시 천사님들은 악마와 싸우고 계셨어."

짝. 짝.

나는 가볍게 박수를 쳐 주의를 이끌어냈다.

그리고 모두가 보는 가운데 앞으로 걸어갔다.

다들 뭘 하려는 거지? 라는 얼굴이다. 나는 아공간에서 다이아몬드 날을 가진 전기톱을 꺼냈다. 공업용으로 주로 콘크리트를 자를 때 사용된다. 물론 단단하기 짝이 없는 죽은 몬스터의 사체를 처리할 때도 유용했다.

지이이이잉!

칼날을 군주급 몬스터의 사체에 가져다 댔다. 그러자 서서히 피부가 잘려나가기 시작한다. 정말 엄청난 내구도다. 나는 뒤에서 멍하니 보고 있는 단원들에게 소리쳤다.

"이건 사체일 뿐이야. 생전에 얼마나 쩌는 놈이었는지 상관없이 말이다. 세상에 어떤 하이에나가 사체를 두고 꼬리를 말겠어? 어서 전기톱을 꺼내. 시간을 끌면 끌수록 주변의 몬스터를 자극할 수 있다고."

이미 소음이 발생했다. 주변의 몬스터들은 쉽게 군주급 몬스터의 사체에 다가오지 못하겠지만, 어느 순간 호기심을 느끼기 시작할 거다. 지체해 봐야 좋을 게 없었다.

"그래, 이것만 잘라 가면 끝이야."

다들 서두르기 시작한다.

부단장은 일부 인원을 빼서 경계를 하게 했다.

"너랑 너, 이쪽으로 가서 특이 사항 없는지 계속 살펴."

"알겠습니다, 부단장님."

곧 요란한 소리와 함께 작업이 시작됐다.

"이 큰 몬스터를 완전히 해체하는 건 불가능하다. 가죽과 이빨, 손톱, 심장 등 돈이 될 것부터 처리해. 그리고 가장 중요한 건 마정석이다. 마정석 하나면 완전 끝이니까 그게 어디에 있는지부터 찾는다."

군주급 몬스터의 몸길이는 10미터가 넘었다. 게다가 어찌나 몸이 단단한지 다이아몬드 커터로도 애를 먹고 있었다. 이래서는 시간이 오래 걸릴 듯했기에 나는 마정석부터 찾게 했다.

"딱 세 시간이다. 그 후에는 상황이 어찌 되던 작업은 없어. 우리는 그 세 시간 동안 챙긴 것만 들고 돌아간다."

노량진은 한강과 가까운 위험 지대다. 어쩌면 세 시간도 무리일지 모른다. 해체 중 낌새가 이상하면 바로 도망가야 했기에 우리는 신경을 곤두세우고 작업을 했다.

위이이이잉!

전기톱 소리가 시끄러워질수록 내 마음은 초조해졌다.

왜지? 왜 이리 불안할까?

몬스터들은 이 군주급 몬스터의 위압감에 쉽게 접근하지는 않을 터. 지금 발생하는 소음도 총소리 정도는 아니다. 그럼에도 마음 속에서 스멀스멀 불안이 기어 나와 목을 옥죈다.

그러나 아무 탈 없이 작업이 두 시간 넘게 이어졌다. 이대로 별 탈 없이 끝날 것 같았다.

"그래, 괜찮을 거야."

그런데 그때 사체 위에 올라가있던 하이에나들에게서 탄성이 터져 나왔다.

"으앗! 오오오오!"

"마정석입니다! 단장님"

마정석이라니. 군주급 몬스터의 마정석이라니!

남아 있으리라 기대는 했지만 설마 진짜로 찾을 줄이야. 갑자기 심장이 거세게 뛰기 시작했다.

최상위 헌터단도 얻지 못하는 게 군주급 몬스터의 마정석이다. 한데 일개 하이에나단이 군주급 몬스터의 마정석을 들고 가면 세상은 어떤 표정을 지을까?

다들 기뻐하고 있었다. 천문학적인 가치를 가진 군주급 몬스터의 마정석이다. 희희낙락하지 않을 리가 없다.

그런데 왜 내 심장이 이렇게 미친 듯이 뛰는 거지? 평생 잘 작동하던 직감이란 녀석이 지금만큼은 더욱 강해진 듯했다. 목이 턱 막히고 숨이 쉬어지지 않을 정도다. 식은땀이 흐르고 입에선 말이 제대로 안 나왔다.

"그, 그만!"

억지로 짜낸 듯한 목소리가 입에서 나온 그 순간, 시야가 새하얗게 변했다. 그리고 그 다음에는 폭음이 들린 듯했다.

단원들의 비명이 터졌던 것 같으나 그건 너무나 미약하게 압도적인 소음에 묻혀버렸다. 이후에는 전신의 피부가 타버리는 듯한 열기를 느꼈다.

"크아아아!"

격통에 사방으로 팔을 휘젓다가 내가 바닥을 기고 있음을 깨달았다.

"끄으윽!"

부서진 콘크리트에 기대 간신히 몸을 일으키니, 주변은 온통 불바다였다. 지옥도를 연상케 할 정도다. 군데군데 시커멓게 변한 덩어리가 설마 우리 단원들인가?

군주급 몬스터의 사체는 가슴이 완전히 터져나가 있었다. 안에서 튀어나온 살점과 거기에 붙은 지방 덩어리에 불길이 붙어 타올랐다.

"우웩!"

토악질이 절로 나왔다.

대체 이게 무슨!

"부단장!"

대답이 들려오지 않는다.

"막내야! 씨발! 막내 이 새끼야!"

이 난리가 난 와중에도 주변은 조용했다.

"어흑! 어흐윽!"

목구멍에서 무언가 울컥 올라오려고 한다. 코끝이 시리고 눈가에서 무언가 뜨뜻한 게 뭉치려고 한다. 이를 악물고 참아냈지만 결국 무언가가 뚝뚝 떨어져 바닥에 작은 물방울 자국을 만든다.

"이 개새끼들아!"

단 한 명도 대답하지 않았다. 살아있는 건 오로지 나뿐이었다. 어째서 나만 살아남은 걸까?

이유는 곧 깨달았다. 발치에서 구르고 있는 태양 신격의 방패 때문이겠지. 지하철에서부터 그냥 꺼내서 들고 다녔다. 등에 메고 다니자 다들 미국 만화의 히어로 같다고 웃음을 터뜨렸었다.

저 방패만 있으면 내 신체는 3등급 고위 헌터에 준할 정도로 강화된다. 게다가 화염 저항 +30%의 옵션도 붙어있다. 그러니 견딘 거겠지.

"우욱!"

그래도 상태는 좋지 않았다. 입에서 피가 한 바가지 쏟아져 나온다. 아공간 주머니에서 황급히 포션을 꺼내 마셔봤지만 소용이 없었다.

이 폭파는 단순한 게 아니다. 특별한 마법에 의한 피해라 포션으로 회복하는 일은 애초에 무리였다. 마치 터진 보를 모종삽으로 막는 짓과 같았다. 내가 자랑하는 재생력도 스이엘의 말처럼 발현되지 않고 있었다.

데구르르.

반도 못 마신 포션병이 주변을 구른다. 나는 다시 주우려고 몇 번이나 손을 뻗어 보았지만 계속 실패하고는 그만두었다. 손이 제어가 되지 않는다. 눈앞에 보이는 걸 집을 수가 없었다.

그런데 그 폭발은 뭐였을까? 대체 무슨 일이 일어난 건지 알 수가 없다. 이럴 줄 알았으면 절대 단원들을 이끌고 오지 않았다.

"하하하하……."

허탈한 웃음이 흘러나왔다. 다들 수년 이상 함께한 전우였다. 그런데 다 죽었다. 무언가 번쩍했고, 그걸로 끝이었다. 우리는 사람에게 밟힌 벌레처럼 영문도 모르고 죽음을 맞았다.

"하······."

허탈한 웃음도 그치던 그때 돌연 불길이 거세게 요동친다. 강풍에 가까운 바람이 불어왔기 때문이었다. 사방으로 불티가 회오리처럼 날린다.

그리고 그 가운데, 천사가 강림했다. 믿을 수 없을 정도로 이 지옥도와 잘 어울리는 존재였다.

"아······."

죽어가는 이 상황에서도 넋 놓고 볼 정도로 아름다운 천사였다. 천사의 날개는 검은색이었다. 총 여섯 장이었고, 깃털은 **빽빽**하고 윤기가 났다. 날개마다 크기는 서로 달랐지만 균형을 이루고 있었다.

그리고 천사의 눈과 머리칼은 회색이었다. 피부는 우유처럼 깨끗하고 한 점의 티도 없는 흰색이다. 완전히 무채색으로 구성된 외형이었다. 그래서인지 천사는 마치 흑백사진처럼 보였다.

선명하고 밝은 불길 한가운데 흑백사진 같은 그녀가 오연하게 서 있다. 콘트라스트도 이런 콘트라스트가 없구나. 천사는 날 발견하고는 다가왔다.

나는 저 천사가 누군지 안다. 모를 리가 없다. 여기서 이렇게 만날 줄은 생각도 못 했지만.

"메타트론······."

메마른 목소리가 입에서 튀어나왔다.

천사의 체형은 날씬했다. 생김새는 중학생 정도로 어리게 보인다. 하지만 겉모습만 보고 그녀에 대해 판단하면 안 된다. 그녀는 날 쓰레기 보듯 내려다보고 있었다.

"너희가 모두 망쳤군, 본녀가 공을 들인 함정을."

분노가 느껴지는 차가운 목소리였다. 아무래도 그녀는 날 알아보지 못하는 모양이었다. 두 번째까지는 날 기억했는데….

하긴 그때는 첫 만남 이후 몇 년 뒤였으니 그럴 수 있겠지. 이제는 10년이 지났지 않았나. 내 얼굴도 많이 변했을 거다.

"함정이었다고?"

"그래. 또 다른 군주급 몬스터를 잡기 위해 신중히 설치한 함정이다. 군주급은 다른 군주급의 마정석을 탐내 빼앗으려 한다. 이건 더없이 좋은 함정이었지. 하지만 멍청한 네놈들이 모두 망쳤다."

메타트론은 잿더미로 변한 단원들을 보며 인상을 찡그렸다.

"멍청한 것들에게 딱 어울리는 최후로군."

"부당한 비난이다. 우리는 아무것도 몰랐어."

"무지는 죄악의 다른 이름이다, 인간."

메타트론의 말투는 차가웠다. 10년 세월 동안 내가 변했던 것처럼 그녀도 변했던 거 같다. 무슨 일들을 겪었던 걸까.

"…그렇다면 우리가 무모하게 군주급 몬스터를 해체할 때 말려줄 수 있지 않았나. 듣자니 마정석을 건드린 순간에 터지는 함정을 설치한 모양인데."

"네놈들이 그런 천치 같은 짓을 하는 걸 알았다면 절대로 그리했을 것이다! 하지만 내게 이 함정은 준비한 여러 가지 일 중의 하나일 뿐이다. 폭음에 함정이 발동한 줄 알고 날아왔건만 이런 꼴이라니, 기가 막히군! 역시 인간 따위는 곤란하기만 하고 쓸모없다."

나는 그녀가 설치한 함정이 일으킨 문제를 따져볼까 했다. 하지만 그만두기로 했다. 이제는 아무래도 좋았다. 다 끝났으니까. 게다가 나 역시 기억과 다른 메타트론의 모습에 실망감을 느끼고 있었다.

"우욱!"

다시 입에서 피가 쏟아져 나왔다. 방패 덕에 목숨은 잠시 부지했지만 그뿐이었다. 더 견디기 어려웠다. 애초에 이 함정은 군주급 몬스터에게 타격을 주기 위해 설치된 것이다. 얼마나 강력했을지 짐작하기란 어렵지 않다.

그런데 메타트론이 뜻밖의 행동을 했다.

"지금 날 치료해 주려는 거야?"

"제 발로 일어나 썩 꺼지길 바랄 뿐이다."

말은 그렇게 해도 계속 치료를 시도해 본다.

하지만 내 몸은 회복되는 기색이 없었다.

"크흠… 전혀 나아지질 않는군. 사실 너는 이미 재기불능이다. 아무래도 본녀의 능력을 넘어간 것 같구나."

메타트론은 지배의 천사다. 그래서 치료에 관해서는 그다지 소양이 없다고 한다. 어느 정도 상처라면 해결할 수 있지만 나 같이 방패의 힘에 의지한 산송장을 살리긴 무리였다.

"방법이 없는 건가. 마법 물약도 제대로 보급을 못 받아 이미 다 써버린 상태고…."

그녀는 이후 몇 번 더 치료를 시도했으나 소용이 없었다.

"됐어. 그 정도면 충분하니까 그만 둬."

쿠아아아앙!

그때 멀리서 장중한 포효가 터져 나왔다. 메타트론은 인상을 찌푸렸다.

"녀석이 왔군. 이대로 싸우는 건 아무래도 사절인데."

영 일이 잘못됐다. 하이에나단은 나 빼고 모두 죽었고, 메타트론은 계획이 꼬였다.

"고통을 덜어주지. 이대로 있다가는 산 채로 몬스터에게 뜯어 먹힐 거다."

"어차피 내버려둬도 곧 죽을 텐데."

"뭘 모르는군? 미천한 것 주제에 어째서 이리 터무니없는 방패를 갖고 있는지 알 수 없지만, 이 방패가 널 순순히 죽게 내버려두지 않을 거다. 그런데 문제는 이 장소가 온갖 괴물로 가득 찬 곳이란 점이지. 그대는 편히 죽지도 못하고 끙끙대다가 어슬렁어슬렁 기어 나온 몬스터에게 씹어 먹힐 거다."

듣고 보니 무섭구나. 어쩔 수 없다. 죽기 싫었지만 방법이 없는 걸 어쩌랴. 포기하자, 그냥.

나는 곧 부탁한다는 듯 고개를 주억였다. 그러자 메타트론은 살짝 인상을 찌푸린다.

"네놈의 이름은 뭐냐?"

"하하, 나같이 천한 놈의 이름도 기억해 주려는 거냐?"

"자신이 죽인 자의 이름 정도는 기억하는 게 예의다."

"유제아."

메타트론은 알겠다는 듯 고개를 끄덕인다.

흠, 이렇게 보니 과거의 모습이 아예 없어진 건 아니구나.

"내 방패가 필요하면 가져다 써. 놀랄 정도로 좋은 물건이니까."

"…멍청한. 이건 귀속된 물건이다. 그것도 보통 귀속이 아니군. 설령 네놈이 죽는다고 해도 오랜 시간 풀리지 않을 테니 본녀도 쓸 수 없다. 그야말로 돼지 목의 진주목걸이로군."

"하하하."

맞는 말이라 가볍게 웃고 말았다. 이 대단한 방패를 가지고도 운명을 극복하긴 무리였구나.

"그럼."

메타트론은 화염으로 불타는 검을 뽑아들고는 내 심장을 정확히 겨눴다. 그리고 망설임 없이 찌른다.

푸욱!

뜨겁다. 가열된 화로가 가슴팍 안에 들어오는 느낌이다. 하지만 그것도 곧 느낄 수 없었고, 나는 끈이 끊어진 인형처럼 축 늘어졌다. 그리고 침침해져 가는 눈으로 메타트론을 보았다.

"이게 무슨! 말도 안 돼!"

무슨 일일까? 그녀는 당황하고 있었다. 알 수 없는 황금색 광채가 그녀의 검을 점점 휘감는 게 보인다. 대체 무슨 일인지 궁금하기 짝이 없다.

하지만 거기까지였다. 나는 죽음을 맞이했다.

눈을 감자 어둠만이 있었다.

인생을 건 뽑기의 날로부터 나흘 뒤.

"지친다, 지쳐."

파김치가 돼 집으로 돌아왔다.

요즘 계속 스이엘을 만나며 마법 물품 사용법을 배웠다. 오늘이 마지막이었고, 드디어 끝났다.

덕분에 방패의 사용법을 대강이나 익힐 수 있었다. 아직 갈 길이 멀었지만 그건 앞으로 내가 스스로 연구해 갈 부분이었다.

"휴우…."

고단함이 묻어나는 한숨과 함께 방패를 창가에 내려놓았다. 며칠간의 교육도 끝난 이제는 드디어 내 운명과 맞서야 한다. 피하지도 않고, 미루지도 말아야 한다.

"근사한데."

창가의 아름다운 석양을 바라보며, 이게 생의 마지막일지 모른다는 생각도 들었다. 오늘따라 너무나 따뜻하고 부드러운 석양이었다. 언제나 이 노곤하고 다정한 일몰을 보고 싶은 기분이었다. 그래서 나도 모르게 태양 신격의 방패를 쓰다듬으며 중얼거렸다.

"이 아름다운 시간이 계속되길."

가볍게 미소 짓던 나는 무언가 위화감을 느꼈다.

뭐지? 데자뷰인가.

어쩐지 이 광경과 이 시간을 이미 겪었다는, 그런 바보 같은 생각에 사로잡혔다.

"제아야, 누나가 부탁하는데 안 가면 안 돼?"

아침에 짐을 꾸려서 나서려 하자 현관에서 누나가 막는다.

"걱정도 팔자다. 내가 서울에 하루 이틀 가냐? 비켜, 나가게."

이 누나가 왜 이럴까? 나를 늘 걱정하긴 하지만 보통 이러지는 않는데. 의아해하다 갑자기 뭔가 기시감을 느꼈다.

또 이러네. 뭐지? 이 느낌.

석양을 보고도 그랬는데 누나를 앞에 두자 다시 이런다. 왜 무언가를 반복하는 것 같을까. 나는 가볍게 인상을 찌푸렸다.

"저기? 제아야?"

내가 묵묵부답이자 누나가 걱정스러운 목소리로 한쪽 팔을 잡는다. 누나를 불안하게 만든 점이 미안해졌다. 나는 좀 목소리를 풀고는 달래듯 말했다.

"아니야, 뭐 좀 생각하느라. 너무 걱정하지 마. 이번 작전은 완벽해. 언제나처럼 금방 돌아올 테니까, 응?"

"그래도……."

"별일 없을 거야."

나는 손을 뻗어 누나의 등을 두들겼다. 솔직히 사랑한다고 말하고 싶었지만 입 밖으로 나오지 않았다. 가족이라 해줘야 할 말인데 가족이라 더 어려웠다.

그런데 어쩐지 이대로 가면 후회할 것 같다는 생각에 사로잡혔다. 그래서 충동적으로 손을 올려 누나의 머리를 쓰다듬었다.

"에? 제아야?"

누나가 놀란다. 그러거나 말거나 누나의 머리를 슥슥 쓰다듬었다.

윤기나고 고운 머리칼이 손가락을 타고 미끄러진다.

"누나는 여동생이 아니야. 머리를 이렇게 쓰다듬으면……."

평소에 여장부 같은 누나가 당황해서 어쩔 줄 몰라 한다. 얼굴이 홍시처럼 붉다.

와, 누나의 이런 모습 색다른데.

뜬금없이 남동생이 머리를 쓰다듬으니 이상하긴 하겠지만, 원체 평소에 애정 표현을 안 하던 애가 이러니 기쁜 마음이 더 큰 모양이다. 그건 그렇고, 누나의 머리를 만지는 거, 의외로 기분 좋았다.

"금방 올게. 항상 그랬잖아."

"그럼, 돌아오겠다고 약속해."

고개만 끄덕이려다가 누나와 새끼손가락까지 걸었다. 그러자 누나는 마음이 놓는 표정이었다.

노량진으로의 잠입 작전은 순조로웠다.

다만 노들역 근처에서 문제가 생겼다. 비행 몬스터에게 쫓기다 위험한 지하철로 들어선 것이다.

"잡담 금지."

우리는 어두컴컴한 지하 선로로 조용히 나아갔다. GPS로 확인하자 반이 좀 안 되게 남아있었다. 그런데 앞서 가던 정찰병이 문제를 보고해 온다.

"두 갈래 길입니다."

"음? 그럴 리가 없는데."

우리는 의아해하며 왼쪽으로 뚫린 길을 보았다. 노들역에서 노량 진역까지는 일직선이다. 따로 노선이 더 있을 리가……. 고개를 갸 웃거리던 난 이게 정상적인 노선이 아님을 깨달았다.

"모두 천천히 물러난다."

그제야 다들 상황을 파악하고 긴장했다. 나는 어째서인지 갑자기 막내가 생각났다. 주위를 둘러보다가 녀석을 발견하고는 서둘러 다 가갔다. 그때 뒷걸음질치던 막내 녀석이 철로에 뒤꿈치가 걸려 넘어 졌다.

"앗!"

재빨리 가서 막내의 등을 받쳤다. 마치 처음부터 이럴 걸 알고 있 었다는 듯이.

어? 좀 이상한데.

의아한 건 의아한 거고 화부터 냈다.

"이 새끼야, 조심 안 해?"

눈을 부라리자 자신이 얼마나 큰 실수를 할 뻔했는지 깨달은 막내 는 연신 고개를 숙였다.

"죄송합니다. 죄송합니다."

"됐다. 조용히, 조용히 물러난다. 그러면 아무 일 없을 거야."

우리의 모습을 지켜보던 다른 고참들이 이를 갈고 있다. 안타깝구 면, 막내. 여길 나가면 상당한 갈굼을 당하겠구나.

그나저나 뭐지? 나는 왜 갑자기 막내를 찾아서 다가갔을까? 마치 녀석이 넘어질 걸 알기라도 한다는 듯이 말이야.

다시 한 번 데자뷰가 느껴져서 속으로 쓰게 웃었다. 역시 판타지 소설은 적당히 읽어야 한다니까. 이게 타임 루프면 내 손에 장을 지진다.

우리는 동작구청에 도착했다. 하지만 이제부터가 진짜다. 최대한 신속하게 군주급 몬스터의 사체를 해체한 뒤 모두를 귀환하게 해야 한다. 물론 나는 이탈할 예정이지만.

"마정석입니다! 단장님, 마정석이 나타났습니다!"

그때 사체 위에 올라가있던 하이에나들에게서 탄성이 터져 나왔다.

"와아아아!"

주변에서 다들 기뻐하고 있었다. 군주급 몬스터의 마정석이다. 적어도 1조는 넘는 가치가 있는 물건이니 저럴 수밖에.

그런데 왜, 내 심장이 이렇게 미친 듯이 뛰는 걸까? 뭔가 잘못됐다는 예감이 들었다.

"그, 그만!"

억지로 짜낸 듯한 목소리가 입에서 나온 그 순간, 시야가 새하얗게 변했다.

폭발인가?

대체 왜 갑자기 폭발이 일어난 건지 모르겠으나 나와 단원들이 끝장났다는 것만은 알겠다. 99%로 죽을 확률이라더니, 허무하게 가는구나. 뭔가 악을 쓰며 발악할 여지도 없이 이리 기습적으로 죽을 줄은 몰랐다.

방패라도 꺼내놓고 있을걸. SS등급 방패를 꺼내놓고 있었다면, 나는 이 폭발에서 살아남았을지도 모르겠다. 뭐, 어쩔 수 없나. 이럴 줄 전혀 몰랐으니까.

그런데 한 가지 이상한 점이 있었다. 예전에는 내가 방패를 꺼내놓고 있지 않았나 하는, 그런 말도 안 되는 착각이 든 것이었다.

기분이 실로 묘했다. 스이엘에게 방패 사용법도 힘들게 배웠겠다, 기분이 뿌듯해야 할 터인데. 석양을 보며 기묘할 정도로 강한 데자뷰를 느끼고 있는 것이다.

혼란스러웠다. 분명히 이 석양을 지금 처음 보는 게 아니다. 누가 내 얘기를 들으면 미쳤다고 할지도 모르겠다. 하지만 영화나 애니에서 보던 타임 루프가 지금 내게 일어난 것 같았다.

부분 부분이지만 지난 단계의 기억이 남아있었다. 이걸 단순한 망상이라고 봐야 할까? 그렇지만 타임 루프라니, 황당해도 너무 황당했다. 게다가 타임 루프가 일어나는 조건이나 이유 역시 알 수 없었다.

잠깐, 설마?

나는 옆에 있는 태양 신격의 방패를 바라보았다. 이 방패에는 숨겨진 옵션이 분명히 하나 존재한다. 그게 무엇인지, 어떻게 발동시키는 건지는 전혀 알지 못했지만 말이다.

"아니, 아니야."

역시 타임 루프 같은 게 아니라 내가 정신적으로 이상해졌다는 쪽이 훨씬 설득력 있었다. 확률도 그쪽이 훨씬 높고.

하이에나는 신체적 부상보다 더 많은 심리적 부상을 견뎌낸다. 10년의 세월 동안 계속 마음을 다쳐오면서 급기야 이상이 생겼다고 해도 기이할 것 없는 일.

"하하하."

헛웃음이 나온다. 나는 언젠가 내가 미칠 줄 알았다. 결국 이렇게 돌아버린 건가? 생각해 보니 적당한 이유도 찾을 수 있었다. 앞으로 내가 죽을 확률이 99%라지 않나. 분명히 거기서 막대한 스트레스를 받은 거다.

게다가 행운의 상자 때문에 몇 번이고 천국과 지옥을 오갔다. 그 과정에서 가여운 하이에나의 정신이 버티지 못하고 망가진 게 틀림없다. 하여 나는 결국 타임 루프라는 말도 안 되는 망상을 하는 정신 병자가 된 것이다.

일단 파악해야 한다. 내가 왜 타임 루프 같은 걸 떠올렸는지. 그리고 타임 루프란 핑계로 정신의 무엇을 방어하고자 하는지 말이다.

이것이야말로 지극히 현명한 결정이었다. 타임 루프 같은 것에 매달리다니, 이성적이지 못한 판단이었다.

노들역에서 노량진으로 가는 지하의 철로에서 나는 복잡한 기분에 빠져있었다. 이건 정말 괴상한 고민이었다. 누가 들으면 날 지체

없이 정신 병원 가장 깊은 곳에 처넣지 않을까 싶을 정도다.

그 고민은 뭐냐. 여기서 사고가 일어나야 맞다는 느낌이었다. 만약 무엇인지 모르는 그 사고를 막아내면 이후 더 큰 문제가 발생할 것 같다는 예감 말이다.

이 무슨 괴상한 논리란 말인가? 고민만 깊어갔다.

"전방에 양 갈래 길입니다."

정찰병의 보고에 앞으로 나섰다. 그리고 왼쪽을 보고는 고민할 것도 없이 몬스터가 만든 것임을 알아챘다.

기시감이 다시 일어난다. 예전에는 굴을 보고 그 정체를 고민했던 것 같은데 이번에는 바로 알 수 있었다.

"모두 조용히 물러난다."

내 명에 상황을 알아챈 단원들이 조용히 물러났다.

나는 누가 시키지도 않았는데 왼쪽을 보며 막내를 찾았다. 녀석은 뒷걸음질 치다가 넘어질 듯했다. 흠, 막아야 할까? 고민하던 나는 일부러 막지 않았다.

카앙!

요란한 소리가 지하를 쩌렁쩌렁 울린다. 단원들은 완전히 굳어버렸다. 그리고 그때 장중한 울음이 낮게 지하를 흔든다.

크르르릉!

굴 안의 몬스터가 반응한 것이다.

나는 가만히 서서 생각에 잠겼다.

"역시, 역시 이런 건가."

어쩌면 내가 미친 게 아닐지도 모르겠다. 분명히 지금과도 같은 상황이 부분적으로 기억났기 때문이다. 내가 상념에 빠져 명을 내리지 않자 부단장이 소리를 지른다.

"신속히 물러나야 합니다! 단장님!"

사방에서 당혹감 섞인 고성이 터진다. 그럼에도 나는 더없이 침착했다. 고개를 절레절레 흔들고는 명을 내렸다.

"모두 내 뒤에서 대기하도록."

"네?"

부단장이 혼이 나간 사람처럼 되묻는다. 나는 부단장에게 따로 설명하는 대신 아공간 주머니에서 방패를 꺼냈다. 할 수 있다. 확실히 지금 상황을 나는 정리할 수 있다.

우우우우웅!

방패가 백열등처럼 새하얗게 달아오르기 시작했다.

"단장님? 이게 무슨!"

뒤에서 보던 단원들은 놀란 기색이 역력하다. 그러거나 말거나, 방패로 기술 발동에 집중했다.

우우우우웅!

어째서일까? 아직 익숙하지 않은 기술일 텐데 매끄럽게 발동한다. 마치 위급한 상황에서 성공한 경험이 있는 것 같지 않은가.

쿠르르릉!

빛에 놀라 멈췄던 거대 벌레가 다시 입을 벌린다.

"단장님!"

우리 단원들의 비명 역시 커진다. 그들이 더는 참지 못하고 화기를 난사하려던 그때, 빛이 작렬했다.

온통 새하얀 빛이었다.

일대를 가득 채우고 있던 어둠을 손톱만큼도 남겨두지 않고 모조리 지워버린다. 그리고 시야가 다시 돌아왔을 때 거대 벌레는 시커멓게 변해있었다. 몸 여기저기에 불이 붙어 타닥타닥 타오른다.

"대체 이게 무슨⋯⋯."

"단장님, 무슨 짓을 한 겁니까?"

단원들이 다 얼이 빠져서 날 쳐다본다. 몇몇은 총을 아래로 축 늘어뜨리고 입을 금붕어처럼 뻐끔거렸다.

"아니, 뭘 그 정도로 놀라고 그러나? 업계 뉴비 같이."

얼마 전 어떤 산수 못하는 천사에게 들은 말을 단원들에게 고대로 돌려주었다.

"그러니까 각성은 언제 하셨대?"

"전부터 생각했는데, 사람이 음흉하네."

단원들은 이미 나를 각성한 헌터로 여기는 듯했다. 옆에서 다들 나 들으라고 끊임없이 수군거린다.

"그러고 보니까 그 건방진 미카엘라 클랜에서 순순히 정보를 판 것도 이상하지 말입니다."

"미카엘라 클랜에서 스카우트하려고 하나 보네. 그 거대 벌레를 통구이로 만드는 실력이면 미카엘라 클랜에서 눈독 들일 법하지."

지들끼리 썰을 풀고 아주 난리 났다.

"이 새퀴들아!"

참다못해 소리를 지르자 그제야 다 조용해졌다. 그래도 날 보는 두 눈에 존경심이 가득했다. 헌터냐, 하이에나냐를 떠나서 순수한 힘에 대한 동경이었다. 게다가 내가 자기들과 달라졌어도 배척하거나 두려워하는 기색은 없다. 의리 있는 녀석들이었다.

"부단장, 전에 나한테 그랬지."

"뭘 말씀이십니까?"

"하이에나라고 의리 없고, 헌터라고 의리 있겠냐고."

"네? 그게 무슨 말이신지?"

부단장은 그런 말을 한 적이 없다고 했다.

"꽤 괜찮은 말이긴 합니다만……. 제가 그런 오글거리는 대사를 내뱉었을 리가요. 저는 솔직히 단장님 싫어합니다만?"

이 여자가 진짜….

그건 그렇고, 그런 말을 한 적이 없다고? 분명히 들은 기억이 있는데 상대는 아니라고 한다. 뭐야, 이게.

"다 처먹었으면 이만 가자. 일어들 나."

나는 먹던 음식을 치우고 준비를 시작했다.

우리는 정찰병을 선두로 조심스레 동작구청으로 향했다.

"다 왔어. 긴장의 끈을 놓지 마라."

휴식 시간에는 실컷 씹혔지만 일로 돌아오자 다들 내 명에 빠릿빠릿 움직인다. 곧 우리는 군주급 몬스터의 사체를 찾을 수 있었다.

"세상에! 이게 군주급 몬스터인가."

"덩치 좀 봐."

다들 경악을 금치 못했다.

"쫄지 마, 새끼들아."

단원들이 주저했기에 직접 다이아몬드 날을 가진 전기톱으로 해체를 시작했다. 피가 얼굴에 튀었지만 신경 쓰지 않았다. 어떻게 된 시체가 여태 썩지도 않고 피가 응고되지도 않은 걸까.

"세 시간이다! 세 시간 뒤에는 무슨 일이 있어도 떠날 테니까, 서둘러!"

당장 단장인 내가 나서서 움직이자 주변이 부산해졌다. 이제 나는 물러나서 작업을 단원들에게 맡기⋯⋯.

잠깐?

"아니지, 아니야."

왠지 그래서는 안 될 것 같았다. 이유는 알 수 없었다.

단원 몇이 내가 해체하던 구역으로 와서 팔을 걷어붙인다. 그럼에도 나는 고개를 흔들었다.

"이상하게 힘이 넘친다. 여긴 내가 조각낼 테니까 가봐."

단원을 보내고 나서 내 표정은 바로 굳었다. 대체 이유를 알 수가 없다. 나는 무엇을 걱정하는 걸까? 심장이 쿵쾅쿵쾅 뛴다. 좋지 않아⋯⋯. 결코 좋지 않다고.

데자뷰를 느끼게 하는 단편적인 기억도 지금 상황에 관한 건 없었다. 뭔가 이대로 피할 수 없는 파국이 올 것 같은데, 어찌해야 할지 모르겠다.

그래서 일단 일에 매달렸다. 두 시간 정도 지났을까? 옆에서 환호가 터져 나온다.

"오오오! 단장님! 마정석입니다. 마정석이 있습니다!"

우르르 몰려드는 단원들. 나 역시 재빨리 녀석들을 비집고 들어갔다.

"마정석이라고?"

"네, 여길 보십쇼."

마정석을 발견한 단원은 아주 자랑스럽게 가슴을 편다. 그럴 만도 하다. 나는 그의 어깨를 한번 두들겨주고 그 마정석을 살펴보았다.

"아름답군."

군주급 몬스터의 마정석은 농구공보다 컸고, 그 색깔은 루비와 같았다. 보기에도 매우 위험한 힘의 근원으로 여겨졌다.

"제가 꺼내겠습니다."

발견한 단원이 자원을 하고 나섰다. 나는 고개를 끄덕이려다가 손을 들며 멈췄다.

"잠깐? 무슨 소리 나지 않아?"

"소리 말입니까?"

"그래, 작고 기묘한 소리인데."

고개를 갸웃거리던 나는 마정석을 살펴보다가 방패를 꺼냈다. 방패에 있는 기능이 떠올랐기 때문이다. 바로 진실의 눈이란 거다.

혹시 마정석에 내가 모르는 무언가가 있지 않나 싶어 진실의 눈을 발동시켰다. 그러자 방패에서 깨끗한 빛이 투사되어 마정석을 비췄고, 감춰져있던 걸 드러냈다.

"어?"

빛을 비춰본 나는 당황할 수밖에 없었다. 마정석의 면에 무수히 많은 신비로운 글자가 새겨져 있었기 때문이다. 글자들은 빛나고 있었고 계속 변하고 있었다. 뭐랄까……. 시한폭탄 같다는 느낌이 들었다.

"하하하……."

마른 웃음이 흘러나온다. 뭐가 뭔지, 왜 군주급 몬스터의 마정석에 이런 마법 장치가 돼있는지 모르겠다. 다만 확실한 건, 우리가 건드려서 이게 발동했다는 거다.

나는 방패로 앞을 막으면서 소리 질렀다.

"피해!"

콰아아아아아앙!

말하기가 무섭다. 피할 시간은 있을 줄 알았는데 폭음과 함께 시야가 하얗게 변한다. 몸이 붕 떠오르는 걸 느끼고는 그 뒤로 엉망이었다.

다시 정신을 차린 건 목 안에 고인 피 때문에 사래가 들려서였다.

"쿠엑! 켈룩켈룩! 쿠으윽!"

침과 피가 섞여 턱을 타고 길게 늘어진다.

앞으로 보니 지옥이 펼쳐져 있었다. 군주급 몬스터의 사체는 터져 가슴이 벌어졌고 일대가 불바다였다. 사방에 널린 시커먼 덩어리들이 무엇인지 짐작하기 어렵지 않았다.

"으으윽……."

보기만 해도 가슴이 찢어지는 것 같았지만 어째서인지 울음은 나오지 않았다. 나는 마법 장치를 본 순간 이런 광경을 예상하고 있었는지도 모르겠다. 그리고 그때, 화염 회오리를 일으키며 지옥도에 어울리는 존재가 강림했다.

검은 날개를 가진 천사였다. 그녀는 날 발견하더니 곧장 다가온다. 그러고는 인상을 찌푸리며 뭔가 말하려 했기에 내가 선수를 쳤다.

"미안하군, 함정을 망쳐서."

메타트론의 짜증스러운 얼굴에 놀란 기색이 역력하다.

나는 왜인지 이게 그녀가 설치한 함정이란 걸 알 수 있었다. 아마 메타트론은 무언가를 잡으려 저 군주급 몬스터의 사체를 이용한 것 같았다.

"아마 무언가를 잡으려 했겠지?"

"…대체 너는 누구지?"

메타트론은 미간을 좁힌다. 재미있다. 이 위대한 존재가 내게 경계심을 드러내다니.

"나는 그저 그런 하이에나일 뿐이지."

"그저 그런 하이에나가 본녀의 계획을 다 알고 있었다는 듯 말하다니, 그걸 지금 믿으라는 거냐?"

"어떻게 아는지 나도 모르겠는데, 네게 그걸 어떻게 설명할까."

죽어가고 있어서 그럴까? 갑자기 여러 가지 기억이 돌아오고 있었다. 역시 이 상황, 단순한 기시감 같은 게 아닌 것 같았다. 그래서 혹시 정말로 시간이 되돌아간다면 미리 알아둘 게 있었다.

"하나 묻고 싶다."

"참 건방진 인간이로다."

메타트론은 인상을 찌푸렸지만 거절하지는 않았다.

"큰 힘을 사용하면 그만큼 주변을 말려들게 만드는 건가?"

"생뚱맞은 질문이군."

"이 방패 말이야, 내겐 돼지 목의 진주 같은 이 방패. 스이엘이 경고했었지. 함부로 사용하지 말라고, 네 주위를 말려들게 만들 거라고."

"스이엘이 그렇게 말했나."

메타트론은 태양신격의 방패를 유심히 살피더니 고개를 끄덕였다.

"맞다. 그 방패처럼 규격 외의 강한 힘은 주변을 말려들게 만들지. 뿐만 아니라 본인의 운명조차 완전히 바꿔버린다."

그래, 그 운명을 바꾸는 힘을 나도 느꼈다.

어쨌든 좋은 대답을 들었다. 역시 스이엘의 조언이 맞았다. 지금 내 망상처럼 시간을 거슬러 돌아간다면 절대 하이에나단과 이곳에 오지 않겠다고 다짐했다.

쿠아아아앙!

그때 소름이 돋는 포효가 들려왔다. 메타트론은 입술을 깨물며 검을 쥔다. 그녀는 치료를 한 번 사용해 보고 안 먹히자 자비로운 죽음을 내리겠다고 했다. 나는 잠잠히 고개를 끄덕였다.

나는 석양을 보고 있다. 그리고 이제는 정확히 알 수 있었다.

첫 번째는 거의 인지하지 못했다. 두 번째는 부분적인 기억을 갖고 있었다. 의심은 피어올랐지만 확신할 수 없었다. 그저 내가 미친 거라 여겼다.

세 번째에는 모든 걸 알 수 있었다. 드디어 타임 루프를 온전하게 인식했다. 모든 기억 역시 단락 없이 머릿속에 남아있었다.

그러나 과연 이게 진짜 세 번째인지는 알 수 없다. 내가 세 번째라고 판단하고 있지만 이미 백 번도 넘게 루프를 돌았을지도 모를 일이다. 단지 내 인지로만 세 번째일 뿐이다.

어쨌든 이번 페이즈는 날아간 기억이 없이 온전했다. 그렇다면 앞으로의 일에 대비가 가능해진다는 말이다.

"좋아, 메타트론. 많은 게 달라질 거다."

나는 지금 그녀도 이 석양을 보고 있을 거라 생각했다.

타임 루프 증상을 온전히 인지한 후에 내가 제일 먼저 한 건 방패의 조사다.

아마 방패의 숨겨진 옵션이 분명 문제를 일으킨 듯했다. 이곳저곳 안 가본 곳이 없지만 속 시원한 대답을 들을 수 없었다. 게다가 공공연히 SS등급 마법 물품이 있다고 떠들 정도로 난 멍청하지 않다.

결국 스이엘을 다시 찾아가 봤지만 그녀는 고개를 저을 뿐이었다.

"미안해. 숨겨진 옵션의 발동 방법과 운용 방법은 온전히 사용자가 감당하는 거야."

어쩔 수 없었다. 그래도 아주 수확이 없었던 건 아니다. 스이엘의 소개로 미카엘라 클랜의 고위 헌터와 만남을 가질 수 있었는데, 그는 내게 매우 흥미로운 얘기를 해줬다.

"숨겨진 옵션이 붙은 무구는 종종 있지. 기능은 제각각인데, 한 가지 공통점이 존재해. 그건 바로 그 옵션들이 일정 횟수만을 가지고 있다는 거야. 몇 회가 가능한지 마법 물품마다 다르겠지만, 결국 그 끝이 있어."

설령 S등급 이상이라도 예외는 아니라고 했다. 내가 가진 SS등급은 어떤지 미지수였으나 가능성을 고려하는 게 좋을 것 같았다.

타임 루프가 이 방패 때문에 일어난 것이라 가정하면, 그 횟수에도 제한이 있다는 거다. 몇 회일지는 정확히 모른다.

그래도 제한이 있다는 건 신중함을 요구하는 일이다. 나는 그 남은 횟수 안에 상황을 타개해야만 한다. 계획적으로 움직일 필요가 있었다.

일단 나는 집으로 돌아와서 부단장에게 전화로 당분간 원정이 없을 거라 얘기했다.

"날씨도 춥잖아. 봄이 된 후에 생각해 보자고."

"알겠습니다."

좋아, 이걸로 앞서 경우처럼 하이에나단 전체를 끌고 가는 상황은 배제했다.

이미 루트가 개척된 이상 단원들의 도움 없이 이제부터 혼자 잠입할 수 있다. 게다가 원윤아와 서진 아저씨도 그날 우연히 날 발견했다고 하지 않았나. 이번에는 잘 피해서 둘을 끌어들이지 않을 생각이다.

그래, 이제부터는 혼자였다.

분명히 외로운 싸움이 될 테지만 마음은 훨씬 편해졌다.

지아 누나에게도 걱정 끼치지 말자.

나는 집에서 장비를 몇 개씩 몰래 빼돌리며 혼자 원정을 준비했다. 대부분은 개인 창고에 따로 보관하니 정말 몇 개만 누나가 없을 때 옮기면 됐다.

지아 누나에게는 단원들과 은퇴 기념으로 여행을 다녀오겠다고 했다.

"4박5일이니까 금방 돌아올 거야."

"누나도 데려가라, 응? 누나, 심심해."

이 누나는 스물일곱 살이나 먹었으면서 아직도 동생이랑 같이 놀고 싶은 걸까.

"미안, 이번에는 좀 곤란해. 대신 나 돌아오면 둘이서 같이 여행 갈까?"

"뭐?"

지아 누나는 깜짝 놀란 듯했다. 지금껏 둘이서 여행을 가본 적은 없다. 일단 내 입에서 그런 말이 나왔다는 게 놀라운 모양이었다.

아니, 놀란 게 아니라 이제 보니까 이해를 못 하고 있구나. 내가 말한 여행이란 단어는 지아 누나의 귀로 들어가 아주 느릿느릿 달팽이관을 지나나 보다. 아직 뇌에 도달하려면 몇 초는 더 필요해 보인다. 그러다 마침내 반응이 왔다.

"정말?"

누나는 마치 산책하자는 말을 뒤늦게 이해하고 날뛰는 강아지처럼 좋아했다.

"그래, 귀찮긴 하지만 데리고 가주지."

"이리 와, 기분 좋으니 이 누나가 뽀뽀라도 해줄게."

우엑, 사절이다. 손을 내밀고 뒤로 물러나자 지아 누나의 인상이 바로 찌푸려진다.

"누나의 입술은 오염 물질 같은 게 아냐. 그렇게 물러날 필요 없잖아."

"한 걸음 물러났을 뿐이잖아."

"마음의 거리는 더 멀어졌잖아!"

어떻게 알았지? 눈치가 빠르다. 뜬금없는 뽀뽀 제안 때문에 마음의 거리는 서너 발자국 이상 멀어진 상태다.

"어쨌든 잘 다녀와."

"걱정 마. 단순히 여행 가는 거니까."

"그래, 호호호."

늘 누나에게 미안한 마음이 크다. 대체 지금까지 몇 번이나 누나에게 거짓말을 해왔던 걸까?

누나가 걱정하는 게 싫어서 시작한 거짓말이었다. 하지만 누나를 속일 때마다 마음이 좋지 않았다. 부디 이번이 마지막이 되길, 그렇게 바랐다.

서울에서의 잠입 과정은 쉬웠다.

금세 반포천의 숲 지대에 도착했는데, 숲의 위험도 방패를 든 내 앞엔 아무 것도 아니었다. 괴물 진딧물은 체액을 꽁지로 질질 흘리며 도망갔고, 육식성 식물도 굵은 줄기를 파르르 떨며 날 두려워했다.

"굉장하네."

방패는 단순히 신물 그 이상이었다. 완전히 내 격 자체를 바꿔주고 있었다. 그 뒤 숲을 무사히 빠져나갈 때까지 아무 일도 없었다.

이 정도로 무사통과를 하자 그동안 하이에나로서 했던 수많은 짓이 다 허무하게 느껴졌다. 몬스터의 악취나는 분뇨를 몸에 바르고, 습하고 더러운 하수도로 기어가고……

내가 그러고 다닐 때 고위 헌터들은 몬스터에 의해 점령된 서울을 종횡무진 가로질렀을 거다. 나보다 훨씬 편안하고 우아하게 말이다.

같은 인간이 같은 일을 하는데 어쩜 이리 다를 수 있는 걸까? 나는 이제 다시는 하이에나의 삶을 원하지 않는다. 단순히 방패에 의지하는 게 아니라 무언가 근본적인 변화를 찾아야만 했다.

쿠르르릉!

숲 밖으로 나가자 외눈박이 둘이 있었다. 하이에나단과 같이 왔을 때부터 본 녀석들인데, 그때는 당해낼 수 없어 우회했었다.

하지만 이제는 완전히 사정이 다르다.

자신감 있게 앞으로 걸어 나갔다.

그러자 야영 준비를 하던 그들은 자리에서 일어나 곤봉을 주워든다. 마침 잘됐군. 스이엘의 밑에서 연습했던 전투 기술을 써보자.

태양광을 폭사하는 기술은 대단하긴 했지만 한 번 쓰고 나면 방패가 방전되는 느낌이었다. 쿨 타임 동안 커다란 공백이 생기니 남발

할 기술이 아니었다. 그러니 통상적인 기술을 시험해 볼 필요가 있었다.

하면 통상적인 기술은 뭐냐? 간단하다. 태양 신격의 방패를 원반처럼 날리면 된다. 지금 +75 보정을 받는 내 힘과 이 방패 자체의 힘을 더하면 그야말로 아찔한 위력이 나올 터.

부우웅!

방패는 던진 나도 깜짝 놀랄 정도로 맹렬히 회전하며 쏘아졌다.

콰아앙!

날아간 방패가 외눈박이의 야영지를 단번에 박살 냈다. 상당히 공들여 쌓은 듯한 돌무더기가 사방으로 부서지며 흩어졌다.

쿠르릉!

외눈박이들은 방패의 위력에 놀란 기색이 역력했다. 그러거나 말거나 나는 손을 위로 뻗었다. 그러자 수십 미터를 날아갔던 방패가 손안에 들어온다. 이 방패의 특수 능력 중 하나로 사용자는 언제든 이것을 소환할 수 있다. 던졌다가 맘대로 불러올 수 있다는 것.

다시 던지려는 포즈를 취하자 외눈박이 둘이 황급히 돌진해 온다. 녀석들도 방패의 위험성을 느꼈는지 서둘러 달라붙으려 한다. 달려오는 동안 몸을 보호하려는 듯 곤봉을 앞으로 세우고 있었다.

부우웅!

있는 힘껏 다시 던졌다. 그러자 이번에는 방패가 한 녀석의 곤봉에 명중했다.

퍼억!

어지간한 나무보다 두꺼운 뼈 곤봉이 분질러진다. 놀란 외눈박이가 곤봉을 놓친 뒤, 두 손을 만세 하듯 위로 올리며 허우적댄다.

다만 안타깝게도 힘이 부족했는지 곤봉을 부러뜨린 방패는 튕겨 나가고 말았다. 다시 불러들여 던지려 했으나 이미 다른 외눈박이가 코앞까지 달라붙은 뒤다.

이럴 땐 적당한 방법이 있다. 바로 태양광을 일시적으로 쏴 적의 시야를 산란시키는 방법이다.

번쩍!

섬광 수류탄과 비교도 안 될 정도로 환한 빛이 쏘아졌다. 가뜩이나 눈이 하나밖에 없는 외눈박이는 정신을 못 차렸다. 나는 그 틈에 뒤로 달려 물러났다.

그리고 다시 전력으로 방패를 던졌다.

부우웅!

이번에는 특히나 회전이 맹렬해서 한눈에도 커브를 타며 날아가는 게 보인다.

파각!

그리고 정확히 외눈박이의 머리에 명중한다.

"으윽!"

보면서 인상을 찌푸릴 수밖에 없었는데, 방패가 녀석의 큰 머리에 제대로 박힌 것이다. 나뿐 아니라 또 다른 외눈박이도 그 광경을 보더니 입을 벌리며 경악을 금치 못했다.

나는 즉각 방패를 회수했다.

주르륵.

방패에 묻어있던 피와 뇌수가 흘러내린다. 나는 인상을 쓰며 털어낸 뒤 남은 외눈박이를 보았다.

쿠르르르.

녀석은 공포에 질린 듯 보였다. 저 강대한 거인이 뒤로 주춤주춤 물러나는 꼴을 보고 있자니 기분이 묘했다.

살려줄까? 관대하게 자비를 베풀어봐?

아주 짧게 그런 생각을 했지만, 저 녀석들이 품고 있는 마정석이 생각났다.

"암, 그럴 순 없는 일이지. 흐흐흐."

기억에 의하면 이 두 녀석의 마정석은 도합 20억이다. 그런 대박의 기회를 날릴 순 없다.

방패를 든 손을 어깨 뒤로 젖히자 외눈박이가 즉각 뒤로 돌아 도망가기 시작한다. 부러져서 반 토막이 난 곤봉을 놓지 않고 가는 꼴이 재밌다.

나는 신중하게 녀석의 뒤통수를 겨냥했다. 방패 던지기는 원반던지기와 거의 같았다. 날아가며 스핀이 들어가니까 그걸 감안하고 투척해야 한다.

보자……. 좋아, 지금이다.

부우우웅!

방패는 놀랄 정도로 빠르게 날아갔다. 그것에 비하면 외눈박이의 달음박질은 거의 움직이지 않고 있는 거나 마찬가지였다.

퍼억!

방패가 깊게 외눈박이의 뒤통수에 박혀 들어갔다. 단 일격이었다, 저 위력적인 거인을 죽이는 건.

관성 때문에 몇 발자국 더 간 녀석은 한쪽 무릎을 꿇은 채 숨을 거뒀다. 외눈박이는 부러진 곤봉에 기대어 죽었는데, 그 곤봉이 절묘하게 지지대 역할을 해주고 있었다.

다가가 밀어보니 꿈쩍도 안 한다. 마정석을 회수하기 골치 아파졌다. 하는 수 없이 나는 아공간에서 전기톱을 꺼냈다. 나무 자르듯이 외눈박이의 허벅지를 자를 작정이었다.

위이이잉!

전기 톱날이 살점을 파고들자 피가 얼굴까지 튄다. 입에 들어간 피를 퉤퉤 뱉으면서 전기톱을 움직였다.

드르륵, 드르륵.

단단한 뼈가 갈리는 소리가 아주 기괴하다. 하나 이 정도는 10년 하이에나 생활을 한 내게 어떤 감흥도 주지 못했다. 오히려 나는 나무꾼 흉내까지 냈다.

"넘어간다."

다리를 잃은 외눈박이의 시체가 뒤로 쿵! 하고 쓰러졌다.

"콜록! 콜록!"

먼지가 장난이 아니다. 손을 휘휘 저은 나는 곧 외눈박이의 몸을 갈라 마정석을 회수했다.

"자, 그럼."

메타트론을 만나기 전에 회수해야 할 마정석이 하나 더 있었지. 나는 노들역으로 알아서 들어가 그 거대 벌레 녀석을 단번에 날려버릴 작정이었다. 걔는 130억짜리다. 갑자기 콧노래가 절로 나왔다.

다시 노들역에서 지하 노선을 따라 노량진역으로 향하고 있다. 이거 참, 첫사랑과의 가슴 아픈 기억이 있는 추억의 장소도 아니고, 여길 너무 방문하는 것 같네.

"흐음……."

이런저런 생각을 하며 걷자 갈림길에 도착했다. 상당히 부주의하게 걸어왔는데, 타임 루프로 이 노선에 거대 벌레 말고 다른 위협이 없다는 걸 알기 때문이었다. 중간에는 두리번거리며 메타트론의 깃털을 찾으러 다니기도 했다.

"여기군."

나는 방패를 앞으로 내밀고 왼쪽 길로 들어섰다. 제대로 된 길은 선로를 따라 직진하는 거다. 왼쪽 길은 거대 벌레에 의해 만들어진 토굴이다. 그럼에도 나는 소리 죽여서 계속 나아갔다. 그리고 토굴의 끝에서 잠들어있는 거대 벌레를 발견했다.

"내 이럴 줄 알았다."

녀석은 우리가 이동할 때는 반응하지 않았다. 막내가 삽질을 하고 나서야 튀어나왔던 걸 고려해 볼 때, 수면 중이거나 반쯤 넋을 놓고 있었던 게 아닐까 싶었다. 만약 함정거미처럼 기다리고 있었다면 우리가 갈림길에 다다랐을 때 즉각 반응했었겠지.

그르르르릉. 그르릉.

깊은 숨소리를 내며 퍼져있는 거대 벌레. 이게 웬 떡이냐 싶다. 나는 주저 없이 방패를 앞으로 겨냥했다.

우우우우우웅.

빛이 번쩍였다. 그리고 갑작스러운 고열에 거대 벌레가 몸을 뒤틀고 절규했다. 하지만 곧 시커먼 덩어리가 되더니 더 이상 움직이지 않았다.

"기가 막히군."

갑자기 130억이 생겼다.

지금 내 앞에는 도합 150억 원어치의 마정석이 빛나고 있었다. 보고 있자니 황홀해서 내가 시한부란 점도 잊어버릴 정도다. 마정석은 세상 어떤 보석보다도 크고 아름답다. 빛을 반사시키는 정도가 아니라, 자체적으로 발광하기에 무척 환상적인 모습을 자랑한다.

그런 이유로 서구에서는 마정석을 수집 용도로 구매하는 갑부도 꽤 있었다. 사냥터를 전전하는 입장에서 보면 어처구니없는 얘기지만, 그쪽에는 몬스터가 거의 안 나타나니 여기랑 감각이 다를 수밖에.

지금 세계적으로 가장 뜨거운 문제인 몬스터는 서울과 북한, 만주 지역에 그 세가 집중되어 있다. 그 외에 비교적 많이 나오는 곳은 중국, 러시아 정도일까.

물론 지구 곳곳에 몬스터가 출몰해 문제를 일으키곤 했으나 상대적으로 약하고 수도 적었다. 유럽이나 아메리카나 아프리카도 몬스터로 난리를 겪었지만 한국에 비하면 애들 장난이었다. 나타난 몬스터의 수준도 별로 높지 않았다. 그래서 천사가 없는 나라도 부지기수였다.

괜히 안산이 몬스터 부산물을 가공하는 메카로 떠오른 게 아니다. 대천사급 천사들이 한국에 몰려있는 것도 서울을 시작으로 북한, 만주까지 고위 몬스터가 바글바글한 게 그 이유다.

내가 듣기로 중국과 러시아에는 다 합쳐도 대천사가 3위밖에 없다고 한다. 반면 대한민국에는 대천사가 12위效*나 모여있었다.

기본적으로 서울을 수복하고 과거 북괴가 있던 지역을 밀어버리는 게 천사들의 계획이다. 그 때문에 인류와 몬스터의 싸움에 있어서 주인공도 한국이요, 최대 피해자도 한국이요, 이래저래 세계의 시선이 한국에 쏠리는 상황이었다.

초기에는 그런 이유로 강대국들이 이것저것 간섭하려 했으나, 분노한 대천사들의 일갈에 다 나가떨어져 이제는 그런 일이 없다.

그래서 대한민국은 대천사들을 지원하며 몬스터 사업에 열중하고 있었다. 안산의 반월공단과 시화공단에서는 365일, 24시간 쉬지 않고 공장이 돌아가며 전 세계로 몬스터 가공 상품을 수출한다. 그리고 안산에는 몬스터 부산물을 취급하기 위해 세계에서 몰려든 기업과 상인, 투자자들로 북적였다.

안산이 괜히 인구 1,500만의 국제도시가 된 게 아니다. 지금 안산은 나날이 덩치가 커져가고 있다.

게다가 한국인에게 천사나 몬스터는 일상이지만, 외국인들에겐

---

* 천사는 사람이 아니기에 명이란 단위로 세지 않는다. 귀신이나 신령, 천사는 위效라는 단위로 셈한다.

그야말로 판타지 그 자체. 쉽게 못 만날 걸 알면서도 어떻게든 한국으로 기어들어와 천사의 깃털이라도 보려고 난리였다.

스윽, 스윽.

마정석에 묻은 피를 천으로 잘 닦은 후 아공간 주머니에 던져 넣었다.

"흠……."

아무튼 마정석을 수확한 건 좋았는데 돌아갈 수 있어야 의미가 있는 거다. 또 뒤져서 타임 루프를 하게 되면 꽝 아닌가.

게다가 이 타임 루프에 횟수의 제한이 있다고 하니 실로 압박이 아닐 수 없다. 어느 순간 죽고 그게 끝일 수 있다는 거다.

그러니까, 잘하자.

나는 각오를 다지며 망원경으로 전방을 살폈다. 보고 있는 곳은 동작구청의 주차장. 정확히는 그 위에 쓰러져있는 군주급 몬스터의 사체다.

이미 세 번이나 폭파에 휘말린 경험이 있는 나다. 더는 접근하기 싫었다. 그래서 상황을 관망하기로 했다. 함정에 누가 걸려드는 건지, 메타트론은 어떻게 행동할지.

"흐음……."

지난 루프들처럼 하이에나단이 끼어들지 않자 별다른 점 없이 시간만 흐른다. 지금은 메타트론도 그리고 그녀가 노리는 적도 서로 간만 보고 있을지 모른다. 결국 그날은 아무 일도 없이 지나갔다.

"끄응……."

하룻밤을 건물 속에서 잔 나는 꽤 피곤했다. 잠자리가 불편해서가 아니다. 혹시라도 습격을 받을까 싶어서 졸다 깨다, 졸다 깨다를 반복해서 그랬다.

짹짹.

세상이 이러는데도 새는 평소처럼 지저귀는구나. 초겨울 아침의 햇살이 기분 좋았다.

그런데 그때 쿵, 쿵, 거리는 묵직한 발소리가 들려왔다. 나는 아침으로 먹던 건조 식량을 황급히 넘기고는 창가에 바짝 붙었다. 무언가 크고 덩치 좋은 녀석이 이 근처로 다가오는 게 느껴졌다.

틀림없이 거물이다.

긴장 때문인지 심장이 쿵쿵 뛰었다. 그렇게 기다리길 5분여. 건물의 그림자 사이에서 거대한 괴물이 쑥 나타났다. 키는 3.5미터 정도. 네이비 색의 피부에 노란색이 선명한 뿔이 인상적이다.

총 네 개의 뿔이었는데 특이하게 뿔에서 스파크가 튀어서, 마치 왕관 같은 모양을 만들고 있었다. 또한 폭이 넓고 거대한 검을 질질 끌고 다녔다.

저걸 검이라고 해야 할지도 모르겠다. 검폭은 50센티미터가 넘어 보였고, 베기보다 때려죽이는 게 목적인 것처럼 무식한 생김새였다. 검이 가진 세련된 이미지가 전혀 없다.

게다가 검 끝은 각이 지게 뭉툭했고 손잡이는 대강 천을 칭칭 감아놓은 상태였다. 그 천은 피 얼룩으로 더럽다.

"군주급이다."

확실했다. 저 녀석, 군주급 몬스터였다. 메타트론이 노리고 있던 그 녀석인 것 같았다.

군주급 몬스터는 다른 군주급 몬스터의 마정석을 노린다고 한다. 더 강해지기 위해서 말이다. 분명히 죽어 나자빠진 동료의 사체는 유혹적이었으리라.

그르르릉!

녀석은 한번 사방을 살피더니 곧장 죽은 사체로 다가가기 시작했다. 그래, 사체를 내리쳐라. 그러면 함정이 발동하겠지. 내가 몇 번이나 당했던 함정이라 남이 당할 처지가 되니 그렇게 기대가 될 수 없었다.

"간다, 간다."

나도 모르게 작게 중얼거리며 상황에 집중했다.

사체에 다가간 군주급 몬스터는 거검ㅌ劍을 들어 올렸다. 동시에 내 눈동자 역시 커졌다.

찍어라! 그대로!

마음속으로 열렬히 외친 게 도움이 되었는지 녀석은 사체의 흉부를 가르기 위해 거검을 내려쳤다.

콰아아아아아앙!

장대한 폭발이 일어났다. 충격에 메타트론의 함정이 작동된 것이다. 이쪽과는 거리가 있음에도 발광과 열기 때문에 고개를 돌려야 할 정도였다. 저런 지독한 함정에 걸렸었으니 우리가 전멸한 게 당연하구나. 오히려 내가 살아남았던 게 경이로울 지경이다.

나는 새삼스러운 눈으로 태양 신격의 방패를 매만진 뒤 앞을 내다보았다.

"와…"

저 녀석, 아직 살아있네. 지독하다 정말.

함정에 당한 군주급 몬스터는 몸에 불이 붙은 채 큰 대자로 뻗어 있었다. 하지만 머리를 흔들더니 몸을 일으킨다. 꽤 피해를 입은 듯했지만 당장 죽을 것 같지는 않았다. 곧 큼지막한 손으로 몸에 붙은 불을 털어서는 꺼뜨린다.

쿠아아아앙!

일갈하는 게 뜻하지 않은 함정에 대단히 분노한 것 같다. 녀석이 있는 곳 일대가 온통 불바다였다.

슬슬 이제 메타트론이 등장할 때라고 생각하던 그때, 군주급 몬스터의 앞에 화염 회오리가 몰아친다. 그리고 그 회오리 한가운데서 검은 날개 여섯 장을 가진 미려한 천사가 출현한다.

평소 그녀의 위명에 어울리지 않는 너무나 가녀린 외형이었다. 하지만 느껴지는 위압감만은 그녀가 천사 중의 서열 1위임을 확실히 말해 주고 있었다.

파직!

메타트론이 나타나자마자 군주급 몬스터가 전격으로 공격했다. 머리 위의 뿔에서 왕관처럼 반짝이던 스파크가 쏘아져 나갔다. 하지만 메타트론은 방어막을 전개해 어렵지 않게 막아냈다.

콰앙!

폭음과 함께 스파크가 사방으로 튄다. 전류는 곧 회색의 방어막을 타고 원형으로 퍼져버렸다. 메타트론은 곧장 맹렬하게 타오르고 있는 화염검을 뽑아들고는 반격에 나섰다.

"오오오!"

내 입에서 감탄사가 절로 터질 정도로 대단한 싸움이었다. 천사 중 최고의 무력을 가졌다는 메타트론과 군주급 몬스터의 싸움은 상상을 초월했다.

콰아아아앙!

귀를 떨어뜨릴 것 같은 폭음이 일어나더니 반절밖에 안 남았던 동작구청이 완전히 사라졌다.

싸움 자체는 메타트론이 압도하고 있었다.

"그래! 패라고!"

지켜보던 나도 어느새 흥분했다.

5. 격화하여 일어나라, 그대

원래 싸움 구경이 재밌다지 않나. 게다가 이건 인세의 감각을 초월하는 괴수 대혈전이다.

콰아아앙!

메타트론이 손을 뻗자 폭발이 일어났고, 근육 덩어리인 군주급 몬스터가 뒤로 날아가 건물 잔해에 처박혔다.

딱 보니까 이대로 메타트론의 승리로 끝날 듯했다. 나는 이제 승부 따위보다 메타트론과 만나서 뭐라 해야 할지 고민에 빠졌다.

일단 내 목적이란 게 애매하고 막연하다. 메타트론을 만나야 한다고 생각한다. 그리고 내 99%의 사망 확률이 메타트론과의 만남에 관련이 있다는 건 확실하다. 그녀의 함정에 걸려 세 번이나 죽지 않았나. 더 고민할 필요도 없는 부분이다.

한데 이 모든 걸 뭐라 설명하냐는 말이지. 다짜고짜 가서 제가 당신이랑 엮이면 죽을 확률 99%입니다. 그러니 함께 극복해 봅시다, 라고 하면 분명히 저 칼로 심장을 찔러버릴 것 같다.

그리 고민하던 나는 앞을 보다가 깜짝 놀랐다. 내 위치가 위치인지라 전투가 벌어지는 지역을 넓게 멀리에서부터 볼 수 있었다. 그 덕분에 지금 싸움이 벌어지는 곳으로 슬금슬금 다가가고 있는 존재를 셋이나 더 발견했다.

"뭐야!"

황급히 망원경을 당겨서 그 존재들을 살폈다. 놀랍게도 둘은 군주급 몬스터였다. 그리고 나머지 하나는 덩치가 더 좋고 강해 보인다.

이 무슨……. 군주급 몬스터보다도 상위의 존재가 출현하다니. 저게 설마 개념적으로만 듣던 왕인가?

그래도 왕이라고 하기에는 좀 부족해 보인다. 그래서 일단 나는 저 처음 보는 존재를 대군주급이라고 분류했다.

그렇게 군주급 둘과 대군주급 하나는 건물 사이사이로 움직이며 포위망을 좁히고 있었다. 이 형국은 메타트론의 계획과는 달리 그녀가 적의 함정에 빠진 것처럼 보였다.

"최악의 상황인데."

서둘러 장비를 챙겼다. 저 메타트론이란 존재가 아웃사이더이긴 하지만 인간을 위해 행동하고 있는 건 확실하다. 이대로 적의 함정에 빠져 죽게 내버려 둬서는 안 된다. 내가 저 막강한 적을 상대로 뭘 할 수 있을지 모르겠지만, 손 놓고 있을 수는 없었다.

그나저나 스이엘, 이제 보니까 생존 확률 1%도 많은 거 아닙니까? 애초에 그 1%도 내가 태양 신격의 방패를 뽑는다는 가정 하에 나온 확률 같단 말입니다.

어떻게 해야 가장 좋을까? 멋지게 나서서 메타트론을 구하는 건 당연히 선택지에 없었다.

고민하다가 아공간 주머니에서 휴대용 무반동포를 꺼냈다. 그리고 대전차탄 대신 연막탄을 택했다. 어차피 피해를 줄 수 없다면 시계視界를 제한하는 게 제일 낫겠다 싶었다.

철컥.

견착한 뒤 목표를 조준한다. 목표는 가장 가까이 있는 군주급 몬스터다. 용과 같은 머리가 둘 달린 거인의 팔 역시 네 개였다. 실로 기괴한 생김새였지만 강해 보인다. 3배율 광학 조준기로 보니 육안보다 훨씬 제대로 녀석이 보인다. 그렇게 조준하고 막 쏘려고 하는 순간, 두 개의 용머리 중 하나가 날 정확히 쳐다본다.

"⋯⋯!"

이 거리에서 어떻게?

심장이 멈출 듯한 충격을 받았다. 단순히 놀라서 그런 게 아니다. 군주급 몬스터와 눈을 마주치니 일순간 몸에 패닉 증상이 올 정도였다. 방패에 의해 신체가 강화된 나도 이러는데 일반이라면 눈만 마주쳐도 죽는 게 아닐까 싶었다.

녀석은 날 무섭게 노려보긴 했지만 선뜻 행동에 나서지 않고 있었다. 그도 그럴 게 곧장 장거리 공격을 날리면 메타트론이 눈치챌 테니까.

군주급 몬스터가 고민하던 그 짧은 순간이 내겐 동아줄과 같았다. 마치 가슴을 꽉 누르던 무언가가 일시적으로 풀린 듯했다. 그리고 그 반동으로 즉각 무반동총을 쏘았다.

타당!

화약 소리가 크게 울리더니 그 후 쇠로 만들어진 총의 몸체 때문에 땡! 하는 쇠 울림이 뒤따른다. 곧 폭음과 함께 탄이 떨어진 곳에서 연막이 피어오른다.

나는 그 즉시 방패를 들고는 건물의 계단 아래로 뛰어 내려갔다. 연막탄이 일으킨 소음은 메타트론에게 경고가 되어줄 것이다. 그렇다면 이제 위험한 건 나였다. 기습이 실패할까 잠시 망설였던 군주급 몬스터는 이제 절대 나를 용서하지 않을 거다.

쿵! 쿵! 쿵!

계단을 급하게 내려가는 발소리처럼 내 심장도 세차게 뛰었다. 내 위치가 적나라하게 드러난 상태라 진짜 위험했다.

콰아아앙!

곧 귀가 찢어질 것 같은 굉음과 함께 건물 전체가 흔들렸다. 이 미친 새끼 같으니라고. 대체 뭘 한 건지 건물은 미사일이라도 맞은 것 같았다. 머리 위에서 콘크리트와 시멘트 가루가 우르르 쏟아졌기에 방패를 들어 올리고 웅크렸다.

"콜록! 콜록!"

기침을 하며 황급히 위를 보자 마땅히 있어야 할 천장 가운데 반이 날아간 상태였다. 현재 위치가 건물의 중간쯤인데, 이렇게 하늘이 보여서는 참 곤란한 일이었다. 나는 다시 일어나서 부리나케 달렸다. 아직 계단이 멀쩡할 때 건물을 빠져나가야 했다.

콰아아아앙!

이후 다시 폭발이 일었고, 난 간발의 차이로 탈출에 성공했다. 그대로 계단을 타면 안 될 듯해서 3층에서 뛰어내렸다. 본능적으로 방패가 지면으로 향하게 해 앞으로 떨어졌다. 그리고 방패가 땅에 부딪치는 순간 앞으로 굴렀다.

덕분에 3층에서 앞으로 떨어졌는데 아무런 충격이 없었다. 확실히 이 방패에는 충격을 감쇄하고 상쇄하는 능력이 있는 게 확실했다.

일단 무작정 달렸다. 그러자 뒤에서 우르르릉! 콰아앙! 하는 소리와 함께 내가 있던 건물이 폭삭 주저앉았다. 군주급 몬스터 새끼들, 적당이란 단어를 모르는 모양이다.

"망할!"

소리치자마자 다시 광선 같은 게 날아와 무너진 건물 옆 건물을 때린다.

우르르릉! 콰아앙!

와, 이 미친놈들. 무슨 레이저포냐?

위력도 장난 아니다. 7층짜리 건물이 순식간에 폭삭 주저앉는다. 내게 연막탄을 맞은 용머리 녀석이 분노해 날뛰는 게 틀림없다.

이미 기습은 틀렸겠다, 건방진 방해꾼을 가루로 만들겠다는 건가. 그런데 위력은 발군이었지만 섬세함이 부족했다. 색적索敵* 능력이 없다고 해야 할까? 상대적으로 작은 내가 건물 사이로 질주하자 도저히 찾아내질 못하고 있었다.

쿠아아아앙!

분기탱천한 음성이 일대를 쩌렁쩌렁 울린다. 그 외에도 마법과 괴성이 만들어내는 소음으로 시끄러웠다. 메타트론 쪽도 싸움이 붙은

* 적을 찾아냄.

모양이었다. 그쪽은 3 대 1의 상황이니 사정이 영 좋지 않겠지.

그렇다고 내가 가세해 봐야 도움이 되는 것도 아니고 일단은 이 용머리 군주급 몬스터를 붙잡고 늘어지는 수밖에.

숨어서 달리던 나는 곧 용머리를 발견할 수 있었다. 큰 놈이 작은 놈을 찾긴 어렵지만, 작은 놈이 큰 놈을 찾는 건 쉽다. 건물의 옥상 위쪽으로 용의 뿔이 슬쩍 보인 걸로 녀석의 위치를 알 수 있었다.

나는 사방을 두리번거리는 녀석을 피해 돌아갔다. 이럴 때는 복잡한 서울의 구시가지가 도움이 됐다. 나는 녀석의 뒤를 몰래 잡아냈다. 그리고 아공간 주머니에서 RPG-7을 조심스레 꺼냈다.

"흠……."

가늠쇠로 대강 조준했다. 광학 장비에 익숙한 탓에 이런 옛 방식은 서툴지만 워낙 목표가 커서 대강 쏴도 들어갈 것 같다.

찰각.

방아쇠를 당기자마자 곧 탄두가 명중해 폭음이 터졌다.

퍼어엉!

충격파와 열이 목표를 헤집는다. 하지만 이건 소리가 큰 거 외에는 무용할 터. 쏘자마자 즉각 내달려서 자리를 벗어났다. 그건 정답이었다.

콰아아앙!

내가 있던 곳이 폭격이라도 맞은 것처럼 엉망이 되었기 때문이다.

쿠아아아아앙!

이번에도 내가 쥐새끼처럼 빠져나가자 녀석은 정말 열 받은 느낌이었다. 곧 사방에 힘을 난사하기 시작한다. 도망치면서 보니까 주둥이에서 광선을 쏘고 있었다. 판타지에 나오는 드래곤 브레스와 비슷한 느낌이었다.

무식한 놈, 횟수 제한도 없나 보다.

아무래도 이대로 계속 이런 도발을 하기긴 무리였다. 패턴도 어차피 뻔하다. 게다가 더 열 받게 했다가는 용머리가 이 일대를 아주 평탄화해 버릴 것 같았다.

나는 용머리 녀석을 무시하고는 주택가 골목길로 달려서 동작구청으로 향했다. 도착해 보자 그야말로 격전이 벌어지고 있었다.

세 명의 적을 홀로 상대하는 메타트론. 그녀의 싸움은 아름다웠지만 처절했다. 회색 머리칼은 피로 뭉쳤고, 전신은 상처투성이였다.

그런 메타트론의 상대는 군주급 몬스터가 둘, 그리고 그보다 강한 대군주급이 하나.

보고 있자니 도주도 쉽지 않아 보였다. 이대로는 메타트론의 필패. 나는 망설이지 않고 끼어들었다. 물론 이 괴수 대전의 결과를 나 따위의 존재가 맘대로 바꿀 수는 없다. 하지만 가장 극적인 변화도 작은 단초에서 시작하는 법이다.

달려가면서 태양광 폭사를 준비했다.

우우우우웅!

방패가 백열등처럼 하얗게 타오른다.

노릴 목표는 명확하다. 바로 메타트론에게 이미 두들겨 맞아 약해진 군주급 몬스터. 머리에는 네 개의 뿔이 있고 거기서 일어난 스파크가 마치 왕관처럼 화려해 보이는 존재였다.

달려간 나는 방패를 내밀고 모든 힘을 집중했다.

번쩍.

광열이 작렬한다. 빛 가운데 마치 스케치한 선 정도의 윤곽을 보이는 녀석은 새하얗게 타들어간다. 그리고 태양광 폭사가 끝났을 때 거검을 든 군주급 몬스터는 몸을 뒤틀며 사방으로 뒹굴고 있었다.

쿠아아아아아!

엄청나게 고통스러운 모양이었다. 감색 피부가 완전히 화상으로 뒤덮였다. 그 틈을 타 몰려있던 메타트론이 날듯 빠져나와 내 옆에 선다.

"헌터! 이건 내 싸움이다. 빠져나가라. 네가 당할 적이 아니다!"

다급히 말하는 게 그녀는 갑작스러운 내 난입에 당황한 듯했다.

"틀린 게 두 가지다, 메타트론."

"뭐?"

"첫째, 일단 난 헌터가 아니다. 그리고 둘째, 이건 네 싸움만이 아니라 나까지 관련되어 있다."

메타트론은 적의 마법을 검으로 쳐낸 뒤 무슨 황당한 말이냐는 표정으로 날 봤다. 군주급 몬스터들은 갑작스러운 내 난입에 잠시 관망하는 기색이다. 한 번 마법을 쏴 메타트론의 도주를 견제하고는 곧 자기들끼리 수군거린다. 그 틈을 타 이쪽도 빠르게 얘기를 나눴다.

"정신이 나간 인간이냐? 여기 있다가는 죽고 말 것이다."

"일단 난 정신에 문제가 없다. 그리고 죽음이 두려웠다면 애초에 끼어들지 않았겠지. 너는 모르겠지만 군주급이 하나 더 있다."

"안 그래도 시끄럽긴 하더군."

용머리 두 개가 달린 군주급 몬스터, 아니 그러면 표현이 기니까 일단 용머리 군주라고 하자. 그 용머리 군주가 주변 건물을 무너뜨리는 소리가 역시 들렸겠지.

쿵. 쿵. 쿵.

호랑이도 제 말하면 온다고, 그 용머리 군주는 크게 땅을 울리며 모습을 드러냈다. 날 찾길 포기하고 원래 계획대로 이쪽으로 온 모양이다. 그런 용머리 군주는 날 보더니 곧 두 개의 머리 모두 입을 벌리고 사납게 포효한다. 찾았다 이거냐.

쿠루우우우웅!

"저게 널 보고 무척 화난 거 같은데, 인간."

"그래, 잠시 붙잡아두고 있었거든. 메타트론, 너 때문에 말이다."

메타트론은 놀랐다는 표정이 됐다.

"대체 너는 누구지? 무얼 알고 있는 것이냐?"

그녀의 물음에 나는 고개를 흔들었다. 시간이 없었다.

"아무래도 이번 페이즈에는 힘들겠어. 다음으로 넘겨야지. 일단 습격을 알아챘으니 사전에 막을 수 있겠지."

"아까부터 알 수 없는 얘기만 하는군, 인간."

"유제아다."

"뭐?"

"내 이름은 유제아다, 기억하도록."

그렇게 말하고 나는 고개를 흔들고는 정정했다.

"아니지. 기억해 내라, 내 이름."

"대체! 너처럼 이상한 인간은 처음이야."

나는 그녀에게 한번 웃어줬다. 이 고고하고 멋진 천사가 당황하는 모습은 정말 볼만했기 때문이다. 그런데 곧 그녀의 표정은 경악으로 무너져 내렸다. 웃던 내가 방패를 앞세우고 돌진했기 때문이었다.

"뭐하는 것이냐! 이 정신 나간!"

누가 봐도 죽으려고 작정한 모습이겠지.

"엿 먹이려는 거다!"

쉽게 말하자면, 다 된 밥에 재라도 뿌릴 생각이었다.

군주급 셋에 대군주급 하나까지 총 넷. 메타트론은 이 강력한 존재를 따돌리고 도주하긴 무리였다. 하지만 만약 시간 속으로 도망간다면 어떨까?

"크아아아!"

나는 한 점의 두려움도 없이 괴수들에게 돌진했다. 그러자 전격과 광선 브레스와 각종 강력한 힘이 쏟아져 내렸다. 저 강력한 힘들은 나를 순식간에 분해하겠지.

우우웅!

그러자 방패에서 황금빛 광채가 찬란하게 빛났고, 그 찰나의 순간 나는 보았다. 대군주급의 몬스터가 경악하는 꼴을.

"××× ××× ×××!"

녀석은 뭐라뭐라 외치는 게 무척 당혹한 음색이었다.

기분이 어떠냐? 헌터도 뭣도 아닌 인간에게 엿 먹으니까. 나는 마지막으로 대군주를 바라보며 비웃음을 머금었다. 그러자 녀석의 표정이 와락 구겨졌다.

또 죽었군.

그렇다면 이번이 네 번째 페이즈인가? 적어도 인식상으로는 그렇다. 이번에는 철저히 준비해서 노량진으로 갔다.

도중에 외눈박이 하나를 사로잡아서 노량진까지 끌고 가기까지 했다. 녀석으로 하여금 메타트론의 함정을 건드리게 하기 위해서였다.

퍼어어엉!

대폭발이 일어났고, 외눈박이는 그것으로 끝이었다.

그러자 자신이 설치했던 함정을 살피러 메타트론이 나타났다.

"이봐, 잘나신 대천사. 얘기 좀 하자고?"

"뭐?"

다 알고 있다는 듯한 내 태도에 메타트론은 무척이나 당혹스러운 얼굴을 할 뿐이었다.

다섯 번째 페이즈.

내 죽음으로 다시 한 번 시간이 되돌아갔다는 소리다. 하지만 지난 죽음은 매우 의미 있었다. 일단 두 가지가 확실해졌으니까.

첫째, 함정을 설치한 메타트론이 은신한 장소와 더불어 그녀의 결계로 들어갈 방법을 알게 됐다. 더불어 합동하여 군주와 대군주급 몬스터를 격퇴하자는 합의를 이끌어냈다. 물론 이 부분은 기억이 날아갈 테니 다시 설득해야겠지만.

둘째, 이제 더는 타임 루프가 없다는 점이다. 이건 매우 중요한 문제였고 상당한 충격을 주었다. 타임 루프가 없단 사실은 내게서 완전히 여유를 빼앗아갔다.

사실 숨겨진 옵션에 횟수 제한이 있다는 건 이미 들어서 알긴 했다. 한데 그걸 지난 페이즈에서 메타트론이 직접 확인해 줬다. 딱 한 번만 더 가능하다고 했는데 결국 이렇게 루프를 했으니 여력은 0회다. 완전히 방전이다.

그나마 다행인 건 방패의 무구로서의 능력은 여전하고 파괴되기 전엔 불변이라는 사실.

아무튼 이제 타임 루프에 대한 미련은 완전히 버려야 했다. 이번이 마지막 페이즈고, 모든 걸 끝내야 할 때가 된 것이다.

지난 네 번째 페이즈에 대해 약간 얘기해 보자면, 나와 메타트론의 만남은 훌륭한 합의에 비해 그리 길지 않았다.

처음에 외눈박이를 이용해 함정을 터뜨려 그녀를 불러냈다. 그 뒤 얘기를 나누던 중 군주급 몬스터들이 달라붙어 왔다. 어차피 그 부분은 예상하던 바였다. 우리는 함께 도주했고, 한 시간 정도 시간을 벌 수 있었다. 그때 이 모든 합의가 이뤄졌던 거다.

메타트론은 타임 루프에 매우 당황했으나 내가 시간 여행 속에서만 알 수 있는 사실을 말하자 놀랄 정도로 기민하게 대응했다. 이후 페이즈에 대비해 이것저것 알려주기 시작한 것이다.

다만 그녀는 나를 완전히 믿지는 않는 듯했다. 그녀가 제공한 정보는 제한적이었다. 은신 장소와 결계를 뚫는 법 등의 정보는 다시 타임 루프가 일어나지 않으면 더는 의미가 없으니 자기는 손해 볼 것 없다는 생각이었겠지.

실제로 메타트론은 그때 당장 문제를 일으킬 사안에 관해서는 어떤 얘기도 해주지 않았다. 궁금하면 타임 루프 후 찾아와서 들으라는 식이었다. 확실히 현명한 처신이긴 했다.

그러다 나는 정말 완벽한 정보 하나를 달라고 했다. 지금도 내 말을 반신반의하고 있지 않느냐고 한 뒤, 타임 루프 후의 당신에게 말하면 무조건 믿을 수밖에 없는 정보가 필요하다고 했다. 메타트론은 내 설득에 못 이겨 매우 주저하면서 자신의 비밀을 털어놓았다.

그 후 우리를 추격해 온 군주급 셋, 대군주급 하나와 전투가 벌어졌다. 한데 메타트론은 여기서 특이한 제안을 했다. 바로 내 방패에 붙어있는 반사와 되돌리기 기능이 다음 싸움에서 중요한 역할을 할 것이라며, 내게 군주급 몬스터를 상대로 연습하도록 시킨 것이었다.

당시 대군주급 한 놈은 승리를 확신했는지 뒤에서 오만하게 여유를 부리고 있었다. 군주급 셋이 우리에게 달려들었는데 메타트론은 적을 쓰러뜨리는 것보다 날 보호하며 반사 기술을 익히게 도와줬다.

어차피 그녀의 처지는 뻔했다. 넷이나 붙은 강대한 적을 떨쳐버릴 수도 없었고 싸움에서 이길 수 없었으니, 실낱같은 희망인 타임 루프에 기대해 보는 듯했다.

게다가 그녀에게 특이한 얘기를 들었는데, 바로 왕이란 존재를 만나서 싸웠다는 것이다. 메타트론은 왕이란 존재를 칼로 찔러 패퇴시키기까지 했다는데, 문제는 그 과정에서 심각한 부상을 입어 자신의 능력 역시 상당히 잃어버린 상태라고 말했다. 그 사안에 관해서는 다시 만날 때 자세히 듣기로 했다. 여기까지가 지난 페이즈의 내용이다.

이번에 나는 동작구청의 함정 대신 그녀의 은신처로 바로 갈 예정이다. 하지만 그 전에 만날 인물이 있었다. 바로 스이엘이었다. 나는 그녀에게 꽤나 어려운 부탁을 하려고 한다. 게다가 이 일은 메타트론을 분노하게 할 것 같았다.

지난 페이즈의 대화에서 나는 메타트론이 어떤 맹세나 결의에 묶여있음을 알았다. 하지만 그건 불합리하게 느껴졌고, 승리와 멀어지게 만들고 있었다. 그러니 나는 나대로 움직이려는 거다. 비록 그게 메타트론에겐 원치 않는 결론일지 모르겠지만.

노량진이라면 솔직히 좀 지겹다. 그래도 지겹다는 말은 하이에나에겐 안전하다는 것과 비슷한 말이다. 익숙해졌단 말이고, 적을 피할 루트 역시 확보했다는 얘기인 거다. 하지만 그건 동작구청까지만 그럴 뿐, 메타트론의 은신처까지라면 얘기가 달라진다.

현재 메타트론이 숨어있는 곳은 보라매공원. 정확히는 보라매공원에 있는 동작구민회관이다.

내 위치인 노량진역에서 사실 거리는 그리 멀지 않았다. 검색해보니 4.03킬로미터 정도. 버스를 타면 금방 갈 거리지만 내겐 전혀 새로운, 즉 미지의 위험으로 가득 찬 길이었다.

"보자."

일단 대로는 피하기로 했다. 하이에나에게 큰 도로를 따라가는 건 위험천만한 일이다. 그래서 우회하는 루트로 잡았다.

이후 잠입은 큰 문제 없었다. 걱정을 굉장히 많이 했는데 운이 좋았던 건지 10년 세월의 내공이 발휘되었는지, 몇 번이나 몬스터를 피해서는 결국 목적지인 동작구민회관에 도착했다.

"여긴가……."

동작구민회관의 모습은 매우 특이했다. 건물 전체가 넝쿨로 완전히 둘러싸여 있어 어떻게 진입해야 할지 모를 지경이었다. 이건 건물이라기보다는 녹색의 네모라고 할까? 과연 결계라 그 말인가? 무언가 인위적인 느낌이 났다.

여기서 나는 진입로를 찾아 빙글빙글 돌거나 넝쿨을 뜯어내려 애쓰지 않았다. 지난 페이즈의 메타트론에게 이미 방법을 들은 뒤기 때문이다.

나는 원래 입구가 있었을 위치에서 서서 말했다.

"산달폰."

딱 그 한 단어면 충분했다. 산달폰이라는 말에 반응해 넝쿨이 살아 움직이더니 가려져 있던 문을 드러냈다. 나는 문을 밀고 안으로 들어갔다. 동작구민회관은 커다란 강당이었다. 위쪽에 낡은 플랜카드가 눈에 들어왔다.

2013년 직장 민방위 대원 환영

2013년이면 달에서 몬스터가 내려온 그때가 아닌가. 이 강당은 망한 그대로 방치되었던 듯싶다. 안에는 의자가 수도 없이 구르고 있었고, 그 가운데 새의 둥지 같은 게 보였다.

부드러워 보이는 식물이 뭉쳐서 안락한 둥지 같은 걸 만들고 있었는데 그 가운데 메타트론이 잠들어 있었다.

다쳤다고 하더니 정말인가 보다. 그녀는 지쳐서 쓰러진 사람처럼 처량해 보였다.

하지만 두 발자국 더 내딛자 갑자기 눈을 떠 날 노려보았다. 그 안광에는 심장이 멎을 것 같은 강한 힘이 느껴졌다. 역시 서열 1위답게 힘을 잃은 상태라도 이 정도다. 시선을 마주치는 것만 해도 버거웠다.

"그대는 누구지? 어떻게 뚫고 들어온 것이냐?"

단호한 말투. 대답 여하에 따라 날 단번에 죽여버릴 듯했다.

"너무하군, 메타트론. 초대에 응한 손님에게 박정하네."

"뭐라?"

메타트론은 비스듬히 누워있던 몸을 일으키고는 의아해한다.

"황당한 건 이해해. 일단 차분히 얘기 좀 들어줄래? 그 뒤에 날 쫓아내든지. 헛소리하는 거라 판단되면 죽여도 할 말은 없어."

나는 일단 주변에 구르는 의자를 가져와서 앉았다. 그 모습에 메타트론은 기가 막힌다는 표정이 된다. 이런, 내가 실례를 했군.

"미안, 숙녀에게 예의가 아니겠지."

나는 의자를 하나 더 가져와서는 메타트론에게 권했다. 그러자 결국 메타트론이 참지 못하고 '하!'하고 헛웃음을 터뜨렸다.

"본녀가 황당해하는 건 이게 아니다. 그 넉살은 대체 어디서 오는

것이냐?"

"몇 번이고 본 상대니까 아무래도 좀 편했나 보네."

"본녀를 편하다고 하는 존재는 그대가 처음이다. 대천사조차 이 몸을 피하였거늘. 것보다 몇 번이고 본 상대란 게 무슨 말이냐? 이해할 수가 없다."

메타트론은 의자에 살포시 앉으며 물었다.

그녀는 의외로 행동거지가 차분하고, 대하기 어렵지만은 않았다. 처음 봤을 때는 우리를 벌레라고 하며 완전히 날 선 상태였는데, 전투 시가 아니면 다른 걸까? 새침데기 같은 느낌은 있었지만 꼬박꼬박 대답도 잘해준다.

그건 그렇고 역시 기억을 못하네.

당연한 거겠지만 약간 아쉬웠다.

"기억해 주길 바랐는데, 역시 무리였던가?"

내게서 실망한 기색이 느껴졌는지 메타트론은 말이 없어졌다. 그러다 곧 입을 연다.

"사실 기억해 냈다."

"뭐? 정말!"

놀라서 반쯤 자리에서 일어나자 메타트론이 싱겁게 대꾸한다.

"거짓말이다."

"…지금 대천사가 거짓말한 거야?"

황당하다. 이 무슨 황당한.

게다가 메타트론이 농담 같은 걸 하다니.

"어리숙한 놈을 속였을 뿐이다. 속는 쪽이 나쁘다. 본녀는 거짓말하는 게 숨 쉬는 것보다 편하다."

"정말?!"

"당연히 거짓말이다."

"으……."

표정으로 항의하자 메타트론은 헛기침을 했다.

"그대가 전에 만났다느니, 기억 못 한다느니, 영 이상한 소리만 하니 이런 게 아니냐. 아무튼, 짓궂은 건 사과하지. 사실 본녀는 어지간하면 거짓말을 하지 않는다."

그렇게 말한 그녀는 자, 설명해 보거라, 하며 턱짓을 했다. 이 녀석, 본래의 성격은 첫인상과 한참이나 다른 건지도 모르겠다.

뭐, 그건 아무래도 좋다.

나는 고개를 가볍게 끄덕인 후 모든 걸 설명했다. 방패 그리고 다섯 번에 이르는 타임 루프, 메타트론과의 만남과 합의, 함께 격퇴하기로 한 적. 특히 나는 그녀가 내게 했던 모든 얘기를 빠짐없이 들려주었다.

메타트론의 표정은 대번에 심각해졌다. 내 이야기에는 지어낸 듯한 빈틈이 없었다. 게다가 방패가 가장 결정적인 증거였다. 나는 태양 신격의 방패를 내밀며 말했다.

"너는 지난 페이즈에서 말했지. 여기에 0.1에서 0.2 정도의 에너지만 남았다고."

메타트론은 방패를 받아든 뒤 꼼꼼히 살폈다.

"맞다. 방패에는 원래 광대한 에너지가 들어 있었구나. 그나저나 정말 믿을 수가 없군. 하지만 결계를 태연히 열고 들어온 것부터 모든 게 그대의 주장을 증명하고 있구나."

그래도 아직 의혹은 남은 듯했다. 그래서 나는 가볍게 웃었다.

"하나 더 있다, 완벽한 증거가."

이럴 때를 대비해 지난 페이즈의 메타트론을 닦달해 받은 정보가 있다. 그녀가 마지막까지 저항하며 넘기지 않으려 했던 정보니, 반드시 먹힌다고 생각한다.

"그게 무엇이냐?"

"너는 내게 이 이야기를 해주고는 이렇게 말했지. 루프 후 본녀에게 이 점을 얘기한다면, 그때의 본녀는 자리에서 벌떡 일어나 소리칠 것이다. 미쳤구나! 본녀가 정신이 나갔었어! 라고 말이야."

게다가 부끄러움에 볼도 붉힐 거라고 덧붙이자 메타트론은 노골적으로 비웃음을 머금었다.

"허! 오만방자한 말이로고. 본녀가 대체 누구라고 생각하는 거냐? 대천사 서열 1위인 메타트론이란 말이다. 비록 천사의 무리를 떠나 가출천사란 비아냥을 당하고 있지만, 경박함과는 늘 거리가 멀게 살아왔다. 그런 본녀가 뭐? 갑자기 벌떡 일어나서 스스로 정신이 나갔다고 말하고 수줍은 처녀처럼 볼을 붉힌다고?"

메타트론의 맑은 웃음이 강당을 울린다.

"꺄하하하하! 그대는 상상력이 풍부하구나!"

그렇게 한참 웃다 정색해서는 눈을 부라린다.

"본녀가 하마터면 그대의 말을 다 믿을 뻔했구나. 하나 그대는 마지막에 무리수를 두고 말았다. 대체 어떻게 결계를 뚫고 들어오고 본녀를 속일 정도의 시나리오를 준비했는지 모르겠지만, 이걸로 거짓과 진실은 명확해졌다. 그대는 사기꾼이다!"

당장이라도 검을 뽑을 기세였다. 그러거나 말거나 나는 심드렁했다. 다리를 꼬고는 한마디 던졌다.

"이봐, 가출천사. 나랑 내기할래?"

"뭐라?"

"내 말이 틀렸으면 여기서 내 목을 내놓지. 하지만 맞았다면 이 의심에 대한 대가를 받겠다."

메타트론은 바득! 소리가 날 정도로 이를 갈았다.

"좋다! 죽으려고 용을 쓰는구나. 무엇이냐?"

"앞으로 나를 존경하는 유제아님이라고 불러라."

"뭐라!"

급기야 메타트론은 강당이 쩌렁쩌렁 울릴 정도로 웃어댔다. 이거 참, 생각 이상으로 감정이 풍부한 천사였네? 나는 첫 이미지 때문에 얼음 공주나 뭐 그런 캐릭터인 줄 알았는데.

한참 웃던 그녀는 곧 자리에 차분히 앉았다. 그러고는 말해 보라는 듯 턱짓을 한다. 진짜 헛소리했다가는 단번에 내 목을 날려버릴 분위기였다.

"메타트론, 너는……."

"너는?"

미간을 좁히며 되묻는 메타트론을 보며 나는 손가락으로 그녀의 보기 좋게 부푼 흉부를 가리켰다.

그러나 메타트론이 뭐냐는 듯 눈이 동그래진다.

하지만 나는 대답하지 않고 곧장 설명에 들어갔다.

"그 보기 좋게 부푼 가슴은 사실 패드다. 나는 정확히 들었다. 원래 A컵도 안 되는데 자체 제작한 뽕을 넣고 다닌다고. 어차피 곧 죽을 놈이니 이 정도 비밀을 말해 줘도 되겠지라고 자신만만하게 말하더군?"

메타트론의 안색이 갑자기 해쓱해진다. 작은 입이 벌어지더니 다물어지지가 않는다.

"히… 히이잇…."

나는 추가타를 이어갔다.

"그때 네놈이 진짜 타임 루프라면 이 비밀을 다시 만날 본녀에게 말해 보거라. 이것보다 더 정확한 증명은 없다. 왜냐하면 본녀가 뽕을 넣고 다니는 건 그 누구도 모르는 비밀이기 때문이니라, 라고 했었지."

이게 바로 그 어느 것보다 분명하고 확실한.

압도적인 증명이자, 증거이다.

뿌듯.

어쩐지 좀 자랑스러워 하며 쳐다보자 그녀는 전신을 가늘게 떨었다. 혼이 날아간 듯한 얼굴이다.

"헤이이… 히잇."

터질 듯, 터질 듯, 뭔가 억누르는 듯한 감정이 느껴진다. 흡사 울음을 억지로 참는 어린아이 같다. 좋아, 이럴 때는 도와줘야지.

"그럴 수도 있지. 이해한다, 메타트론. 아무리 서열 1위의 천사라도 그런 고민도 있을 수 있겠지. 기왕 여자아이로 태어났는데 그런 소박한 가슴이라니, 나도 안쓰럽게 생각한다."

"꺄아아아아!"

마침내 메타트론이 폭발하고 말았다. 그녀는 자리에서 머리를 쥐어뜯으며 외쳤다.

"미쳤구나! 본녀가 정신이 나갔었어! 아무리 증명이 중요하다고 해도!"

그것은 긴 절규였다. 마치 뭉크의 절규가 슬로모션처럼 영원히 반복되는 듯한 광경이었다.

메타트론이 제정신으로 돌아오는 건 생각보다 오래 걸렸다. 나는 차분히 기다렸다. 확정된 승리를 향한 기다림은 달콤한 법. 그렇게 꿀을 빠는 듯한 흡족한 시간이 지나자 내 앞에는 수줍게 볼만 붉히고 있는 메타트론만이 남았다.

눈처럼 하얗고 깨끗한 볼은 도저히 홍조를 감출 길이 없었다. 무채색인 그녀에게 처음으로 색조가 나타났다. 나는 이제야 이질감이 사라지는 걸 느꼈다. 지금의 그녀는 인형 같아 보이지 않았다. 그저 열여섯 살 정도의 귀여운 여자아이 같았다.

그래서 나는 그런 그녀에게 명령했다. 거만하게 턱을 괸 채, 메이드에게 말하는 주인님처럼.

"자, 불러보렴, 메타트론. 이 몸을 존경하는 유제아님이라고."

부들부들부들부들.

메타트론의 몸이 사정없이 떨리고 있었다. 서열 1위의 대천사님께서 치욕으로 떨며 나를 원망하는 눈빛으로 쏘아본다.

볼은 갑자기 불어온 바람에 치마가 올라가 전교생에게 팬티를 보인 여자아이처럼 붉어졌고, 예쁜 두 눈은 찔끔 나온 눈물에 젖은 긴

속눈썹이 파르르 떨렸다.

입술은 앙 다문 채 할 말을 못 찾고 씰룩씰룩 거렸고, 볼은 간식을 못 먹어 삐친 아이처럼 잔뜩 부풀어 오른 상태다. 하지만 그런 동정심을 자극하는 모습에도 난 태연히 말했다.

"울어도 소용없어요."

몇 시간 뒤.

한 차례 몰아친 폭풍이 진정되었다.

일단 그 '존경하는 유제아님'의 안건은 우리가 생존한 후로 유예하기로 했다. 우선은 메타트론과의 협력이 절대적으로 중하다. 긴박한 전투 상황에서 이 천사로 하여금 '존경하는 유제아님! 뒤통수가 위험합니다!'라 외치게 할 수는 없지 않은가.

게다가 그 호칭은 메타트론을 침울하고 가라앉게 만드는 게 있었다. 이 녀석은 자존심이 너무 강했기에 견디질 못했다. 그러니 일단은 넘어가자.

좋아, 이건 후일의 기쁨으로 남겨두도록 할까.

"감사한다. 그래도 유연한 사고를 가졌구나. 큼큼!"

메타트론은 겨우 살았다는 듯 헛기침을 하고는 잃어버린, 이제는 저 멀리 날아간 위엄을 찾으려 애를 썼다.

그럴수록 안타까웠지만 말은 꺼내지 않았다. 원래 다시 되돌리지 못하는 건 붙잡고 있어도, 버려도 마음 아픈 법이었다.

사실 가슴 뿡이 결정적인 타격이었지. 게다가 남에게 안 들키기 위해 서열 1위의 솜씨로 자체 제작한 마법 물건이라고 한다.

내가 약간은 안타까운 표정으로 가슴을 쳐다보자 메타트론은 곧 서글픈 표정이 됐다.

"나라고 가지고 싶지 않았겠느냐."

"……."

그만해야지. 이미 메타트론의 HP는 0이었으니까.

"크흠!"

괜히 헛기침을 해서 분위기를 환기하고는 물었다.

"메타트론."

"말하거라."

"지난 페이즈에서 넌 나와 함께 싸우자고 했지. 그래서 보조적인 임무만을 생각했는데, 넌 그 정도로는 부족하다고 했다."

"그러느냐?"

어쩐지 알 것 같다는 미소를 짓는 메타트론.

"그래서 방패 외에는 특별할 게 없는 인간이라고 하자, 너는 적절한 수단이 있다고 했다."

"과연."

메타트론은 알겠다는 듯 고개를 끄덕였다. 나는 그런 그녀에게 숨길 수 없는 기대를 안고 물었다. 내가 여기 온 건 운명을 극복해 보기위한 것도 있지만 말 못 할 간절함 역시 컸다.

10년 세월의 한. 누구보다 헌터가 되고 싶었다. 하이에나로서 분에 어울리지 않는 호행난주胡行亂走는 세상을 향한 내 시위였다. 그러나 어떤 천사도 날 받아줄 수 없었다. 바로 눈앞의 존재에게 받은 힘 때문에.

"그래서 묻겠어. 같이 싸우자고 한 건 분명히 날 강화할 수단이 있기 때문이겠지. 나를……."

가슴이 마구 뛰어 입술을 살짝 깨물었다. 터져 나오는 소망을 억누르고 침착을 가장하기란 쉽지 않았다.

"…헌터로 만들어줄 수 있는 거야?"

간절하고 애타는 질문. 하지만 돌아온 대답은 너무나 허망하고 가슴 아팠다.

"아니, 불가하다. 그대는 헌터가 될 수 없다."

털썩.

자리에 힘없이 주저앉았다. 간절한 나머지 나도 모르게 일어났었나 보다. 두 다리에 힘이 들어가지 않는다. 대답을 듣기 전 내 얼굴은 어떤 표정을 짓고 있었을까? 메타트론의 말투가 상냥한 건 그걸 보았기 때문이겠지. 하지만 수치도 느낄 여력이 없었다.

"하하하……."

허탈한 웃음만 흘러나왔다.

그런가, 그랬던가. 메타트론조차 날 헌터로 만들어줄 수 없는 건가. 결국 나는 시한부 인생을 극복하지도 못하고, 부모님의 원수를 찾으러 갈 수도 없는 건가. 실망감이 너무 커서 말문이 막혀 버렸다.

기껏 이리 어렵게 메타트론을 만났는데.

이제 내가 뭘 할 수 있을까?

그렇게 고개 숙이고 있던 그때, 서늘한 손길이 날 어루만졌다. 메타트론은 있는 힘껏 쥔 내 주먹에 작은 손을 올리며 차분히 말했다.

"아직 그리 좌절하기엔 이르다."

올려다보니 메타트론이 살며시 웃고 있었다. 그녀의 차가운 손길이 내 마음에 꾸물꾸물 가득 찬 어둠을 몰아내 준다.

"그대가 무슨 이야기를 가지고 무슨 아픔을 품고 살아왔는지 모른다. 하지만 한 가지는 알겠구나. 지금 헌터가 될 수 없다는 사실이 무서울 정도로 고통스러운 것이지?"

"……."

"분명 그대는 헌터가 될 수 없다. 몸을 어떻게 굴린지 모르겠지만 완전히 망가져 있구나. 이래서는 마력을 다루는 헌터가 될 수 없다."

나는 이 따뜻한 목소리에 현실을 받아들이기로 했다. 그렇지만 아프지 않다면 거짓말이겠지. 차라리 희망을 품지 않았다면, 조금 더 편했을 텐데.

왜 헛된 꿈을 꾸었을까.

이대로 그냥 쓰러져 가는 게 내 운명인 것을.

"하아……."

긴 한숨이 흘러나온다.

다시 모든 걸 내려놓으려 하자. 희망으로 달아올랐던 심장이 차갑게 식어간다. 그런데 그 순간 불길같이 뜨거운 손이 나타나 날 일으켜 세운다.

"그렇지만 그대에게 다른 길이 있다. 헌터가 되지 못한다며 완전히 새로운 존재로 태어나면 될 터."

메타트론의 차가웠던 손은 어느새 용광로의 쇠처럼 달아올라 있었다. 그녀는 주저앉아 있던 날 일으켰다. 그리고 내게 명했다.

"하지만 그대, 이제 내 화신이 되어서 격화와 함께 일어나라."

대체 그게 무슨?

알 수 없다는 표정을 짓는 내게 메타트론은 강하게 주문했다. 그녀의 언사는 힘이 있었고 나는 거부할 수 없었다.

"더는 그런 패배자의 표정은 짓지 말거라. 헌터가 되고 싶다고 했느냐? 그대를 헌터보다 더 뛰어난 위치에 세워주겠다. 나 메타트론이 어떤 인간에게도 허락되지 않은 권능을 네게 주겠다. 본녀의 형제자매 누구도 인간에게 이렇게 베푼 이가 없었다. 그들이 원치 않아서가 아니오, 알지 못했기 때문이다. 오직 천사의 수좌인 나 메타트론만이 아는 진리로 그대를 누구보다 높은 곳에 놓으마."

"어째서 나 같은걸……"

"그대가 말하지 않았느냐? 스이엘이 운명을 읽었다고. 그대는 왕들의 심장에 검을 꽂을 운명을 타고났다. 하니 본녀가 그런 인간을 특별히 여기는 게 어찌 이상한 일이겠느냐?"

메타트론은 내게 확신을 갖고 말해 왔다.

"자격지심을 갖지 말라. 그대의 과거가 어쨌든 그대는 누구보다도 기위奇偉한 인간이 될 것이다. 그대는 인간 중에 가장 높은 이요, 동시에 천사 중에 가장 높은 내 아낌을 받을 자다."

나는 메타트론의 분위기에 완전히 압도되었다. 여기 볼을 붉히던 소녀는 더는 없었다. 그녀는 대천사였고, 모든 천사를 능가하는 존재였다. 비록 그녀가 힘을 잃었다지만 그녀의 품계와 기품은 사라지지 않는 것이었다.

"무릎을 꿇으라, 그대. 그대는 이제부터 나와의 계약을 받아들이라."

준엄하기까지 한 분위기에 나는 기사 서임을 받는 자처럼 한쪽 무릎을 꿇었다.

메타트론은 검을 내 양쪽 어깨 위에 번갈아 올리며 축복한다.

"유제아, 그대의 어제를 더는 신경 쓰지 말라. 그대는 이 몸과 만남으로, 마치 새로 태어나 무엇이든 될 수 있는 아이와 같아졌다. 이제 그대는 그대가 소망해왔던 힘을 얻을 것이다. 부디 심장에 용기를, 햇살처럼 반짝이게 칠하라. 그리하여 응당 대가를 치러야 하는 존재들에게 검을 들라. 그대는 나의 화신이 됨으로써, 내 힘을 현현함으로써, 어제는 하지 못했던 일을 행하게 될 것이다."

이제야 나는 깨달았다.

방황하던 운명이 정해진 곳에 안착했음을. 나는 내가 무슨 일을 하기 위해 태어났는지, 어떤 존재인지 알았다.

나는 지금껏 시작하지 않았구나.

하이에나로 10년간의 방황과 시한부 판정 후의 좌절 등 그 모든 혼란은, 진정한 과업이 시작되기 전에 견뎌야 했던 인내의 시간이었던 거다.

그런데 이제야 나는 메타트론을 만나 비로소 사명 위에 올라선 사내가 되었다.

"메타트론의 축복과 함께 새로이 태어나라. 그대여, 그대는 승리를 우리가 매일 마시는 공기처럼 당연히 여기는 전사가 될 것이다. 하니 이제 일어나 그대 자신을 세상에 선언하라."

무릎에 힘이 들어갔다.

가슴 속에는 메타트론이 전해준 불길이 넘쳐 흐른다.

오롯이 다시 선 순간, 나는 완전히 다른 존재가 되어있었다. 지금까지 보던 세상과 이제부터 보는 세상은 완전히 달라졌다.

구오오오오옹! 콰아앙!

힘의 파동이 일어나더니 폭발과 함께 우리를 둘러싸고 있던 건물과 결계 전체가 날아갔다. 그리고 그 가운데 선 나는 선언했다.

"개수일촉유소작위鎧袖一觸有所作爲."

내 포고를 들은 메타트론은 조금 놀라더니 곧 밝게 웃는다.

"과연 왕들의 심장을 꿰뚫을 남자다운 발언이구나. 오만하지만 그대와 어울린다."

개수일촉은 갑옷의 소매로 적을 건드린다는 소리다. 나보다 약한 상대를 가볍게 물리친다는 의미다. 그리고 유소작위는 하고 싶은 대로 한다는 뜻.

결국 적을 쉽게 물리치고 모든 걸 내 뜻대로 하겠다는 얘기였다.

"이제 그대는 본녀와 끊어낼 수 없는 관계가 되었다. 인정하겠느냐?"

"그래. 이제부터 우리는 항상 서로를 보게 되겠지. 설령 우리가 얼마나 떨어져 있든지 상관없이."

나와 메타트론은 이날 이어졌다. 지난 세월, 어떤 천사와 어떤 인간도 이런 특이한 관계를 맺은 적은 없었다.

"새로 얻은 힘이 마음에 드는 것이냐?"

몇 시간 뒤, 우리는 흥분이 가라앉은 상태에서 차분히 대화했다. 주변에는 엄청난 몬스터가 죽어 나자빠져 있어 전쟁터를 방불케 했다.

모두 보라매공원에 살던 험악한 녀석들로 내 손에 다 쓰러졌다. 메타트론의 화신이 되어 그녀의 힘을 일부나마 사용 가능해진 나는, 마치 신차의 시운전을 하고 싶은 사람처럼 몸이 근지러워 참을 수 없었다. 마침 결계도 다 날아갔겠다, 근처의 몬스터들에게 돌격했고, 그 결과가 이거였다.

"화신이란 정말 대단한데."

화신에 대해 게임으로 비유해 보면, 전 서버에 한 명 있을 만한 히든 클래스 같은 거다.

그 정도로 가치 있다는 얘기다.

화신이 되면서 내겐 메타트론의 권능이 강신하게 된다. 궁극적으로 나는 그녀의 3분의 2정도까지 다다를 수 있다고 한다.

물론 그건 다 성장한 후의 얘기라 지금은 문제가 많다. 일단 내 근원인 메타트론이 힘을 잃은 상태고, 나 역시 화신 레벨1에 불과하기 때문이다. 앞으로 갈 길이 멀었다.

이 화신 역시 천사들이 만든 게임 시스템에 속해있었다. 다른 천사들은 존재 자체를 몰랐고 메타트론만 안다고 했다. 현재 그녀는 타임 루프로 나와 만났던 모든 상황을 기억해 냈다. 화신 시스템으로 나와 정신적 감응을 한 결과 모든 걸 떠올린 거다.

그래도 역시 비범하긴 비범한 존재였다. 당사자도 아닌데 정신적 연결 정도로 타임 루프를 기억해 내기란 거의 불가능한 건데 말이다.

"시한부 인생이었다고 했지? 본녀의 화신이 된 이상 더 걱정할 필요 없는 문제다."

"정말 고마워."

"호호호, 앞으로 매일 감사하도록. 참, 그리고 있지 말고 상태 창이나 띄워 보거라."

"그럴까?"

게임 시스템을 가진 이상 나 역시 헌터들처럼 상태 창을 띄울 수 있게 됐다. 그뿐 아니라 헌터가 가진 모든 시스템을 사용할 수 있다.

"상태 창."

작게 속삭이자 허공에 게임 시스템과 같은 내 상태 창이 나타났다.

이름 : 유제아(메타트론 클랜)

나이 : 25세

클래스 : 메타트론의 화신(S등급 히든 클래스)

레벨 : 1

클래스 특전 : 영웅의 기본 능력치, 추가 능력치 +50, 원소
저항력 +20%, 마력 회복률 +100%, 부활, 재생, 질병에 면
역, 강한 정신력.

힘 155 (기본 30, 클래스 특전 +50, 태양 신격의 방패 +75)

지능 152(기본 27, 클래스 특전 +50, 태양 신격의 방패 +75)

지혜 179(기본 54, 클래스 특전 +50, 태양 신격의 방패 +75)

민첩성 185(기본 60, 클래스 특전 +50, 태양 신격의 방패
+75)

건강 167(기본 42, 클래스 특전 +50, 태양 신격의 방패 +75)

카리스마 215(기본 90, 클래스 특전 +50, 태양 신격의 방패 +75)

특수 능력 : 현현(S등급, 하루에 한 번), 몬스터 지배(S등급, 하루에 세 번), 위엄 발현(A등급, 하루에 다섯 번), 치료(B등급, 하루에 열 번)

그 외에 복잡한 수치와 항목이 많았지만, 중요한 건 위의 내용이었다.

그건 그렇고 대단하다. 헌터는 이런 걸 봐왔던 거구나.

"감개무량한 것이냐?"

메타트론의 물음에 상태 창에서 시선을 떼지 못한 채 고개를 끄덕였다.

그런데 능력치가 레벨1인데도 무시무시하다. 클래스 특전으로 받은 기본 능력치가 깡패 그 자체라, 이후 특전과 방패까지 더해져 이런 결과가 나온 것이다.

그나저나 특수능력 중에 지배라니. 과연 지배의 천사인 메타트론의 화신답다. 이것만 있으면 나는 몬스터를 지배해 수족처럼 부리는 게 가능해진다. 거기까지 생각이 미치자 한 가지 아이디어가 떠올랐다.

"메타트론."

"응?"

"몬스터 지배 말이야, 얼마나 유지할 수 있어?"

"반영구적이다. 해제할 때까지는 계속되지."

"그러면 이럴 수도 있을까? 우리가 적당한 몬스터 하나를 잡아다

지배한 후 키우는 거지. 남몰래 뒤를 봐주자 이 말이야. 그렇게 하면 녀석이 계속 승승장구해서 소군주급, 그리고 군주급, 나중에는 대군주급까지 자라나게 되겠지."

메타트론이 말을 받았다.

"그리고 나중에 몬스터 군단을 이끌고 배신하게 만든다?"

"맞아. 생각 안 해본 거야?"

메타트론 정도 되면 당연히 떠올려봤을 것 같은데. 그녀의 영역 중 대표적인 게 지배다. 미카엘라가 태양의 천사고 스이엘이 대지의 천사인 것처럼 말이다.

"물론 해봤다. 그런데 혼자서는 여력이 없었다. 하지만 이제 너와 같이 한다면 좀 달라지겠지."

그렇구나. 나도 달라지겠지만 메타트론도 많이 달라질 거다. 그래서 말 나온 김에 신성지를 다시 만들 생각이 있는지 물었다. 더불어 클랜은 나 말고도 충원할 것인지도 말이다.

"없느니라, 절대."

단호하게 거절하는 메타트론.

사실 어느 정도 예상은 했었다. 지난 루프들에서 그녀가 불합리해 보이는 맹세에 매여 있는 느낌을 받았으니까. 아니면 내가 알지 못하는 지난날의 상처가 있을지도 모른다. 당장 더 얘기하긴 무리였다. 시간을 갖고 접근할 부분이었다.

"유제아, 너를 화신으로 받은 건 이번 중요한 싸움을 위해서다. 이후에 나는 다시 떠돌 거고, 너 역시 거기에 계속 동참할 수 있겠지. 하지만 그게 싫으면 우리의 관계는 해제될 것이다. 그리고 이후 다시 만날 일은 없을 터."

"그러니까 가출천사라고 비아냥거리잖아."

"세인들이 나를 뭐라 부르던 상관없다."

현재 우리의 계약은 일시적이다. 이후 어찌할지는 생각해 볼 문제다.

"이번 일이 끝난 후 결정할게. 우선은 터무니없는 녀석들과 겨뤄야 하니 싸움에 집중하자."

"좋은 의견이다, 유제아."

화신 계약 후 메타트론은 그대라는 말 대신 이름을 불러주었다. 그건 꽤 기쁜 일이었다. 왜냐하면 메타트론은 상대의 이름을 잘 안 부르기로 유명하기 때문이다.

그녀의 박한 소문도 거기서 비롯된 게 아닐까 싶다. 같은 대천사끼리도 그대가 어쩌고, 그대는 어쩌고 하니 하대한다는 느낌을 받았겠지.

당장 성격이 쾌활하고 동글동글한 스이엘조차 자신의 상관인 미카엘라 일로 메타트론을 그년이라 부르지 않나. 스이엘조차 그러는데 까칠한 천사나 헌터는 메타트론을 어찌 생각할지 안 봐도 뻔했다.

"자, 그럼 작전 회의를 시작하자꾸나, 유제아."

메타트론과 나는 다시 적당한 건물을 찾아 이동했다. 날이 어두워지고 있었다. 일단 그전에 나는 근처를 돌며 마정석을 모두 회수했다. 총 87억 원어치다.

여기 오기 전에 충실하게 외눈박이×2와 거대 벌레의 마정석 150억 원어치도 챙겨왔다. 이걸로 총 237억 원이다.

진짜 말도 안 된다. 하이에나로 10년간 생사를 오가며 번 액수가

100억이 좀 안 되는데 237억이라니. 급의 차이란 게 절절히 느껴졌다. 역시 사람은 위에서 놀아야 한다니까.

좋아, 누나에게 좋은 집을 사줘야겠다. 집만 봐도 입이 벌어질 정도로 말이야. 그러면 저도 집 욕심에 나가 살겠다고 하겠지.

그렇게 머릿속으로 내 집에서 누나를 쫓아낼 생각을 하고 있을 때 메타트론이 건물에 결계를 완성했다.

"끄응!"

힘이 좀 드는 모양이다. 미안하네. 이전 결계를 어쩌다 날려먹어서.

일이 끝나자 나는 싹싹하게 아공간 주머니에서 음료를 꺼내겠다고 했다.

"호, 고맙다. 감사히 마시마."

"뭐가 좋아?"

"우……."

우, 뭐라고 하려는데 내가 홍차를 내밀었다.

"아무래도 메타트론은 홍차가 어울리겠지?"

센스 있게 권했다고 생각했는데 갑자기 메타트론이 시무룩해진다.

음? 아닌가?

의아해하자 메타트론이 웃으며 고개를 젓는다.

"고맙게 마시마. 홍차라면 평소에도 늘 즐기는 것이다. 이 몸은 어른스러운 숙녀니까."

시무룩해 보였던 건 착각이었던 듯하다. 나는 홍차를 건넨 뒤 초코 우유를 꺼냈다. 역시 피곤할 때는 초코 우유가 제격이다.

"여길 보거라, 유제아."

메타트론은 차를 한 모금 하더니 빛을 사용해 바닥에 그림을 그리기 시작했다. 마치 네온을 뿌리는 것 같다.

곧 바닥에 노량진 일대의 지도가 선명하게 나타났다. 메타트론은 잘 그려졌다는 표정을 짓는다. 그리고 막 입을 열려다 갑자기 날 뚫어지게 쳐다보았다.

"음?"

뭐지? 내 얼굴에 뭐가 묻었나?

그런데 자세히 보니 날 쳐다보는 게 아니었다. 메타트론의 시선은 정확히 내 오른손을 향해있었다. 초코 우유를 든 손 말이다.

설마? 그럴 리가 없다고 생각하며, 초코 우유를 든 손을 오른쪽으로 옮겼다. 그러자 동그란 눈동자 두 개가 쫓아온다. 이번에는 초코 우유를 왼쪽으로 움직였다. 그러자 다시 메타트론의 시선이 쫓아왔다.

아……. 이런 실수를.

큰 실수를 했구나. 다행히 초코 우유는 개봉만 했을 뿐 입을 대지 않았다. 나는 명백한 연기 톤을 어쩌지 못하며 혼잣말을 했다.

"아, 갑자기 단 게 별로네. 누가 바꿔주지 않으려나? 이럴 때는 씁쓸한 게 좋은데."

그때 앞에서 해님이 떴다.

활짝.

정오의 햇살처럼 메타트론의 표정이 밝아진다.

"하하핫! 그래! 잘 말했다! 속히 이리 주거라. 비록 어른스러운 숙녀에게 단 건 어울리지 않지만 이번만큼은 그 쪼꼬 우유를 마셔주지."

흥분했네, 흥분했어.

눈이 별처럼 반짝이는 메타트론은 더 놔두면 침이라도 흘릴 듯했다. 초코 우유를 건네자 곧 그녀는 자신의 처지도 잊고 세상에서 제일 행복한 존재가 되었다. 그래서 나는 쐐기를 박는 추가타를 넣었다.

"메타트론, 나 단 건 약한데 앞으로도 종종 부탁해도 될까?"

"물론이다. 너는 좋은 사내구나!"

기뻐하고 있다.

생각보다 훨씬 알기 쉬운 녀석이었구나.

대천사 서열 1위가 싸움 외에는 이렇게 단출한 성품이었을 줄이야.

잠시 우리는 그렇게 조용한 시간을 보냈다. 자칭 어른스러운 숙녀인 메타트론 양께서 초코 우유를 즐기느라 작전 브리핑을 까먹었기 때문이었다.

"크흠!"

메타트론은 헛기침을 하더니 다시 이야기를 시작하려 했다. 하지만 입가에 초코 우유가 잔뜩 묻어있어서 위엄이라고는 눈곱만큼도 찾아볼 수 없었다.

그녀는 특유의 쿨하고 냉랭한 표정으로 입가의 우유를 작은 혀로 날름거리고 있었다. 마치 고양이처럼 말이다. 아마 자기도 모르게 하는 행동 같다.

"일단 네 타임 루프 덕에 적에 대해 파악할 수 있었다. 하니 그 넷에 대해 본녀가 아는 정보를 설명해 보겠다."

중요한 내용이었다.

"먼저 가장 중요한 대군주 타르하다."

이어진 메타트론의 설명을 정리해 보면 다음과 같았다.

타르하-대군주급. 악마의 얼굴에 염소 다리를 가지고 있다. 철퇴를 두 개 휘두르며 맹공을 퍼붓는다. 정신에 간섭할 수 있는 힘을 갖고 있다.

카르눔-군주급. 내가 왕관 군주라고 생각하던 녀석이다. 머리 위에 뿔이 나있고 이곳에서 전기가 스파크를 일으키고 있다. 무식하게 큰 거검을 사용하며 전격 공격이 주특기.

우룩켈-군주급. 두 개의 용머리에 네 개의 팔을 가진 군주. 내가 용머리 군주라고 불렀다. 입에서 광선 브레스를 토해내는 게 일절이다. 딱히 무기는 들지 않지만 용의 비늘과 발톱이 무기 역할을 해주고 있다.

하담-군주급. 걸어 다니는 두꺼비같이 생긴 군주. 이빨이 날카롭고 입이 커서 굉장히 위협적이다. 상대를 가리지 않고 씹어 먹어 버린다. 만독불침에 입안에 넣은 건 어떤 것이든 소화할 수 있다고 한다.

"녀석들에 대해서는 대강 알겠어. 그래서 작전이 뭐야, 메타트론?"

일단은 군주급 몬스터와 전투 경험이 있는 메타트론의 의견을 구했다.

"이간계다."

"이간계? 적들의 사이가 안 좋은 거야?"

"맞다. 내가 지난 루프에서 역으로 당한 것도 설마 저것들이 뭉쳐서 올 줄은 생각 못 했기 때문이다. 하지만 이제 우리가 알고 대비할 수 있으니 적을 분열시키고 이용해야겠지."

메타트론의 말에 의하면 세 명의 군주급 몬스터는 무척 사이가 나쁘다고 한다. 아니, 그 정도가 아니라 험악하기까지한 관계다.

메타트론은 허공에 빛으로 만들어진 군주들의 형상을 띄웠다. 그리고 손가락으로 왕관 군주인 카르눔을 가리켰다.

"우리는 이 전기 녀석을 후원해서, 놈과 편 먹는다."

"뭐? 몬스터, 그것도 수괴나 다름없는 군주급과 팀을 이루겠다는 거야?"

확실히 메타트론의 제안은 파격적이었다. 이러니 그녀가 타천사로 불리는 건지도 모르겠다.

"역시 기억하고 있었네.
언제부터 그 귀여운 얼굴로 뻔뻔하게
모른 척했던 거야?
뭐? 우쭐해 하지 말라고?
현재 내 가치는 초코우유보다
한참 아래라고? 와, 심한 말을 하네.
운명의 상대가
편의점 사장한테도 밀리는 건가."

6. 태양의 대천사 미카엘라

나는 차분히 메타트론의 작전을 경청했다. 중간에 여러 번 고개를 끄덕일 정도로 괜찮은 방안이었다. 하지만 부족했다. 내 그런 표정을 눈치챘는지 메타트론이 진지한 표정으로 물어왔다.

"본녀의 해결책이 마음에 안 드는 것이냐?"

"확실히 나쁘지는 않아……."

그녀의 방법은 군주급 몬스터의 특성을 잘 이용한 것이었다. 듣자니 그 전기 군주인 카르눔은 현재 정치적으로 몰려있는 상황이라 했다.

이유인즉슨, 메타트론이 왕을 공격했을 때 카르눔의 과책이 있었기 때문이라고. 메타트론은 그래서 뻔히 함정인 걸 알면서도 카르눔이 총대를 매고 나섰으리라 추정했다. 하니 함정을 해체하고 차라리 카르눔이 마정석에 욕심을 부리도록 유도하자는 방안이었다.

군주급 몬스터는 지혜를 가졌지만 항시 욕망이 더 앞선다. 그리고 뭐든 힘의 논리에 의해 결정했다. 힘이 그들의 도덕률이었다.

그렇다면 카르눔은 마정석의 힘으로 궁지에 몰린 처지를 극복하고자 할 가능성이 다분했다. 아니면 마정석을 들고 도망쳐, 왕에게 소속되지 않은 독립 군주를 할지도 몰랐다.

메타트론은 이 방법을 위해 디테일한 부분까지 아이디어를 냈다.

예를 들면 이런 거다. 카르눔이 도주 대신 즉석에서 힘을 얻고 그들의 역학 관계를 바꾸기로 결정했다면, 마정석을 반쯤 흡수했을 때 끼어들자는 것이다.

중간에 마정석 흡수를 방해해 멈춰버리면 카르눔은 자신의 횡령을 숨길 수도 없고, 힘을 얻어 군주급 간의 관계를 재조정할 수도 없다. 그렇다고 도망을 치자니 메타트론과 내가 막을 테고.

결국 카르눔은 울며 겨자 먹기로 우리와 함께 태그팀을 이뤄 싸울 수밖에 없다. 정말 교활한 수단이었는데, 동시에 어이없기까지 했다.

인간, 대천사, 군주급 몬스터가 나란히 서서 적을 맞이한다니, 그리고 그럴 수밖에 없이 상황을 강제하겠다니, 메타트론의 지혜에 박수라도 치고 싶은 심경이었다.

하지만 나는 좀 더 근본적인 부분에서부터 상황을 바꾸고 싶었다. 지금 내 머릿속의 생각은 메타트론의 입장에선 절대 떠올리지 못할 거다. 애초에 사고에서 제외한 부분일 테니까.

"메타트론."

"말하라, 그대의 의견을 듣겠다."

"네 작전은 분명히 훌륭해. 하지만 완승을 담보하지 못한다."

"유제아, 모든 작전은 승리로 다가가는 노력의 과정이다. 고로 완승의 보장이란 존재하지 않는다."

"하지만 패배할 수 있는 건 사실이잖아. 네가 대군주 타르하를 마크하는 게 실패하거나, 아니면 내 쪽이 전사할 수도 있지."

메타트론의 작전에 의하면 그녀는 대군주 타르하와 싸운다. 그 사이 나는 전기 군주 카르눔과 함께 적의 다른 군주인 하담, 우룩켈을 맡는다. 승리할 확률은 50%가 좀 안 된다는 게 그녀의 의견.

위기의 상황에서 그 정도면 정말 대단하다고 생각한다. 하이에나로 산 10년의 세월 동안 훨씬 절망적인 상황을 굴러다녔으니까.

하지만 이번만큼은 완벽에 가까운 승리의 길이 있었다. 설령 그게 메타트론이 싫어하는 방식이라 할지라도.

"메타트론, 방법이 있다. 적을 상대로 압도적인 우세의 상황에서 싸울 수 있는 방법이."

"무엇이냐? 꼭 듣고 싶구나."

꿀꺽.

침을 살짝 삼키고 목을 가다듬었다. 차분하게 이야기하자.

지금부터 메타트론은 폭발할 테니까.

나는 잠시 그녀와 눈을 맞추다가 입을 열었다.

"노량진에 신성지를 선포하는 거다, 메타트론."

순간 메타트론은 황당한 표정이 되었다.

"뭐?"

아직 그녀가 어이없어 할 때 빠르게 설명했다.

"이제부터 네 신성지는 노량진 일대가 되는 거야. 그리고 군주급 적들을 신성지 안으로 유인해 싸운다. 그렇게만 한다면 일견 우리가 적의 함정에 말려든 것처럼 보이겠지만, 실상은 적이 우리의 손아귀에 들어오는 거나 마찬가지다."

메타트론의 얼굴이 바로 구겨졌다. 그리고 지금껏 보여주지 않았던 격한 목소리와 함께 자리에서 벌떡 일어났다.

"미련한 소리 집어치워라! 유제아!"

예상하던 반응 그대로구먼. 나는 일단 진정하라는 손짓을 했다. 그럼에도 메타트론은 버럭버럭 소리를 질러댔다.

"신성지가 애들 장난인 줄 아느냐! 지금 강북이 바로 보이는 이 노량진 일대에 신성지를 만들라고? 그게 며칠이라도 유지가 될 것이라고 생각하는 거냐! 즉각 수만의 몬스터가 쏟아져올 것이다!"

당연한 우려다. 정상적인 방법으로는 적진 한복판에 신성지를 만들지 못한다. 하지만 나 유제아, 하이에나로 10년을 살아온 비결 중하나는 허튼소리 안 하는 거다.

"설명할게. 일단 들어줘."

우선은 흥분한 메타트론을 자리에 앉혔다. 그리고 며칠 전의 일을 살며시 회상했다.

"스이엘, 이번 일은 정말 고맙습니다. 후일 보답하겠습니다."

"알면 됐어, 도박 중독자."

"아직도 그렇게 부르실 생각입니까?"

"흥! 스이엘 같은 바보보다 나쁜 게 너 같은 도박꾼이야!"

나는 그 1조 5,000억짜리 뽑기로 스이엘에게 아직도 구박당하고 있었다. 뭐, 다시 생각해도 할 말이 없긴 하지만.

우리는 지금 차를 타고 안양시 외곽으로 빠져나오는 중이다. 원래 안양 예술 공원이 있던 지역은, 현재 미카엘라의 신성지가 자리 잡고 있다.

"일단 만남을 주선해 주긴 했지만, 미카엘라님이 네 뜻대로 해주실 거란 기대는 버려. 그분이 무슨 생각을 할지, 무슨 판단을 내리실지는 스이엘도 모르니까."

스이엘의 분홍색 머리칼이 햇살을 받아 연분홍 정도로 보였다. 반짝반짝 찰랑이는 머리카락이 샴푸 광고의 한 장면 같다.

"알겠습니다."

기본적으로 천사에게는 다들 존대한다. 나 역시 마찬가지인데, 생각해 보니 메타트론에겐 다짜고짜 반말이었구나. 어째서인지는 지금 생각해도 아리송하다. 위압감으로 따지면 그 어떤 천사도 비교할 수 없을 정도인데 말이야.

"다행히 네 도박 중독도 이럴 때는 도움이 되는구나. 그 희대의 배팅 덕에 바쁜 미카엘라님의 주의를 끌었으니까. 안 그랬으면 미카엘라님은 하이에나인 너를 만나주지 않았을걸."

"타임 루프에는 관심이 없으신 건가요?"

"그 부분도 크겠지. 하지만 워낙 황당한 이야기잖니? 네게 자세한 사정을 들은 나도 반신반의하고 있는데."

"미카엘라님 정도 되는 분이면 제 얘기의 진실을 가리실 수 있을 겁니다."

메타트론처럼 미카엘라 역시 타임 루프를 이해해 줄 것이다. 그녀는 태양의 대천사며 서열 2위의 강력한 존재니 말이다.

그런 기대를 하는 사이에 신성지의 거대한 정문에 도착했다. 대단한데? 황금빛으로 찬란하게 빛나는 모습이 마치 베르사유의 정문 같구나. 문 정면에는 찬란한 태양 장식이 붙어있다.

삐익.

전자음과 함께 문이 열렸고, 자동차가 미끄러지며 진입했다. 입구의 위병소 같은 곳에는 번을 서고 있는 헌터가 여럿이었다. 다들 스이엘의 마크가 붙은 차를 보고 경례를 해왔다.

원래 안양 예술 공원은 좁고 기다란 구조가 특징이다. 그래서인지 차가 한참이나 안으로 들어가는 데도 본관의 건물이 보이지 않았다.

"건물 많네요."

"그렇지? 헌터와 가족, 여타 고용인들이 머물고 있어."

미카엘라 클랜의 헌터는 500 이상. 그들뿐 아니라 그들의 가족까지 여기 있다. 게다가 클랜에 속한 일반인인 종복과 그들의 가족, 그 외에 여타 사용인까지 하면 수천 명이 이 신성지에서 살아간다.

이곳은 작은 영지 그 자체나 다름 아니었다. 미카엘라는 이 영지의 무소불위의 권력자이고. 게다가 신성지는 법적으로도 대한민국 영토가 아니니 말 다 했다.

"저기야."

미카엘라가 머무는 본관은 마치 프랑스 부르봉 왕조의 궁전과 비슷했다. 안으로 들어가니 과연 로코코 풍의 고급스러운 인테리어가 가득하다.

"안녕하십니까, 스이엘님?"

"어서 오십시오, 스이엘님."

스이엘은 나와 같이 있을 때와 다르게 매우 우아하고 기품 있게 걸었다. 등 뒤에 작은 날개를 달고 티 하나 없이 기려한 이 천사가 내가 아는 그 애니 중독녀인가 싶을 정도였다. 요조숙녀인 척하니 이리 대단하구나.

"반가워. 그래, 반가워."

스이엘은 부드럽게 웃으며 지나가는 헌터, 종복, 사용인 등에게 인사했다.

우리는 꽤 긴 복도를 지나 넓은 방에 도착했다. 비단 소파와 크리스털 샹들리에로 호화로운 그곳은 손님이 대기하는 곳인 듯했다.

그곳에는 우리 말고도 선객이 있었다. 여러 명의 헌터들이었는데, 스이엘이 들어서자 우르르 일어나 인사해 왔다. 아, 보기만 해도 대강 누군지 알겠네. 다들 유명한 고위 헌터라 이명이 있는 자들이었다.

음속 오나윤.

섬광 박한철.

절단 임채오.

그런데 그들 중 하나가 날 알아보고 인사해 온다.

"이게 누구야, 하이에나의 왕이 아닌가?"

"하…… 별로 좋아하지 않는 별명입니다만."

"하하하, 미안하네."

그는 광염 김한수. 스이엘의 소개로 만났던 고위 헌터로, 방패의 숨겨진 옵션에는 횟수 제한이 있다는 사실을 설명해 준 그 사람이다. 1등급 고위 헌터면서도 털털하고 겸손한 태도 때문에 호감이 갔다.

"반갑습니다."

나는 가볍게 웃으며 악수했다. 그러자 뒤에서 헌터들이 수군거린다.

"뭐야? 김한수님과 아는 사인가 보네?"

"하이에나의 왕이면 그 유명한 사람?"

"맞네, 뉴스에서 봤다."

참 이상한 상황이었다. 헌터들이 날 보고 신기해하고 있었다. 남자 헌터들은 흥미가 동하는 얼굴이었고 여자 헌터들은 대놓고 꺅꺅거렸다. 김한수는 돌아보더니 신경 쓰지 말라는 듯 웃었다.

"너무 기분 나빠하지 말게. 그 정도로 요즘 자네가 유명인 아닌가. 아니, 원래부터 유명하긴 했지."

요즘 내가 유명해진 건 용사 헤르의 양손검을 뽑은 두 번째 인물이기 때문이었다. 스이엘에게 위탁한 그 칼을 1조 5,000억 원에 판 건 지금 헌터계에서 뜨거운 감자였다.

헌터들은 이 로또와 비교도 안 되는 행운의 사나이에 주목했고, 그 행운의 사나이가 하이에나란 점에 더욱 놀라워했다. 다들 하이에나가 어떻게 천사의 상점을 이용했는지도 의아해했는데, 그 때문에 유제아 하급 헌터설이 요즘 다수설로 떠오르고 있었다.

그간 내 정신 나간 짓거리 때문에 사실 내가 하급 헌터인데 하이에나 일을 한다는 소문이 돌았다. 한데 이번 일까지 겹치고 스이엘과 친분이 있는 걸로 알려지자 다들 그 소문을 믿는 분위기였다. 그래서인지 여기 헌터들은 하이에나가 아니라 동류를 보는 듯한 시선이었다.

"뽑기 잘하는 비결이 뭡니까?"

"저도 가르쳐 주세요!"

급기야 궁금증이 폭발한 듯 헌터들이 우르르 몰려들었다. 다들 로또 대박의 비결을 듣겠다는 태도였다. 결국 스이엘이 쓴웃음을 지으며 물리쳐야 했다.

"오늘 유제아는 미카엘라님과 약속이 있어서 온 거야."

그렇게 스이엘이 교통정리에 들어가자 다들 아쉬워하면서 떨어졌다. 그래도 미련이 남는지 번호를 알려달라는 헌터도 여럿이었다.

"야! 나중에 하래도."

스이엘은 날 이끌고는 방을 지나 안쪽으로 향했다. 그때 뒤에서 요염한 목소리가 들렸다.

"유제아님이라고 하셨죠? 다음에 한번 봐요! 꼭! 기왕이면 단둘이!"

돌아보자 섹시하게 차려입은 여헌터가 손을 흔들고 있었다. 그 모습에 주변에서 와자지껄 웃음이 터진다. 뒤에 이어지는 소리를 들어보니 저 헌터랑 만나면 패가망신할 거라나 뭐라나. 스이엘도 지나가면서 한마디 한다.

"쟤는 만나지 마. 사귄 남자가 지금까지 한 트럭이야. 물론 그게 나쁘다는 건 아니지만 그 한 트럭의 남자들이 모두 뒤도 안 돌아보고 떠나서, 다신 안 돌아온다는 게 문제랄까. 이별에 관해서는 전문가라고 할 수 있지."

"그건 좀 무섭군요."

복도를 걷던 우리는 곧 지금까지와는 다른 커다란 문에 도착했다. 신성지의 정문처럼 태양 장식이 호화롭다. 그리고 그 정문에는 놀랍게도 인간이 아닌 천사 둘이 번을 서고 있었다.

"스이엘, 어서 오세요. 우리 형제여."

"반갑습니다. 디피넬, 아피넬."

경비를 하고 있는 디피넬과 아피넬은 역천사Virtues라는 부류였다. 그들은 신성지를 갖지 않고 보다 상위의 천사를 수호하는 일을 한다.

"미카엘라님께 고해주세요, 하이에나의 왕이 왔다고."

스이엘의 말에 디피넬과 아피넬이 동시에 외친다.

"위대한 태양의 대천사시여, 하이에나의 왕이 알현을 청합니다."

"들라 하도록."

안에서 감정의 고조가 없는 목소리가 들려왔다. 어쩐지 만만치 않을 거 같다. 뭐, 대천사 중 만만한 자가 어디 있겠느냐마는.

"후우."

가볍게 숨을 내쉬었다. 조금 진정이 된다. 좋아, 가볼까.

거대한 문이 열리고 안으로 들어가자 마법의 세계 같은 환상향이 펼쳐졌다. 로코코식 인테리어로 장식된 웅장한 알현실에는 인공 태양이 아름답게 떠서 빛나고 있었다.

그리고 높은 권좌에 여섯 장의 금빛 날개를 아름답게 늘어뜨리고 있는 미카엘라가 앉아 날 내려다본다. 그녀의 권좌는 커다란 날개를 고려해서인지 등받이가 없었다.

미카엘라의 외형 중 가장 눈에 띄는 건 은은하게 반짝이는 블론드 헤어였는데, 끝단으로 갈수록 타오르는 태양과 같이 주황색으로 그러데이션 져있었다. 긴 생머리는 주홍빛인 끝단 부분만 웨이브지게 꾸며 우아함을 강조했다.

그녀는 오똑하고 멋지게 솟아오른 콧대만큼 자존감이 드높아 보였다. 특히 유혹적으로 크게 부푼 젖가슴과 길고 늘씬한 다리는 색정적인 여성미를 자랑했다.

하지만 신께서는 그녀에게 완벽한 외형을 선사한 대신, 그 외모에 감탄할 여유조차 없을 정도의 위압감까지 준 듯했다. 아무리 담이 센 자라도 미카엘라에겐 말 걸기도 어려워 보였다.

실제로 그녀의 주위에는 아무도 없었다. 하다못해 시녀나 보좌조차 눈에 띄지 않았다. 그래서 미카엘라는 마치 태양의 현신처럼 보였다. 아름답지만, 결코 정면에서 쳐다볼 수 없는 그런 아름다움 말이다. 때때로 순진하고 아이 같은 구석을 보여주는 메타트론과 완전히 정반대의 존재였다.

참 이상한 일이다.

이 가까이하기 어려운 대천사의 곁에는 수천의 사람이 몰려있고, 알고 보면 상냥한 편인 메타트론에겐 단 한 사람도 없으니 말이다.

"위대한 분을 뵙습니다. 저는 하이에나단의 단장인 유제아라고 합니다. 시간을 내주셔서 감사합니다."

"어서 와. 미카엘라. 고개를 들어 나를 봐도 좋다. 볼 수 있다면 말이지."

그 말에 나는 조금 무례를 감수하고 관찰하는 듯한 시선으로 그녀를 살폈다. 그녀는 인형처럼 표정 하나 없었다. 스이엘에게 미리 언질을 받았는데 원래 저런다고 한다. 특별히 내가 마음에 안 드는 게 아니니 신경 쓸 필요 없다고.

"재밌는 아이네. 내가 무섭지 않은 것이냐?"

주눅 든 기색 없이 눈을 마주친 탓인가 미카엘라는 고개를 좀 갸

웃거린다.

"무섭긴요. 태양의 대천사님께서 지켜주신 덕에 누님과 제가 평화롭게 살고 있습니다."

"호? 그런 것이야."

"저나 누님이나 안양 시민입니다. 그러니 어찌 미카엘라님께 감사한 마음이 없겠습니까."

"그리 말해주니 기쁘구나."

말은 그렇게 해도 여전히 무표정해서 감정을 파악할 수 없었다.

"너처럼 대놓고 미카엘라님께 아부하는 사람은 처음이야. 넉살도 좋아, 유제아."

옆에서 스이엘이 핀잔을 준다. 그녀의 말에 따르면 미카엘라 클랜의 누구도, 즉 권속과 종복을 가리지 않고 자신의 주인에게 감히 말도 제대로 못 붙인다고 한다. 고위 헌터들이나 미카엘라의 명에 움직일 뿐인데 그들조차 미카엘라를 사근사근 대하는 이가 없다고.

하긴, 서열 2위의 카리스마에 저런 무표정이니….

그때 미카엘라가 신세한탄을 한다.

"내 아이들은 왜 이리 날 멀리하는지 모르겠구나. 나는 그들을 사랑하고 아끼고 있는데……. 며칠 전에는 유나와 은지에게 홍차를 같이 마시자고 했더니 핑계를 대고 거절하더구나."

유나와 은지라면 아마 광휘 오유나와 섬멸 오은지 자매가 틀림없다. 둘 다 1등급 고위 헌터로 미카엘라 클랜의 간판이나 다름없었다.

그나저나 세상에, 1등급 헌터도 미카엘라를 어려워하는 건가? 카리스마가 너무 넘쳐도 이럴 수가 있네.

분명 높은 카리스마는 도움이 되지만 미카엘라처럼 아득히 높으면 오히려 문제가 생기는 듯했다. 마치 태양처럼 사람들이 그녀의 주변에 몰려들지만 가까이 오지는 않는 것이다. 한 걸음 더 태양에게 다가간다면 분명히 눈이 멀거나 몸이 타버릴 테니까.

"그런데 너는 이런 내가 껄끄럽지 않다니 재밌구나, 하이에나의 왕."

솔직히 부담이 없는 건 아니다. 그녀의 말 한마디 한마디에 가슴 눌리는 느낌이다.

역시 뭐든 적당한 게 좋은 법이다. 그러나 어째서인지 나는 감당할 정도로만 부담을 느끼고 있었다.

왜인가 생각해 보니 두 가지가 떠올랐다.

첫째는 내가 태양의 힘에 익숙해졌단 사실이다. 바로 SS등급 태양신격의 방패 때문이었다. 그 방패로 태양광 폭사 등을 마구 쓰지 않았나. 덕분에 태양이란 것에 적응한 게 아닐까.

두 번째로는 아마 메타트론을 만난 경험으로 인한 듯하다. 타임루프 탓에 그 대단한 존재를 몇 번이고 만나지 않았는가. 대천사란 존재에 어느 정도 적응이 된지도 모른다.

그래도 확실한 건, 미카엘라의 높은 카리스마 수치와 별개로 저 무표정은 쉽게 적응이 안 됐다.

"괜찮습니다. 그것보다 뭐랄까……."

"뭐랄까?"

"미카엘라님은 밝게 빛나지만 외로움이 느껴지는군요."

"그 말은 이 몸을 동정한다는 것이냐?"

"아닙니다. 제가 어찌 감히 대천사님을. 다만 모든 이에게 함께 차를 나눌 사람이 필요하다는 얘기일 뿐입니다."

"말을 그럴싸하게 잘하는구나."

미카엘라는 살짝 고개를 끄덕이더니 스이엘에게 말했다.

"대천사에게 연민을 보이기까지 하다니. 스이엘, 이런 재밌는 아이를 왜 이제야 데려온 것이니? 게다가 1조 5,000억 뽑기까지."

"미카엘라님, 말도 마세요. 그때 전 진짜 울었다고요."

그때 일로 잠시 가벼운 분위기의 환담이 오고 갔다. 미카엘라의 태도가 좀 풀어진 걸 보니 탐색전이 끝난 듯했다. 뭐, 탐색전이라고 일부러 상대를 떠보고 골치 아프게 머리 굴리는 그런 게 아니다.

그냥 기본적으로 나와 협의할 상대가 어떤 이인지 대강 파악하고 싶은 게 당연지사. 미카엘라가 내게 했던 말에는 유도심문 같은 건 없었다.

위압감 때문에 다른 이들에겐 조금 다르게 보일지 모르겠으나, 이 대천사는 가볍게 말을 걸었을 뿐이다.

"이제 본격적으로 일 얘기를 해볼까?"

미카엘라가 손뼉을 치자 우리는 다른 장소로 이동했다. 순식간에 주변이 재구성된다. 탁자 위에는 차와 과자, 빵이 있었다.

"이야!"

스이엘은 반색하며 먹기 시작한다.

와구와구.

이 녀석, 상관 앞에서.

"호호호. 스이엘, 천천히 먹으렴."

미카엘라는 부드럽게 스이엘의 머리를 쓰다듬어 주기까지 한다.

그 모습에 나는 스이엘이 미카엘라에게 어떤 존재인지 알 수 있었다.

　스이엘은 미카엘라를 꺼리지 않는 몇 안 되는 존재 중의 하나인 게 틀림없다. 그렇다면 미카엘라에게 스이엘은 무척 귀엽게 여겨지겠지. 그래서인지 스이엘을 만지는 그녀는 보일 듯, 말 듯, 입꼬리가 살짝 움직인 듯했다.

　"자, 스이엘은 먹느라 바쁜 듯하니 우리끼리 대화해 보자. 타임 루프라고 했지? 모두 얘기해 보아라. 진실이라면 내가 그걸 가려낼 수 있다."

　나는 차분히 모든 걸 풀어냈다. 처음부터 끝까지. 미카엘라는 태양 신격의 방패를 보고 감격하기까지 했다.

　"확실히 이 안에 담겼던 에너지라면 그대를 충분히 타임 루프에 빠뜨리는 게 가능하겠구나."

　미카엘라는 타임 루프에 대해 거의 인정하는 분위기였다.

　"메타트론……. 어디서 뭘 하고 있나 했더니 노량진에서 고생 중이었구나. 자, 아무튼. 그래서 내게 원하는 게 무엇이니? 원하는 바가 있어서 찾아왔을 것이니 말해 보라."

　나는 미카엘라에게 여기 오기 전에 정리했던 생각을 진지하게 하나씩 꺼내놓기 시작했다.

7.우리에게 허락된 새로운 땅

"뭐! 미카엘라를 만났다고! 제정신인 것이냐!"

메타트론은 이제 악을 쓰고 있었다. 완전히 분노한 그녀는 통제 불능의 맹수와 같았다. 나는 갑자기 반항하는 맹수를 앞에 둔 사육사의 심경이 되었다. 심장이 마구 뛰었지만 겉으로는 태연자약하게 굴었다.

"충분히 제정신이야."

"그런데도 신성지라고!"

"그래, 노량진의 네 신성지는 로도스 섬과 같은 역할을 하게 될 거야."

"로도스 섬? 설마 성 요한 기사단을 말하는 것이냐?"

천사는 자신의 모습을 만들 때 유럽 역사를 많이 조사했다. 그래서 다들 유럽사에 박식하다.

성 요한 기사단은 로도스 섬에 자리 잡고 오스만 제국을 무지하게 괴롭혔던 무력 단체다. 완벽한 요새와 좁은 해협의 이점은 불과 여섯 척의 전투선으로 일대의 제해권을 장악하게 만들었다.

오스만 제국의 입장에서는 그야말로 목구멍에 낀 가시처럼 껄끄러운 존재라 술레이만 대제가 이들을 몰아내기까지 온갖 고생을 다해야 했다.

"나는 노량진의 신성지가 그런 위치가 되었으면 해."

"로도스 섬은 섬이고, 여긴 서울 한복판이다."

"메타트론, 섬이 아니라면 섬으로 만들면 되잖아?"

"뭐?"

"대천사에겐 분명히 그 정도의 힘이 있어. 메타트론 네가 힘을 잃어서 어렵다면 미카엘라가 도와줄 거야."

"누가 그런 여자랑 협력한다고 했느냐! 그리고 그 정도의 엄청난 에너지는 어디서 감당할 건데! 천문학적인 마력이 필요할 것이다."

메타트론은 분노 때문에 시야가 완전히 좁아진 상태였다. 과거의 문제는 그녀를 구속하고 그녀가 자신의 기량을 다하지 못하게 하고 있었다.

"에너지라면 있다, 충분하게. 바로 대군주급의 마정석 한 개와 군주급의 마정석 세 개. 그 정도면 노량진 일대를 섬으로 만들기 충분한 에너지지. 한강의 물이 이쪽으로 흘러와 자연의 해자를 만들게 될 거야. 또한 일대의 건물을 옮겨 단단한 성벽을 만들 거고. 그렇게 노량진은 난공불락의 요새 섬으로 변화되겠지."

"말도 안 돼……."

메타트론은 가볍게 몸을 떨었다.

"정말 말도 안 될까? 미카엘라도 도움을 주기로 약속했다."

"아니, 그 여자를 어떻게 믿겠느냐! 자기 신성지를 포기하고 움직인다고, 그 미카엘라가?"

확실히 그건 아주 어려운 결정이었다. 천사가 몬스터와의 싸움에 직접 나서지 못하고 헌터를 보내는 데는 다 이유가 있다.

몬스터의 남하를 저지할 결계가 바로 신성지다. 그리고 신성지의 중심을 천사가 지켜야 제 기능을 할 수 있다. 그런데 신성지가 사라지면 어떻게 될까? 그 방면으로 몬스터가 우글우글 몰려들 게 뻔하다.

서울 일대에 몬스터가 머무는 건 더 나아갈 방향이 없기 때문이다. 만약 신성지가 사라져 길이 트인다면 몬스터는 본능에 이끌려 우르르 몰려갈 확률이 높다. 높은 확률로 모두가 두려워하는 웨이브란 증상이 일어나는 것이다.

게다가 한 번 정지된 신성지는 간단히 다시 만들 수 있는 게 아니다. 마치 저장 없이 수개월간 작성한 문서가 있는데 일순간 컴퓨터 전원을 내려버리는 것과 같다. 아니, 실제론 더 심하다.

그렇기에 미카엘라에게 노량진으로 와달라고 요청했을 때 그녀는 정말 심하게 갈등했다. 하지만 나는 포기하지 않고 설득해 나갔다. 이탈했던 메타트론이 다시 대천사의 진영에 합류할 이득에 대해서 언급했다.

"그 여자가 공짜로 자기 신성지를 비우면서까지 이 몸을 지원할리가 없다. 무슨 대가를 원하는 것이냐?"

"미카엘라의 요구는 간단해. 메타트론 네가 다시 신성지를 가진 천사가 될 것. 그리고 새로 만들어질 이 노량진 신성지에 일부 지역을 분할해 주길 바란다는 것. 이 두 가지다."

나는 미카엘라에게 기왕 이렇게 된 거 상황을 더 유리하게 사용하라 조언했다. 신성지의 이상을 이용해 몬스터를 함정에 빠뜨리자는 얘기였다.

"오래전부터 군주급 몬스터 하나가 미카엘라의 신성지를 노려온

걸 너도 알 거야. 미카엘라는 이 기회에 그 녀석까지 같이 해치우려고 하고 있지. 대천사 가브리엘이 미카엘라의 공백을 메우기 위해 협력하기로 했어."

미카엘라가 빠진 그녀의 영지는 가브리엘이 지켜주기로 했다. 자신의 신성지를 이탈한 미카엘라는 노량진으로 올 계획이었다. 물론이 모든 건 메타트론이 작전을 수용하겠다는 의사를 표한 경우에만 진행된다.

"여전히 그 여자 대단하군. 며칠 사이에 그런 준비를 다 한 건가."

메타트론은 가볍게 한숨을 내쉬더니 다시 자리에 앉았다. 그리고 골똘히 생각에 잠겼다.

"메타트론, 네 과거에 무슨 일이 있었는진 정확히 몰라. 다만 산달폰이란 대천사가 죽은 것만은 알고 있지."

"......"

고통이 메타트론의 얼굴에 그림자를 드리운다. 그래서 일부러 더 덤덤한 태도를 유지했다. 어차피 난 산달폰에 대해 모르고 그녀의 감정에 공감하지 못한다. 위로하는 척하는 행동은 기만일 뿐이다.

"어설프게 그 일을 위로하려는 게 아니야. 하지만 그 때문에 네가 신성지를 포기하고 공세 지향적으로 나선 건 알겠어. 그렇다면 말이야, 이건 오히려 기회라고. 적진 한가운데 로도스 섬 같은 요새를 만들면 앞으로 싸움이 어떻게 되겠어? 이건 절대 아무도 예상할 수 없는 작전이야. 우연에서 출발하여 지금 완성되려 하고 있으니까."

애초에 메타트론이 적의 왕을 찌르고 그 때문에 적의 군주급이 대거 추격하지 않았다면, 이런 계획 자체가 불가능하다.

대군주급과 군주급들이 일거에 넷이나 죽으면 노량진 일대의 지형을 바꿀 마력 공급만 되는 게 아니다. 강북에 포진하고 있는 군주급 몬스터의 전력 공백이 더욱 컸다.

그들은 우두머리를 넷이나 잃고 노량진에 새로운 요새가 만들어지는 것에 효과적으로 대처하지 못하게 될 터. 이런 호기가 대체 언제 또 있겠는가? 나는 이 점에 대해서 열변을 토했다.

그러자 메타트론이 반론한다.

"좋아, 그렇지만 어떻게 계속 지킬 거냐? 우리 둘이서 사이좋게?"

"그 점에 대해서도 이미 협의했다. 이 신성지는 너의 영토가 될 테지만, 많은 클랜이 파견 올 거야. 미카엘라 클랜뿐만이 아니야. 가브리엘, 우리엘, 라파엘 클랜에서 섬을 지키기 위해 나설 거다. 나는 그들을 규합해 연합 헌터단을 만들 작정이다."

다른 대천사를 끌어들이고 그들을 설득한 건 전적으로 미카엘라가 떠맡았다.

사실 큰 계획은 내 머리에서 나왔지만 실무적인 부분은 미카엘라가 다 처리했다. 아마 말도 못 하게 고생했으리라. 불과 며칠 만에 이 모든 걸 전광석화로 처리하다니, 미카엘라는 진짜 보통이 아니다.

물론 다른 대천사들 역시 이번 일이 기회임을 직감했으리라. 그간 안정을 유지하고 있었지만 몬스터와의 싸움은 정체된 상태였다.

강북의 수복은 인간과 천사의 오랜 소망이었으나 싸움은 지리멸렬했다. 하지만 노량진을 함락되지 않는 요새로 만든다면 충분히 가능성이 생긴다.

"메타트론, 공세를 지향하기 위해 신성지도 포기한 네 마음은 잘 알아. 하지만 언제까지 이대로 떠돌이처럼 지낼 수는 없는 일이야. 너도 그걸 아니까 평양까지 왕을 살해하러 갔던 것 아니겠어. 하지만 그건 실패했다. 아무리 네 무력이 강해도 일신의 힘으로 상황을 뒤집을 순 없어. 그리고 잃어버린 힘을 회복할 안정된 장소가 필요하잖아. 지금 상태로는 왕과 다시 싸우는 건 불가능해."

그 왕이란 존재는 지금 세심한 회복의 과정에 들어갔을 거다. 반면 메타트론은 노량진 일대에서 쫓고 쫓기는 난투 중이었다. 이미둘의 차이는 벌어지고 있었다.

"미카엘라도 진심이야. 이번 일이 잘못되면 자신의 기반 모두를날릴 수 있는 일에 동의한 거라고. 그러니 이제 네가 결심할 차례야, 메타트론. 그리고 이건 미카엘라의 편지야."

준비해 온 편지를 아공간에서 꺼내 건넸다. 메타트론은 무척 주저하다 그걸 받아서 읽었다. 그녀는 한동안 말없이 활자만을 묵묵히본다.

대체 과거에 무슨 일이 있었던 걸까? 당사자가 아닌 나는 알 수도없고 함부로 접근해서도 안 되는 사연이다. 하지만 한 가지는 확실하다. 저 편지에 미카엘라의 진심이 담겨있다는 걸 말이다.

"후우우."

한참 편지를 보던 메타트론은 길고 긴 한숨을 내쉬었다. 그리고마침내, 어렵사리 결정을 내렸다.

"알겠다. 합리적인 의견을 내 고집만으로 막을 순 없는 일이겠지. 그리고 다름 아닌 유제아 네 의견이다."

화신이 되었다는 건 단순히 힘만이 아니라 그 권위도 일부 부여했다는 얘기라고 그녀는 설명했다.

"그런 네가 미카엘라와 협의했다면 나 역시 모른 척하고만 있을 수는 없는 일. 신성지를 선포하겠다."

저건 그냥 메타트론이 내게 져주기 위한 핑계일 뿐이었다. 엄밀히 따지면 미카엘라와의 협의는 화신이 되기 전에 했으니까.

"고맙다. 정말 잘 생각했어."

나는 그녀의 고뇌는 모르겠다. 하지만 이번에 큰 결심을 한 건 알 수 있었다. 메타트론은 곧 엄한 표정이 됐다.

"결코 쉽지 않을 것이다. 누구도 이런 깊숙한 적지 한가운데 신성지를 유지한 전례가 없다. 한번 시작하면 도중에 힘들다고 사정해도 소용이 없다는 것이다. 알겠느냐?"

"뭐, 정 힘들면 미카엘라에게 맡기고 같이 도망가자고."

내 말에 메타트론은 어이없다는 표정을 지었다.

"쯧쯧, 어쩌자고 이런 사내를 본녀가 화신으로 뽑았는지."

그러면서도 곧 슬그머니 웃는다.

"하지만 꽤 유쾌한 의견이구나."

"다 된 거야?"

"그렇다."

메타트론과 나는 죽은 군주급 사체의 함정을 해체했다. 죽은 군주급의 마정석은 메타트론이 신성지 선포를 시작하는 동력원으로 사용될 예정이었다. 그렇지만 적을 유인하기 위해서 미리 빼낼 수도 없었다.

"별로 걱정할 것 없다. 방법을 조금만 바꾸면 되느니라."

메타트론은 적의 유인과 신성지 선포를 동시에 할 수 있는 방식을 새로 짰냈다. 시나리오대로 전기 군주 카르눔이 사체의 가슴팍을 가르면 그 순간 마정석의 에너지를 폭파시키며 신성지 가동 절차에 들어가기로 말이다.

"이 방법이 괜찮은 게, 신성지 선포를 위해 마정석 에너지가 폭발하는 순간 카르눔은 큰 타격을 받을 것이다. 원래 천사의 힘은 몬스터에게 취약이니까."

그 때문에 적에게 피해를 주는 게 목표가 아니었음에도 기존 함정보다 더 강력한 함정이 만들어졌다.

"확실히 그건 괜찮네. 지난 페이즈에서 확인한 것에 의하면 메타트론 네가 카르눔과 치고받는 동안 다른 군주급 몬스터들이 포위망을 좁혀왔잖아? 이번에 카르눔을 훨씬 빨리 죽이면 적의 포위망이 완성되기 전에 각개격파가 가능하겠어."

포위를 하기 위해 적들은 서로 떨어져있다. 그 덕분에 이쪽에선 따로따로 섬멸할 기회를 갖게 됐다. 게다가 신성지 설치를 위해 이번 전투에서 이탈할 메타트론도 보호하기 쉬워진다.

"힘이 되지 못해서 미안하구나."

"무슨 소리야? 네 역할이 가장 중요한 거잖아."

미카엘라는 이번에 자신을 포함해 총 네 개 팀을 이 신성지로 보내기로 했다.

한 개 팀은 작업 중 무방비가 될 메타트론을 보호하고, 나머지 세 개 팀은 각각 대군주급과 군주급 몬스터를 전담해 사냥하게 된다. 미카엘라 본인도 직접 올 예정이다.

그런데 그 팀이란 게 몇 명인지는 알 길이 없다. 한 개 팀은 구성원에 따라서 한 명이 될 수도 수십 명이 될 수도 있다. 미카엘라는 자신이 신성지를 이탈하면 혼란스러워지기 때문에 어떤 팀을 보내올지 사전에 알려주기 어렵다고 했다.

미카엘라 같은 경우는 홀로 한 개 팀을 이루겠지만, 다른 팀은 헌터가 바글바글 몰려올 확률도 높았다. 그래도 미카엘라는 군주급 몬스터를 상대할 확실한 전력을 보낼 것만은 약속해 줬다.

"물러나자, 이제."

작업이 끝나자 메타트론과 함께 근처의 건물에 들어가 은신했다. 이제 카르눔이 와서 마정석을 건드리면 신성지 선포와 함께 작전이 시작될 것이다. 기대되는군, 적진 한복판에 신성지라.

신성지는 단순하게 보면 적의 침략을 막는 결계지만 사실 여러 가지 의미를 가진다. 이해하기 쉬운 예를 들어보면, 우선 순간 이동이 가능해진다.

원래 천사의 마법으로 어디나 갈 수 있지만, 사냥터만은 예외다. 몬스터에 의해 점거된 곳은 천사의 힘을 막는 광범위한 방해가 존재한다.

몬스터의 군주급들은 천사들처럼 신성지를 만들어 아예 상대가 접근하지 못하게 하는 대신, 좀 더 느슨하지만 더 넓은 지역에 장애를 일으킨다.

그 효과 중의 하나가 순간 이동 불가다. 그 때문에 헌터가 과감한 작전을 하는 게 쉽지가 않았다. 적진에 침입해 들어가서 싸우다 탈진해도 마법으로 탈출할 수단이 없었으니까.

하지만 노량진에 신성지가 생기면 어떻게 될까? 헌터의 작전 범위는 비약적으로 늘어날 것이다. 치열하게 싸우다가도 노량진 신성지로만 도망치면 마법으로 안산이든 대전이든 어디까지 갈 수 있다. 마치 망망대해에 떠있는 항공모함과도 같은 역할이다. 헌터는 거기서 출격하는 함재기고.

아마 적의 수뇌가 이 작전을 안다면 무슨 짓을 해서라도 막으려 할 것이다. 하지만 그들에겐 불행하게도 알 수가 없겠지. 타임 루프로 인해 완성된 작전을 어찌 예측하고 사전에 저지하겠는가. 우리조차 일이 이렇게 흘러가게 될 줄 몰랐는데.

"온다."

화신이 된 후 넓어진 내 감각은 사전에 군주급 몬스터의 접근을 알아차리게 했다.

쿵. 쿵. 쿵.

묵직한 발걸음과 함께 카르눔이 등장했다. 거검을 끌고 머리 위 뿔에는 전기가 왕관처럼 일어나있는, 이제는 익숙하기까지 한 모습이었다. 녀석은 주변을 두리번거리며 경계하더니 죽은 군주급 사체로 다가갔다.

좋아, 예정대로다.

"메타트론, 마정석이 폭발하는 순간 튀어나가 카르눔을 격살한다."

"힘을 아껴라, 유제아. 현현顯現이 하루에 한 번임을 잊으면 안 된

296 가출천사 육성계약

다. 마정석이 절차에 의해 폭발하더라도 신성지 가동에 들어가기까지는 틈이 있다. 그사이 본녀가 전력을 다해 카르눔을 격살하겠다."

고개를 끄덕였다. 그런데 어쩐지 그것만으로는 부족한 느낌이었다. 나는 용기를 얻고자, 그리고 그녀에게 용기를 주고자 손을 잡았다.

"아!"

약간 놀라는 메타트론. 하지만 곧 작은 손을 힘 있게 마주 잡아온다.

"본녀는 언제나 적을 두려워한 적이 없었다. 그건 내 화신인 너도 같아야 한다."

"물론이지."

그때 앞에서 눈이 멀 정도의 밝은 빛이 폭사됐다. 마침내 카르눔이 마정석을 건드린 것이다. 카르눔의 행동에 반응한 마정석이 미리 설정된 절차에 따라 신성지를 노량진 일대에 적용하는 절차에 들어간다.

카르눔은 그런 힘의 폭파에 화염 함정과는 비교도 할 수 없는 피해를 입고 비틀거렸다. 메타트론은 즉각 화염검을 들고 앞으로 쏘아지듯 날았고, 나 역시 태양 신격의 방패를 들고 뒤따랐다.

"유제아! 눈앞에서 승리를 보거라!"

"앞에 승리가 없으면 애초에 나서지 않는 게 하이에나라고!"

오늘, 새로운 땅이 우리에게 허락될 것이다. 노량진의 신성지는 메타트론에게 주어진 영지나 다름 아니다. 그녀의 성품상 신성지의 경영에는 거의 무관심하겠지. 아마 유일한 클랜원인 내게 모두 일임할 확률이 높다. 메타트론은 신성지를 유지하며, 왕과의 재대결을 위해 힘을 회복하는 데 주력하겠지.

그렇다면 이 최전방의 영지를 다스리는 영주는 바로 이 몸이 된다. 나는 메타트론과 협의할 때 그런 욕심을 숨기지 않았다. 메타트론과 나의 관계는 그런 걸 감출 수 있는 사이도 아니기도 했고.

나는 권력을 원한다고 순수하게 밝혔고 메타트론은 기꺼이 허락했다. 태양 신격의 방패를 들고 달려가는 내 머릿속에 몇 시간 전 메타트론이 해줬던 말이 떠올랐다.

"좋다, 본녀가 말하지 않았느냐. 너를 인간 중 가장 높은 곳에 올리겠다고. 이 메타트론의 화신이라면 의당 가장 고귀한 존재여야 할 터. 야심을 보이는 걸 부끄러워하지 말거라. 오히려 서열 1위인 이 몸의 권속이면서 다른 인간보다 뒤처질 것을 두려워하라. 본녀는 앞으로 언제나 너를 아끼고 후원할 것이다."

그때 메타트론이 보인 진심은 나같이 건조한 사내조차 마음속의 무언가를 진득하게 울리는 게 있었다.

"크아아압!"

기합성과 함께, 메타트론의 검에 맞아 비틀거리는 카르눔에게 태양광 폭사를 사용했다.

번쩍!

카르눔의 피부를 태우는 태양광을 보며 나는 갈망했다. 이 찬란한 빛보다도 더욱 빛나는 승리를.

쿠르르르르.

낮고 기운 없는 울음. 설마 이런 소리가 군주급 몬스터의 입에서 나올 줄은 상상도 못 했다. 그리고 이 괴물이 이렇게 빨리 쓰러질지도 말이다.

확실히 힘을 폭발시켜 싸운 메타트론의 위력은 놀라웠다. 그도 그럴 게 이후 신성지 작업을 해야 하기에 전투 스킬을 아낌없이 퍼부은 탓이다. 남겨둔 한 수도 없이 위력을 집중한 까닭에 카르눔은 내 예상보다도 훨씬 쉽게 쓰러졌다. 메타트론은 마법으로 카르눔을 구속하기만 하고 마지막 숨은 끊지 않았다.

"왜 안 죽이는 거지?"

"군주급들은 서로의 기운을 느낄 수 있다. 여기서 숨을 끊으면 이상을 알아차릴 거야."

"그럼 신성지는?"

"걱정하지 마라. 신성지는 우선 좁은 범위에서만 구현하고 기다린다."

갑자기 일대에 신성지가 퍼져가면 군주급들은 단번에 알아챈다는 얘기다. 하니 메타트론은 일단 좁은 범위에서부터 시작하고자 했다.

그리고 동시에, 거리가 떨어진 세 곳에 간이 신성지를 만들었다. 이 간이 신성지는 포위망을 좁혀올 적의 진로에 위치해 있었다. 군주급 몬스터와 싸울 팀을 적 앞으로 순간 이동시키기 위해 미리 설치한 거다.

메타트론이 있는 이 중심으로 모두 모이면 아무래도 혼란스럽고, 이쪽에서 우르르 몰려가는 사이 군주급 몬스터가 눈치를 채고 도주할 우려도 있다. 아니면 주변의 몬스터들을 동원하거나. 하니 군주급 몬스터들의 진로에서 나타나는 게 낫다.

일단 그렇게 싸움이 붙으면 메타트론이 신성지를 광범위하게 전개해 노량진 일대를 돔처럼 덮는다. 그러면 주변의 몬스터가 조력해 오는 걸 막을 수 있고, 군주급의 도주도 방해할 수 있다. 물론 완성되지 않은 신성지라 군주급은 부수고 나갈 확률도 있으니 전담 팀들이 잘해줘야 한다.

간이 신성지는 사전에 위성 좌표를 따서 미카엘라에게 보냈다. 그리고 순간 이동을 도울 마법 촉매도 그곳에 뿌려놓은 상태다.

그도 그럴 게 메타트론의 신성지는 한창 만들어지는 상태라, 제대로 기능하지 않는다. 하니 이쪽에서 순간 이동을 보조해 줄 필요가 있었다.

"신성지 전개를 시작한다."

메타트론이 마정석의 폭파로 사방에 깔린 마력을 조율해 나가기 시작했다. 우선은 이 동작구청 일대라는 좁은 범위에서만 신성지가 생성되어 간다. 갑자기 바뀐 듯한 공기에서 환경의 변화를 여실히 느낄 수 있었다.

나는 메타트론의 주위를 지키며 상황을 살폈다. 그녀는 내 예상보다 훨씬 빨리 신성지와 간이 신성지 세 곳을 만들어냈다. 비록 기능상 온전한 게 아니라지만 과연 대단한 솜씨긴 했다.

명불허전. 서열 1위라 그건가.

"메타트론, 이제 팀을 부를게."

"알겠다."

나는 폰의 액정을 두들겼다. 참 기묘한 시대다. 마법과 기술이 공존하다니. 다시 생각해 보니, 순간 이동을 위해 핸드폰으로 연락하는 건 참 이상했다. 웃기지만 이게 효율적인 걸 어쩌겠는가.

채팅 상대는 미카엘라였다. 영광스럽게도 내 폰에는 대천사님의 연락처가 저장되어 있었다. 난 별생각 없이 핸드폰 번호를 알려달라고 했는데, 옆에 있던 스이엘은 경악해 입에 문 과자도 흘렸었다.

스이엘 말로는 미카엘라의 번호를 면전에서 딴 존재는 내가 처음이라나. 미카엘라는 무표정한 얼굴이었지만 내게 순순히 번호를 알려줬다.

"천사들끼리 폰 필요 없단다. 마법에 미숙한 클랜 아이들과 연락하기 위해 갖고 있었는데, 아무도 연락하지 않아서 최근엔 요금제도 내렸지. 그런데 앞으로는 유제아 너와 연락할 수 있겠구나."

그렇게 말하는 미카엘라는 약간 들뜬 얼굴이었다. 미카엘라의 옆에 있던 스이엘이 내게 엄지를 척 세웠으니 나름 점수를 땄다는 걸까.

─미카엘라님, 준비 완료되었습니다.

─애들 데리고 지금 갈게.

즉각 답이 왔다.

─무운을 빕니다.

─(*`Д´)/ 다 죽인다! 크앙!

미카엘라…… 이모티콘 귀여워.

티를 안 내서 몰랐는데 채팅 같은 거 평소부터 꽤 하고 싶었구나. 이런데 클랜 누구도 폰으로 연락 안 해줬다니, 매정한 놈들. 폰을 처음 사고 미카엘라가 전화벨이 울리길 얼마나 기다렸겠어. 새삼 불쌍해서 눈물이 나올 것 같았다.

그런 생각을 하고 있을 때 내 옆에서 빛이 번쩍였다. 순간 이동이었다. 메타트론의 경호를 위해 한 개 팀은 이 중심지로 이동해 오기로 했다. 한데 뜻밖의 인물이 왔다.

"스이엘 등장!"

상황에 어울리지 않는 발랄한 목소리의 주인공은 수비학을 신봉하지만 산수는 못하는 그녀였다. 빙그르르 돌며 나타나 산뜻한 핑크색 머리칼을 찰랑인다. 그 옆에는 역천사 디피넬과 아피넬이 있었다. 전에 본 미카엘라의 대전을 지키던 자들이었다.

"모두 반갑습니다."

빈말이 아니었다. 스이엘을 보며 내 입가는 살짝 올라가 있었다.

"여긴 맡겨둬!"

호언장담하는 스이엘은 딱히 메타트론을 향해 감정을 드러내지 않았다. 전에 들은 바로는 그년이라 칭할 정도로 불편한 상대인 듯한데, 역시 일은 일이라는 건가. 스이엘은 자칭, 타칭 바보지만 할 때는 확실히 해주는 게 특징이었다.

콰아아아앙! 콰아아아앙! 쾅! 콰앙!

곧 연달아 폭음이 들려온다. 건물 위로 시커먼 연기가 올라오기 시작했다. 저건 간이 신성지로 동원된 팀이 각자 전투를 시작했다는 신호나 다름 아니다. 부디 잘되어야 할 텐데.

"이제부터 신성지를 본격 전개하겠다."

때가 되자 메타트론은 눈을 감고 집중했다.

우우우우우웅!

지금까지와 비교도 안 되는 마력의 파동이 일어난다. 이제 메타트론은 이 노량진 일대를 신성지로 뒤덮어 군주급 몬스터들의 무덤으로 만들게 된다.

"스이엘님, 순간 이동해 온 다른 세 개 팀에 대해 설명해 주세요. 규모나 구성 등에 관해서요."

상황이 본격적으로 변하자 나는 현재 상태를 제대로 파악할 필요를 느꼈다.

"알겠어."

스이엘은 빠르고 정확하게 설명해 주었다.

1팀은 미카엘라 단독이다. 그녀는 대군주급 타르하를 상대한다. 아무리 대군주급이라고 해도 미카엘라는 서열 2위의 대천사라 우세하다고 했다.

2팀은 대천사 우리엘이었다. 놀랍게도 대천사가 하나 더 온 것이다. 그는 군주급 하담을 상대하고 있었다.

3팀은 고위 헌터 15명이라고 했다. 그들은 군주급 우룩켈을 상대할 예정이었다.

"너무 걱정하지 않아도 좋아. 사전에 적에 대한 정보가 있었으니까, 가용한 인원 중에서 적합한 인선을 데리고 온 거야. 지금 싸우고 있는 모든 팀이 우세라고."

이대로 끝나면 나야 편하고 좋다. 나 같은 경우는 지금 예비대라고 할 수 있었다. 간이 신성지로 간 세 팀에서 일을 정리하면 딱히 나설 필요가 없다. 하니 이대로 끝나길 속으로 바랐다.

그렇게 20분쯤 흘렀을까? 잠자코 있던 메타트론이 입을 열었다.

"신성지를 필요한 수준까지 전개했다. 그런데 문제가 생겼구나."

"무슨 말이지?"

내 말투에 천사 셋이 벙찐 표정을 짓는다. 그도 그럴 게 서열 1위의 대천사에게 편하게 말을 까고 있으니 말이다. 하지만 우리 사이엔 이게 자연스러웠다. 메타트론도 아무렇지도 않다는 듯 대꾸해 온다.

"미카엘라 쪽과 우리엘 쪽은 우세로군. 곧 승부를 가를 수 있을 걸로 보인다."

애초에 이쪽에서 적을 알고 있는 게 컸다. 미카엘라와 우리엘도 자신이 이길 수 있는 상대를 고른 거다. 만약 상대적으로 좀 처지는 우리엘이 대군주 타르하에게 갔었다면 일이 이렇게 수월하진 않았 겠지.

"그럼?"

또 반말로 묻자 옆에서 스이엘이 '대단해……'라고 작게 중얼거리는 소리가 들렸다.

"헌터 쪽이 문제니라."

"스이엘의 말로는 충분히 이길 수 있는 전력이 파견됐다고 하던데?"

"그건 그런 듯하다. 신성지를 펼치면서 줄곧 살폈는데 확실히 우세하게 싸웠다. 하지만 헌터들이 방심한 듯 서로간의 연계가 무너지 더니, 이후 전세가 뒤집힌 상황이다."

안 봐도 무슨 일인지 알 수 있었다. 갑자기 입맛이 써졌다.

"승리가 목전에 오니까 전공에 눈이 멀었던 모양이군."

내 말에 메타트론은 고개를 끄덕였다.

"확실히……. 경험이 있나 보구나?"

머릿속으로 안 좋은 기억들이 갑자기 몰려든다.

"그래, 하이에나 일을 하면서도 비슷한 일투성이였지. 고위 헌터라고 해도 군주급을 쓰러뜨리는 일은 아무나 할 수 없는 최고의 영광이다. 그렇다면 고위 헌터가 몰려있는 3팀에서 다툼이 생겨나도 이상한 일은 아니야. 서로가 군주급의 목을 친 최고 수훈자가 되고 싶겠지."

옆에서 듣던 스이엘이 한숨을 내쉰다.

"인간들이란……."

아무래도 천사는 이해하기 어려운 부분이 있을 거다.

반면 업종은 다르지만 내 입장에선 이해가 안 되는 게 아니다. 나 같은 경우에는 하이에나 팀을 만들고 강력한 리더로 자리 잡아 그런 문제를 완전히 일소했다. 옆에서 틱틱거리는 부단장도 위계질서에 있어서만큼은 절대적으로 내 편이기도 했고.

그에 비해 3팀은 급조된 헌터단이다. 가용한 전력 중에 고위 헌터를 긁어온 모양인데……. 안타깝구먼, 미카엘라. 인간은 네가 생각하는 것보다 훨씬 문제가 많은 놈들이라고.

"아무래도 내가 나서야겠네."

"그게 현명하겠지. 가서 정리하라, 유제아. 너라면 충분히 가능하다."

스이엘 역시 따라붙기로 했다. 현재 메타트론을 위협할 세력이 없는 걸 생각해 보면 그녀의 가드로는 디피넬, 아피넬이면 충분했다.

"디피넬님, 아피넬님, 메타트론님을 부탁드리겠습니다."

둘은 들고 있던 폴암을 땅바닥에 쿵, 하고 내리찍는 걸로 대답을 대신했다. 어떤 말보다 신뢰가 가는 대답이었기에 나는 안심하고 스이엘과 문제가 일어나고 있는 3팀으로 향했다.

"스이엘, 고맙습니다."

"에? 나는 구경 가는 건데, 뭐가 고마운 걸까?"

모른 척하기는.

"누가 모를 줄 아시나요? 명성이 없는 제가 가면 헌터들이 말을 안 들을까 싶어 온 거 아닙니까. 당신의 명이라면 모두 복종할 테니까요."

"나는 너무 눈치 좋은 남자는 별로더라."

약간 야유하는 듯한 어투로 말한 스이엘은 곧 깔깔댔다. 사실 스이엘은 평천사 중에서도 무력이 약한 편이라고 한다. 그러나 그녀가 가진 권위는 고위 헌터라도 감히 말대꾸 못 할 정도다. 게다가 스이엘은 미카엘라에게 총애받는 존재다. 까불었다가는 절대 뒷감당 못 한다.

"근데 너 며칠 사이에 무슨 짓을 한 건데 이렇게 바뀐 거야? 거의 2등급 헌터 느낌인데?"

"메타트론의 클랜에 들어갔습니다."

"뭐? 그 메타트론이 클랜원을 받았다니! 솔직히 믿기 어렵네. 무슨 심경의 변화인 거지? 네가 미카엘라님께 메타트론이 신성지를 설치하도록 만들겠다고 했을 때도 내심 그건 어려울 것 같다고 여겼다고."

"때가 되면 뭐든 변하기 마련입니다."

"그런 거라면 스이엘의 안목이 이긴 거네."

무슨 소리냐고 되물으려다 스이엘이 아크타워의 사무실에서 했던 말이 기억났다.

아… 그런 거였나.

역시 이 녀석 만만히 볼 게 아니구나. 지금 믿기 어렵다느니 뭐니 하면서도 결국 자기도 기대하고 있었네. 이럴 때 보면 바보는커녕 소름 돋는다. 미카엘라가 총애하는 것도 단순히 귀엽기 때문만은 아닐 테지.

"그래도 자신은 있는 거야? 강해진 건 알겠어. 거의 2등급 헌터 정도니까. 하지만 그걸로 싸움을 뒤집기는 부족할 것 같은데. 뭣하면 스이엘이 같이 싸워도 좋아."

"같이 싸울 생각이 진짜로 없으셨군요?"

"나같이 연약한 소녀는 싸움같이 무서운 일 하는 게 아니지. 데헷!"

혀를 빼꼼히 내밀고 윙크를 하며, 살짝 자신의 머리에 꿀밤을 먹이는 스이엘.

"허…."

이 녀석, 애니메이션을 너무 봤구나.

애초에 스이엘의 무력이 떨어진다는 건 같은 천사들에 비해 상대적으로 그렇다는 거다. 이 여자는 트럭에 치여도 옷에 묻은 먼지를 툭툭 털면서 일어날 게 틀림없다.

"정 그러시다면 구경만 하게 해 드리겠습니다. 명색이 메타트론의 하나뿐인 클랜원인데 숨겨놓은 한 수가 없겠습니까?"

"오, 잘나셨네. 메타트론의 헌터는 뭔가 다르다 그거야?"

"틀렸습니다. 제 직업은 헌터가 아닙니다."

그런 대화를 나누던 중 우리는 목적지에 도착했다. 앞을 보니 처참한 광경이었다. 스이엘과 반쯤 농담하던 기분은 완전히 사라졌다.

두 개의 용머리를 가진 군주급 우룩켈은 몰려든 헌터를 풍비박산 내고 있었다. 언뜻 보기에도 죽은 고위 헌터만 다섯이 넘었다. 주인 잃은 팔다리도 몇 개 굴러다니는 게 보였다.

　스이엘과 나는 혀를 찼다. 이들은 욕심 때문에 무난히 승리할 수 있는 상황을 이리 만들고 말았다.

　"너 말이야, 혹시 저 괴물, 혼자 이길 수 있어?"

　스이엘의 물음에 나는 고개를 끄덕였다.

　"좋아, 그러면 무대를 깔아주지. 어디 한번 해봐."

　그렇게 말한 스이엘은 앞으로 나서 소리를 질렀다.

　"모두 물러나도록! 이제부터 상황은 이 스이엘이 통제하겠다!"

　갑작스러운 천사의 출현에 악전고투하던 헌터들은 깜짝 놀라는 기색이었다.

　"욕심으로 일을 망친 쓸모없는 것들! 물러나라지 않느냐!"

　의외로 스이엘의 태도는 과격했다. 헌터들이 공을 다투면서 일을 꼬이게 한 점에 무척 화가 난 듯했다. 그녀의 태도에 발끈하는 헌터도 꽤 있었으나 군소리 못 하고 뒤로 빠졌다. 일부는 오히려 다행이라는 듯 안도하고 있었다. 스이엘은 그렇게 길을 트고는 내가 앞으로 나서게 조치해 줬다.

　군주급 우룩켈이 날 노려보고 있었다. 인연이 길구나, 이 녀석과는. 지난 페이즈에서는 이 용머리 녀석의 주의를 끌며 도망 다니는 게 다였다. 하지만 이제 상황은 완전히 달라졌다.

　"시간을 넘어, 네게 굴욕을 갚으러 왔다."

-크크크. 어찌 인간이 우리와 대화할 수 있느냐?

-그러게 말이야. 그나저나 시간을 넘었다고? 저 조그만 것이 무슨 소릴 하는 거지?

두 개의 머리를 가진 탓에 각자 한마디씩 하는구나.

우룩켈은 들고 있던 헌터 하나를 건물 잔해로 던지고는 나를 주시한다. 비단 우룩켈뿐만이 아니었다. 일대에 있는 헌터들 모두의 시선이 내게 쏟아진다.

나는 메타트론의 화신으로서, 그녀의 권리를 대행하여 일개 헌터일 뿐인 모두에게 말했다.

"지금부터 이 상황, 내가 정리하겠다."

상당히 오만한 말이었다. 게다가 이 헌터들은 내가 메타트론의 화신이란 점도 모른다. 스이엘도 아직 파악하지 못했는데 저들이라고 알 리가 있나. 하지만 곧장 반대에 부딪치진 않았다.

우선 스이엘이 받쳐주는 데다, 저들이 나에 대해 잘 모른다는 점이 주요했다. 만약 내가 잘 알려진 고위 헌터였다면 반발이 있었을지 모르겠다. 그런데 지금은 다들 이게 대체 누구야, 라며 어리둥절해진 게 컸다. 물론 그중에는 날 알아보는 자도 몇 있었다.

"저자는 하이에나의 왕이 아니오?"

"뭐요? 하이에나 따위가 지금 끼어든 것이란 말인가!"

그 때문에 불만이 피어오르려던 찰나, 스이엘이 빠르게 정리했다.

"이 싸움에 관해 나 스이엘이 온전히 책임지겠다. 싸움에 진 개들은 뒤로 빠져! 어서 쓰러진 동료를 수습하지 않고 뭐하는 것이냐!"

스이엘……. 아까부터 상당히 터프하다. 헌터들이 끽소리 못 하고 뒤로 주춤주춤 물러났다. 뭐, 지들이 잘못한 걸 지들도 잘 아니까 저렇겠지. 잘 싸우고 있는데 저랬다가는 아무리 천사라도 소용없었다.

그렇게 스이엘이 뒤를 정리해 주는 사이 나는 우룩켈과 짧게 대화를 나누고 있었다.

─정신이 나갔느냐, 인간? 감히 단신으로 이 우룩켈과 대적하려 하다니.

─맞아, 키키킥. 감히 이 마룩켈님과!

이제 보니 두 개의 머리에 각각 이름이 있었다. 오른쪽 머리가 우룩켈이고 왼쪽 머리가 마룩켈이다. 메타트론은 그냥 퉁쳐서 우룩켈로 기억한 듯했다. 사실 별로 신경 쓰고 싶지 않았겠지.

나도 그냥 계속 우룩켈이라고 칭하겠다. 이런 녀석의 이름을 두 개나 기억해 주고 싶지는 않았다.

"지금까지 수많은 사람이 내게 정신 나갔다고 했지만 난 오늘날까지 건재하다. 앞으로도 그럴 거고. 이게 무슨 말인지 알겠나?"

─크크큭, 자신감 하나는 좋군.

─그렇다면 오늘, 그 많은 조언이 옳았음을 이 마룩켈이 증명하겠다.

이 녀석, 의외로 혀가 매끄럽게 돌아가는구나. 아무래도 저 혓바닥 뽑아 줘야겠는데.

"그래, 열심히 노력해 보도록. 하지만 그 증명은 영원한 미결로 남 겠지만."

-그게 무슨 뜻이냐?

"단순한 이야기다. 네놈이 죽을 테니 입증되지 않은 상태로 끝나 는 것 아니냐."

-이놈! 듣자 듣자 하니!

-감히! 이 내가 죽는다고 했느냐!

특별한 의도가 있었던 건 아닌데, 죽음을 이야기하니 의외로 쉽게 흥분했다. 솔직히 뭐지, 싶다. 어쩌면 군주급은 생각보다 죽음에 노 출되어 스트레스 가득한 삶을 살고 있는지 모르겠다.

원래 민감한 부위를 누르면 크게 반응하는 법이다. 주의 깊게 관 찰할 능력만 있다면 누구도 비밀을 가질 수 없다. 그의 말투, 행동, 눈짓 하나하나가 무언가를 말해 주고 있으니까.

어쩌다 보니 중요한 단서를 하나 얻었다. 앞으로 하급 몬스터를 후원해 군주급까지 키우고자 하는 내 입장에서는 이들에 대한 이해 는 귀중했다.

번쩍.

다짜고짜 녀석의 입에서 광선 브레스가 작렬한다. 이미 대비하고 있던 나는 태양 신격의 방패를 들어 막아냈다. 살벌한 광선은 방패 에 의해 굴절되어 옆에 있는 건물에 작렬했다.

쿠아아앙!

요란한 소리와 함께 건물의 상단부가 날아간다.

-이놈!

자신의 절기가 막히자 흥분하는 우룩켈.

기본적으로 이 녀석은 힘은 강하지만 아둔한 면이 있었다. 지난 페이즈에서 능력도 없는 내게 농락당하지 않았나. 그때 나는 건물 사이로 숨어 다니며 이 녀석의 뒤를 잡아 주의를 끌었었다.

번쩍!

연달아 광선 브레스가 날아왔지만 모두 태양 신격의 방패에 굴절되어 튕겨나갔다.

정말 이 방패 최고네. 사기다, 사기. 군주급 몬스터의 공격을 별다른 부담도 없이 막아내고 있었다. 게다가 방패의 내구도가 떨어지는 느낌도 없다.

"말도 안 돼!"

"저 일격을 어찌 저리 간단하게!"

뒤에서 지켜보던 헌터들이 경악을 금치 못하고 있었다. 순전히 템빨이지만 알 리가 없지.

그래서인지 더더욱 놀란 기색이었다. 군주급 몬스터의 공격은 1등급 고위 헌터라도 쉽게 막아내기 어려운데 하이에나가 이러니 얼마나 쇼킹하겠나.

보통은 방어에 특화된 자가 아니면 동료와 연계해야 한다. 애초에 헌터는 단독으로 다니기보다 서로 힘을 합쳐 자신보다 강한 몬스터를 잡는 직업이다.

그렇기에 자신들보다 상위의 몬스터를 상대할 때 진영을 짜고 능력을 연계하는 걸 자연스럽게 여긴다. 한데 내가 마치 사기 캐릭터처럼 홀로 광선을 튕겨내고 있으니 황당하겠지.

"저 사람은 대체! 하이에나라고 하지 않았습니까?"

"이건 말이 안 됩니다!"

거기까지 듣다가 더는 뒤에 신경 쓸 여력이 없어졌다. 몇 번이고 계속 광선을 쳐내자 우룩켈의 태도가 신중해졌다. 물론 이 녀석은 쉽게 흥분하고 아둔하긴 하지만, 동시에 어느 정도의 교활함은 갖고 있었다.

방금 이놈과 싸우던 헌터단이 위기에 몰린 것만 봐도 알 수 있는 일이다. 분명히 우룩켈이 죽는다는 시늉을 하며 방심을 유도했겠지.

아무리 공훈을 탐냈다지만 단순히 헌터 쪽만의 과실은 아닐 터. 아무래도 이 우룩켈은 비굴한 자세를 보이며 더 그걸 부채질한 게 아닐까 싶다.

역시 볼수록 마음에 안 드는 자식이다. 내가 이런 걸 예측하는 까닭은 이미 이 녀석과 전투 경험이 있기 때문이었다.

지난 페이즈에서 메타트론과 대화를 위해 도주한 적이 있는데, 군주급들이 따라붙어 결국 다시 싸움이 벌어졌다. 그때 대군주급 타르하는 승리를 낙관하며 뒤에서 지켜보고 있었고, 메타트론과 내가 세 군주급을 상대했다.

덕분에 이 우룩켈 녀석과 구르며 전투 기술을 견식할 수 있었다. 방패로 광선을 튕겨내는 것 역시 그때 익힌 것이었고. 하니 일반적인 광선 공격이 막히면 이 녀석이 무슨 짓을 할지 예측 가능했다. 내심 그때 첫 번째 승부를 걸 다짐이었고. 상황이 내가 원하는 방향으로 흘러가자 가슴이 뛰었다.

"네놈 따위의 공격은 얼마든지 튕겨낼 수 있다. 덩치에 어울리지 않게 멀리서 쏴대기나 하지 말고, 이리 와서 한 판 붙어보자."

일부러 자만함을 보였다. 그에 반해 우룩켈의 눈빛은 침착했다. 녀석은 곧 결정을 내렸다. 두 개의 머리를 서로 가까이 붙이더니 주둥이를 벌렸다. 드디어 오는 건가. 나는 살짝 입술을 깨물고 기대가 얼굴로 드러나지 않게 주의했다.

저건 두 줄기의 광선 브레스를 겹쳐서 그 위력을 강화하는 방법이었다. 내가 편의상 광선이라 표현하고 있지만 실질적으로는 마법적인 성질이라, 위력이 강해지면 방패로 튕겨내기 어려워진다.

"와라!"

번쩍!

그리고 그 순간 위력이 두 배, 아니 그 이상이 된 광선 브레스가 작렬한다. 뒤쪽에 있던 헌터들에게서 비명이 터졌다.

하지만 모든 걸 소멸시켜 버릴 듯한 그 빛 속에서도 나는 회심의 미소를 지었다. 바로 태양 신격의 방패가 가진 또 다른 기술인 되돌리기 때문이다.

공격을 시전자에게 되돌리는 기술은 단순히 반사하는 것보다 훨씬 어려우며 자주 사용할 수도 없다. 그러니 결정적인 상황에 적의 강공을 유도하여 되돌리는 게 전술의 기본이다.

일부러 내가 도발하고 보란 듯이 광선을 튕겨낸 건 이걸 위해서였다. 우룩켈 녀석은 상상도 못 하고 있지만, 타임 루프로 상대의 기술을 미리 알고 있었기에 가능한 부분이었다.

콰아앙!

광선 브레스가 방패에 작렬했다. 순간 덤프트럭에 치인 것 같은 충격이 나를 덮친다. 동시에 광열 때문에 뻗은 팔이 타들어가는 듯한 격통을 느꼈다. 실제로 팔을 감싼 함의 야상복이 연기를 내며 훼손되고 있었다.

태양 신격의 방패 역시 달군 불판처럼 달아올랐다. 뜨거워서 당장 내던지고 싶을 정도였지만, 그래도 괜찮았다. 지금 이 고통을 몇 배나 강하게 되돌려줄 수 있었으니까.

"크아아압!"

기합 소리와 함께 강화된 광선 브레스가 되돌려졌다. 그리고 쏘아져 올 때보다 배는 빠른 속도로 반전해 우룩켈에게 작렬했다.

콰아아아아아앙!

우룩켈은 비명을 지를 틈도 갖지 못했다. 거대한 몸이 포탄에 맞은 것처럼 뒤로 튕겨지더니 뒤의 건물을 뚫고 날아간다.

콰아아! 콰앙! 콰앙!

소리를 들어보니 건물 세 채는 뚫고 나간 듯했다. 곧 충격 때문에 건물 세 동이 그대로 무너져 내렸다.

와르르르르! 그아아아앙!

회색 먼지가 일대를 완전히 뒤덮어 시야를 한 치 앞도 못 보게 날려버렸다. 그냥 먼지 수준이 아니라 일반인이라면 질식해 죽을 정도다. 하지만 곧 바람이 몰아치더니 먼지가 날아가 시야가 확보된다.

돌아보니 스이엘이 손을 흔들고 있었다. 고개를 한번 끄덕여 보이고는 앞을 주시했다. 어차피 이대로는 끝나지 않는다.

곧 건물의 잔해가 터지듯 날아가더니 온통 회색 먼지를 뒤집어쓴 우룩켈이 나타났다. 몸이 엉망이었지만 여전히 위험해 보였다.

-이놈! 절대로 용서치 않겠다.

-까부는 것도 여기까지다.

차가운 분노가 느껴졌다. 그러나 정작 그 말을 들은 나는 심드렁했다. 왜냐, 이다음에 네가 뭘 할지도 사실 알고 있거든.

지난 페이즈에서 저 강화된 광선 브레스를 썼던 우룩켈은 이후 메타트론의 격렬한 반격에 중상을 입는다. 그리고 그 후에 어떻게 나오는지 생생히 봤다. 그러니 다 아는 내 입장에선 흥미가 떨어질 수밖에. 역시 스포일러는 고약하다.

"마정석 태워도 소용없어, 이 용머리 새끼야. 그거 이 신성지에 써야 하는 거니까 아껴둬."

-뭐라?

마정석의 일부를 태워 잠력을 폭발시키는 방법, 그게 저 우룩켈의 숨겨둔 절기다. 한데 그걸 내가 미리 말하자 우룩켈은 황당함을 감추지 못했다.

-대체 네놈은 뭐하는 놈이냐!

-정체가 뭐지? 아까 시간 어쩌고 하던 건 대체!

이제야 뭔가 이상함을 눈치 챈 듯한 우룩켈. 하지만 고민해 봐야 답이 나오겠냐. 설령 답이 나와도 믿을 수가 없을 거다, 고작 이 정도로는.

"죽고 나서 고민해 보도록."

-닥쳐라!

-알 수 없는 소리는 됐다! 힘으로 누르면 그만일 테!

결국 이런 무투파는 사고의 한계에 다다르면 격분밖에 없는 건가.

우룩켈은 잠력을 일부만 폭발시켰다. 후유증 때문에 자기도 안배를 한 거다. 게다가 아무리 내가 수상해도 그 정도면 충분하다고 여긴 걸 거고.

결국 나는 인간에 불과하지 않은가. 만약 내가 다른 군주급 몬스터였다면 위기에 몰린 우룩켈은 절대 저렇지 않았을 거다. 동귀어진 할 각오로 덤볐겠지.

물론 저 정도로도 내겐 심각한 위협이다. 이쪽에서는 완벽하게 대응할 필요가 있었다. 이대로 더 싸우는 건 무리이고.

애초에 2등급 헌터 정도의 위력으로 이 군주급 몬스터와 정면 대결한 것 자체가 무모했다. 장비의 위력과 상대에 대해 알고 있으니 할 수 있었던 부분이다. 이제 그런 꼼수가 통하지 않게 생겼으니 힘으로 눌러줄 수밖에.

"후우."

가볍게 숨을 들이켜며, 지금 내가 가진 최종오의를 펼쳤다.

"현현顯現하라!"

나는 메타트론의 화신이다. 화신에도 종류는 많다. 육체적 화신, 정신적 화신, 기타 등등.

나 같은 경우는 힘의 화신이다. 일시적으로 그녀가 가진 위력을 강신하게 해서 위력을 발휘한다. 초월적인 존재의 힘이라 육체에 상시 머물게 할 수 없으니 현현이란 방법을 사용한다.

애초에 내 육체가 2등급 헌터 수준으로 강화된 것도 현현이 가능하게 하기 위한 기본을 구축하기 위해서였다. 현재 수준으로는 현현의 지속 시간은 10분 정도. 좀 아쉽긴 하지만 승리를 위해 그 정도면 충분하다.

쿠아아아앙!

빛이 내게 작렬하며 시스템 메시지가 나타난다.

힘 +500, 민첩성 +500, 건강+500, 카리스마+200, 의지 +1000 행운 +50의 능력치 보정을 받습니다.

원소 저항력 +30%, 마력 회복률 +300%

S등급 특수 능력
낙하와 처형, 돌진의 사용이 가능해집니다!

모든 기력과 체력이 회복됩니다!
상태 이상이 해제됩니다!
주변 50미터 일대에 용기의 오라가 깔립니다!
주변 10미터 일대에 지배의 오라가 깔립니다!

뭐가 정신없이 많이 뜨네…… 어쨌든 좋아, 어디 한번 해볼까.

눈앞에서 5미터가 넘는 거구의 우룩켈이 돌진해 온다.

318 가출천사 육성계약1

-크르르으으웅! 쿠아아아아!

나는 방패를 가슴팍 앞으로 단단히 들고는 몸을 숙였다. 당연한 얘기지만 이대로 달려가 정면으로 충돌할 작정이었다.

"크아압!"

기합성과 함께 나는 그대로 돌격했다.

현재 내 힘 수치는 655다. 우룩켈의 힘 수치는 정확히 모르겠지만, 메타트론의 말에 의하면 군주급이 보통 500 이상이라고 한다. 게다가 저 덩치까지 있으니 힘으로 밀어붙이는 건 무리다. 설령 완력이 같다고 해도 질량 때문에 상대가 안 됐다.

그럼에도 성난 황소처럼 들이받으려는 이유는 현현 후 얻은 S등급 스킬 돌진 때문이었다. 돌진 스킬은 일순간 가속해 전신을 포탄처럼 쓰는 기술이다.

메타트론의 경우는 화염검을 겨냥하고 이 기술로 적을 관통해 버린다. 나 같은 경우는 방패를 들이밀 테니 차로 들이받는 효과와 비슷하겠지.

"위험합니다!"

"안 돼!"

내가 앞으로 달리자 뒤에서 비명이 터져 나온다. 군주급 몬스터와 정면충돌이라니, 확실히 무모해 보이겠지.

콰지직!

돌진 스킬을 발동하자 순간 엄청난 위력이 전신에서 폭발하듯 터져 나왔다. 한 발, 한 발 내디딜 때마다 땅이 부서져 나간다. 실제로 내가 달린 궤적을 따라 쟁기가 지나간 것처럼 길게 홈이 파여 나갔다.

충돌의 순간, 우룩켈은 거대한 손 네 개를 한꺼번에 내리쳐왔다. 쏟아지듯 날 덮치는 그 공격은 흡사 눈앞에서 건물이 무너지는 것 같았다.

우리는 한 치의 양보도 없이 서로 충돌했다.

콰아앙!

내 전신에 서린 마력과 우룩켈의 주먹에 서린 마력이 충돌해 고막이 터질 듯한 파공음이 일었다. 한데 그럼에도 내 돌진력은 줄어들지 않았다. 오히려 우룩켈의 주먹을 밀어낸 뒤 뚫고 나갔다.

우드득!

나는 우룩켈의 손목에서 뼈가 부러지는 듯한 소리가 나는 순간 즉각 땅을 박차고 뛰어올랐다. 그리고 방패와 함께 사선으로 쏘아져 올라, 우룩켈의 흉부를 정통으로 강타했다.

-커어억!

우룩켈은 고통에 겨운 신음을 냈다. 그도 그럴 게 내 돌격이 녀석의 흉부를 뚫어버릴 듯 적중했기 때문이다. 아마 메타트론의 검이었으면 가볍게 관통했으리라. 내가 든 것이 방패인 탓에 내 돌격은 우룩켈의 흉부를 오목하게 만드는데 그쳤다.

그리고 다음 순간 흉부와 방패의 접촉면에서 마력으로 인해 폭발이 일어났고, 우리 둘은 동시에 서로 반대편으로 팅겨나갔다.

붕붕붕.

공중제비를 돌듯, 나는 허공에서 뒤로 회전했다. 그 덕분에 내 등 쪽에 검은 유형의 기운이 서려있다는 걸 깨달았다. 내려가면 살펴봐야겠다.

곧 나는 회전하며 바닥에 착지했다. 워낙 강하게 떨어졌기에 한쪽 다리를 최대한 벌리며 방패로 땅바닥을 받쳤다.

콰직!

아스팔트 바닥이 박살 나며 사방으로 금이 갔다. 앞을 보니 우룩켈은 또 날아갔는지 보이지도 않는다. 아마 저 건물 잔해 어디에 처박혀 있겠지. 먼지가 자욱해서 위치 파악이 안 된다.

"흠."

일단 그 사이 나는 고개를 돌려 등 뒤쪽을 살펴보았다. 잘 보이지 않았지만 날개 같은 게 있는 걸 알 수 있었다. 이상한 일은 아니었다. 메타트론의 화신이니까 그녀처럼 검은 날개를 갖는 게 당연하겠지.

다만 좀 다른 게 있었으니, 메타트론의 것 같은 날개가 아니었다. 마력이 실체화되었다고 할까? 검은 마력이 뭉쳐서 날개처럼 보이고 있었다. 그리고 세 쌍인 메타트론의 것과 달리 한 쌍이었다.

아무래도 화신이라 비슷하게 따라 해야 하는데, 멀쩡한 사람 등 뒤에 새 날개가 돋아나게 할 수 없으니 마력으로 흡사하게 만들어 대체한 게 아닐까 싶다.

그래도 검은 마력이 날개처럼 등 뒤로 뻗어나간 게 정말 근사했다. 어떻게 보면 진짜 날개보다 더 멋진 것도 같은데. 격하게 움직이면 날개는 마치 검은 망토처럼 늘어지기도 했다.

"대천사님이시잖아! 누가 하이에나라고 그랬나! 무례한 놈!"

"아니, 저자는 분명 하이에나의 왕일 터인데!"

내 외형 때문에 지켜보던 헌터들은 혼란에 빠졌다.

속으로 재밌게 여기면서, 날아오는 공격을 쳐냈다.

카앙!

요란한 소리와 함께 방패를 직격한 마법이 튕겨나간다. 우룩켈이었다. 중상을 입은 듯한 녀석은 이를 갈며 다가오고 있었다. 건물에 또다시 깔렸던 탓에 몸 여기저기가 엉망진창이었다.

-이 녀석! 감히 한 줌도 안 되는 인간이! 그 힘은 뭐란 말인가!

-이제 보니 천사였느냐! 천사였구나! 그러니!

갑자기 당한 입장에선 상당히 억울했던 모양이다. 하지만 일일이 설명하긴 꽤 어려운 일이라서 말이지. 다짜고짜 방패부터 던졌다.

부우우웅!

보정을 받아 힘이 655가 된 덕에 그야말로 무서운 기세로 날아간다.

-크아악!

한 방 맞은 우룩켈의 거체가 흔들린다. 마치 둔기로 얻어맞은 것처럼 괴로워한다.

왼팔을 바깥에서 안쪽으로 휘두르며 방패를 던진 나는, 점멸하는 빛과 함께 되돌아온 방패를 이번에는 안쪽에서 바깥으로 휘둘러 던졌다. 방패는 날아가다 휘어지면서 우룩켈의 오른쪽 머리를 강타했다.

파직!

용의 뿔 하나가 부러져 허공으로 날아올랐다. 단단하기로 유명한 용의 뿔인데 지금은 아무 소용 없었다.

다시 돌아온 방패를 이번에는 좀 특이하게 던져보기로 했다. 방패의 옆을 잡은 뒤 마치 볼링 하듯이 아래에서 위로 휘둘러 던졌다. 그러자 방패가 굴렁쇠처럼 땅바닥을 굴러 맹렬히 쏘아졌다.

촤아아악!

아스팔트 바닥에 선명한 자국을 남기고 나아가는 방패. 우룩켈은 두 번 당했지만 이번만큼은 막아 내겠다는 듯 손을 뻗었다.

그래서 나는 그 순간 손가락을 튀겼다. 그러자 굴러가던 방패가 뭐에 부딪친 것처럼 갑자기 위로 튀어 올라서는 우룩켈의 아래턱을 강타했다.

—크아아아아!

녀석은 뒤로 요란하게 쓰러졌다.

쿠웅!

방패 사용은 내가 생각해도 놀랄 정도로 빠르게 숙달됐다.

"이제 끝내 보실까."

더 끌기에는 현현의 시간이 압박이었다. 즉각 날개를 펼쳐 날아올랐다. 일렁이는 검은 마력으로 이뤄진 날개지만 비행을 하는 데에는 지장이 없었다.

이 비행은 누가 가르쳐 주지 않아도 자연히 알 수 있었다. 다리를 가진 생물이 태어나면 본능적으로 걸을 수 있는 것처럼 현현을 해 날개가 생기자 비행법 역시 깨달았다.

다만 첫 비행이라 조심스러운 것도 있었지만 안정되게 위로 올라갔다. 그리고 1,500미터 정도 올라가 멈추고는 잠시 숨을 골랐다.

이제부터 곧장 떨어져야 하는지라 심장에 좀 위험하단 말이지. 게

다가 주변에 바람이 엄청나 더욱 나를 흥분케 하고 있었다. 여기까지 온 건 S등급 스킬인 낙하를 위해서다. 나는 이대로 지상에 충돌할 작정이었다.

"좋아."

다짐하듯이 말한 나는 그대로 반전했다. 방패를 앞으로 내세우고는 점점 아래로 떨어진다. 처음에는 왜 이리 천천히 떨어지지 싶었는데 곧 무서운 속도로 내리꽂히기 시작했다.

지상의 표적은 작게만 보인다. 낙하하는 동안 날개를 약간만 틀어도 목표로부터 크게 어긋날 듯했다. 그래도 다행인 건 마력으로 구성된 날개는 미숙한 솜씨로도 방향을 잡기 쉬웠다.

살짝 돌아보니 마치 혜성의 꼬리처럼 검은 마력이 길게 늘어져 있었다. 멀리서 보면 시커먼 무언가가 떨어지는 게 상당히 무섭게 보일지도 모르겠다. 아래쪽에서 헌터들이 서둘러 피하는 모습이 보였다.

쌔애애애애액!

공기를 가르는 소리가 살벌했다. 그런데 그때 아래쪽에서 빛이 쏘아져 올라왔다. 저 밑에서 우룩켈이 광선 브레스를 대공포처럼 뿜어내고 있었다.

슈우우웅!

섬뜩한 광원이 옆으로 스치며 지나갔다.

그걸로는 부족했던지 우룩켈은 네 개의 팔에서 한꺼번에 마법을 일으켜 무수히 많은 광원을 위로 쏘아 올렸다. 그건 마치 대공기관총 같았다.

그 때문에 내 시야는 아름답게 반짝이는 빛의 산란으로 가득 찼다. 나는 조금도 진로를 흐트러뜨리지 않은 채 그 빛을 뚫고 아래로 낙하했다. 이러니까 마치 2차 대전 때의 급강하폭격기 같은 기분이구나.

케이블 TV의 역사 채널에서 본 적이 있다. 전함 야마토에서 무수히 쏘아 올리는 대공포와 대공기총의 세례를 뚫고 용감히 폭탄을 투하하던 미군 급강하폭격기의 모습을 말이다.

그때 참 인상적이었던 건, 야마토의 공격에도 급강하폭격기는 너무나 의연하게 폭격을 했다는 점이었다. 마치 쏟아지는 대공탄이 자신을 맞추지 않으리라 확신한 것처럼 말이다.

지금의 나 역시 마찬가지였다. 이 공격은 반드시 성공한다는 자신감으로 가득했다.

콰아앙! 쾅! 쾅!

몇 번이고 공격이 앞으로 내민 방패에 직격했다. 생명의 위기에 빠지자 우룩켈은 전력을 다해 이쪽으로 공격을 쏘아올리고 있었다.

방패를 울린 진동은 그대로 팔을 타고 올라와 내 심장을 망치처럼 두들겨댔다. 가뜩이나 생애 첫 낙하 스킬 사용이라 여유가 없는 상황에 이러니 이제는 정말 숨도 쉴 수 없었다.

초속 100미터로 떨어지고 있건만 이렇게 느리게 느껴질 줄이야. 점점 극대화되어가는 감각 덕분에, 이제는 내 머리 옆을 지나가는 빛나는 마력탄을 볼 수 있을 정도였다. 소리조차 느려진 듯했다. 마력탄이 공기를 가르는 소리가 아득하게, 마치 울리는 것처럼 들려온다.

어쩐지 내 몸마저 길게 늘어지지 않았나하는 생각이 든 그 순간, 충돌했다.

콰아아아아아앙!

폭음이 들렸던 거 같다. 아마 그런 소리가 들렸다고 생각한다. 시야는 빛만이 가득 채웠고 몸에 느껴지는 감각은 없었다.

심지어 내가 어떤 포즈로 있는지도 모르겠다. 땅바닥에서 구르고 있는 건가? 아니, 죽었는지 살았는지도 모르겠다.

어쩐지 상당히 나른하단 말이야. 아직 할 일이 많지만 이대로 편히 쉬는 것도 나쁘지 않을 듯하다. 그래서 이대로 가라앉으려는데 차가운 손이 날 붙잡는다.

"정신이 나간 자가 아니냐? 낙하는 그렇게 무식하게 쓰는 게 아니다. 아직 살아있는 게 용하구나."

어쩐지 좀 이상하더라니, 뭔가 요령이 있나 보구나. 나는 감은 눈을 뜨지 않은 채 대꾸했다.

"정신이 나갔다는 말은 단호히 거부하지. 어떤 용머리가 내 정신 머리에 대해 증명하려 했지만 영원한 미결로 남고 말았거든."

"혀가 잘 굴러가는 걸 보니 괜찮은가 보구나. 이제 눈을 떠 보거라."

"끄응……."

몸에 힘이 들어가지 않았다. 눈꺼풀조차 무겁게 느껴졌다. 그러자 차분하고 따뜻한 힘이 내 안으로 흘러들어 왔다.

"신성지는?"

"궤도에 올랐다. 잠시 여유가 생겨 보러 왔느니라."

그렇군.

나는 간신히 눈을 떴다. 그러고는 놀라서 헛바람을 삼켰다.

"허!"

"뭘 그리 당황하는 것이냐? 본녀의 얼굴이 추하지는 않다고 생각하는데."

너무 가까이 메타트론의 얼굴이 있었다. 거의 닿을 정도라, 그녀의 크고 아름다운 회색 눈동자가 또렷이 보인다. 나는 메타트론의 무릎을 베고 누워 있었는데, 그녀는 회색 머리칼을 비단처럼 늘어뜨리며 날 조용히 내려다보고 있었다.

갑자기 심장이 크게 뛰었다.

쿵. 쿵. 쿵.

저 깨끗한 눈동자를 더 마주 볼 수 없어 슬며시 고개를 돌리려 했다. 하지만 메타트론의 손이 그걸 용납하지 않는다. 머리를 쓰다듬던 차가운 손이 내 양쪽 볼을 고정했다.

"저기? 뭐하시려고요?"

내 물음에 메타트론이 코웃음을 친다.

"하! 설마 성애의 표현으로 상대의 입에 자기 입을 맞추는 키스라도 생각하는 것이냐?"

"……"

"역시 인간의 상상력은 이뤄질 수 없는 걸 꿈꾸는 모양이군."

잠시 혼자 망상에 빠진 건 맞는데 이뤄질 수 없는 것이라고 하다니.

너 나중에 두고 보자.

부들부들.

"놔, 일어나게."

혼자 헛물켠 게 민망해 메타트론의 손을 밀어냈다. 그러자 그녀는 킥킥 웃더니 내 머리와 이마를 부드럽게 쓰다듬는다. 그게 너무 기분이 좋아 약간 울컥했던 것도 봄날의 눈처럼 사르르 녹아버렸다.

안 돼, 안 될 일이지.

표정이 풀린 게 들키면 민망하다. 그리고 어쩐지 진 거 같잖아.

괜히 얼굴을 엄격, 진지하게 바꾸려는 순간 이마에 따뜻하고 부드러운 무언가가 닿는다. 그 순간 전기 같은 소름이 돋아 목을 타고 어깨까지 내려갔다.

"흐읏!"

참지 못하고 소리를 내고 말았다. 그리고 곧 이마에 닿았던 메타트론의 입술이 떨어졌다.

"지금은 이 정도로 봐다오. 누군가에게 뽀뽀를 해본 것은 처음이구나."

"…감사합니다."

"쿡쿡. 아까부터 왜 존대인 것이냐, 우리 사이에?"

너무 고마워서 말이죠.

"…아니, 뭐."

아직도 입술이 닿은 순간 느꼈던 달콤함이 남아서, 그녀를 어떤 얼굴로 마주 봐야 할지 모르겠다.

"정말 잘해주었다. 이 정도까지 해낼 줄은 몰랐다."

메타트론의 손은 이제 내 귀를 만지작거리고 있었다. 그래서인지 나도 충동을 참지 못하고 누운 채로 손을 올려 그녀의 머리칼을 매만졌다. 옅은 회색의 머리칼이 내 손가락에 걸렸다가 곧 스르륵 미끄러진다.

메타트론은 작게 웃으며 내 행동을 내버려 두었다. 존체 높은 그녀는 내가 자신에게 손을 대는 걸 허락해 주었다. 그렇게 우리는 잠시간 서로를 만지며 시간을 보냈다.

내 손끝이 그녀의 여기저기에 닿을수록 친밀감이 부풀어 올랐다. 그래서 곧 메타트론을 쓰다듬는 손길이 느려졌다. 나는 내 마음을 지키고 싶었다.

"사실 할 말이 있다."

손길을 떼고는 무슨 일인지 눈으로 물었다.

"들었을 것이다, 본녀가 자신의 클랜을 모두 죽였다고."

갑자기 민감한 주제를 꺼내는 바람에 말문이 막혔다. 나도 메타트론에 관한 소문은 많이 들었다. 안 좋은 이야기투성이였다.

하지만 내가 직접 만난 메타트론은 소문과는 다른 존재였다. 그렇기에 항간에 떠도는 이야기에 대해 묻지도, 신경 쓰지도 않았다. 한데 메타트론이 이 주제를 먼저 꺼낼 줄이야.

"난 내가 본 것만 믿어."

"그리 말해 줘서 고맙구나. 하지만 이야기하고 싶다."

어렵사리 입을 연 것에는 이유가 있을 터. 나는 침묵으로 긍정을 표했다.

"사실 그게 틀린 얘기는 아니다. 클랜은 모두 본녀가 죽인 것이나 마찬가지지."

그러니까 모든 이야기는 산달폰이 죽은 날로부터 시작된다. 메타트론은 산달폰의 죽음이 방어 위주의 작전과 대천사들의 소극성 때문이라 확신했고, 적극적인 공세로의 전환을 주장했다. 하지만 분기탱천한 그녀의 주장은 몇몇을 빼고는 거의 먹혀들지 않았다.

메타트론은 무력으로 서열 1위가 되긴 했지만 정치적 역량은 거의 0에 가까웠다. 대천사들의 회합에서도 늘 한 발 빠져있는 모양새였다. 그렇기에 자신의 주장을 지지해 줄 세력이 없었다.

"결국 나는 신성지를 정리하고 혼자서라도 싸우기로 결의했지. 산달폰은 자기 신성지를 버리면 분명히 살 수 있었다. 한데 우리가 만든 고집스러운 방어 작전에 희생된 것이다. 하니 내 입장에서 신성지란 족쇄로만 보였다."

새삼 나는 메타트론에게 다시 신성지를 선포할 걸 요구한 게 미안해졌다.

"위험한 일이었기에 클랜은 모두 해산시켰다. 하지만 대부분 끝까지 남겠다고 고집을 부려 대더구나."

원래 메타트론 클랜은 그녀의 위치에 비해 크지 않았다고 한다. 그 수는 불과 10여 명이 좀 넘을 뿐이었다고. 서열 2위의 미카엘라가 수백 명을 거느린 것과 비교됐다.

"너, 어지간히 사교성이 나쁜 녀석이었구나."

"부정하지는 않겠다."

"그래서 결국 클랜은 어떻게 했어?"

"곤란하더군. 모두 내 주장에 동조해 끝까지 따라오겠다고 했으니 말이다."

내키지 않았지만 메타트론은 그들과 함께하기로 했다고 한다. 하지만 결과는 비참했다. 수년 간 강북 지역에서 훌륭히 싸워 나갔지만, 모두 하나둘 쓰러져 마지막에는 아무도 남지 않게 됐다.

당연한 얘기지만 그런 결과는 평소 자신을 무심함으로 둘러싸려

하는 메타트론에게조차 큰 상처로 남았다.

"복수심으로 아무 것도 얻지 못했다. 남은 것마저 모두 잃었을 뿐이다."

클랜과 함께 강북 지역을 뒤집는 작전은 수년간 성공적이었다고 한다. 특히 군주급을 몇이나 참살한 업적은 지금도 높게 평가받는다. 아는 이가 적어서 그렇지.

그때 군주급이 여럿 쓰러진 탓에 몬스터의 강남 지역으로의 공세가 둔화되었다는 게 중론. 현재 인간과 천사가 누리고 있는 일시적인 평화는 메타트론과 그녀의 클랜의 희생 덕분이었다.

하면 지금 그녀를 향한 날선 평가는 왜일까? 메타트론의 싸움이 도움이 되었다는 건, 최근에야 겨우 주목받는 부분이다. 당시에는 그녀의 싸움이 여러 소동을 일으켰고, 모두 이에 대해 분통을 터뜨렸다.

강북 지역을 공격당한 몬스터들이 발끈한 탓에 웨이브가 몇 차례나 일어나 도시에 큰 피해가 났다. 그 외에도 여러 문제가 있었던 모양이었다. 안타까운 일이 아닐 수 없다.

원래 영웅의 길은 사회적인 지지를 필요로 한다. 우리는 보통 용감한 개인의 영웅적 행동에 박수를 보낸다. 그러나 영웅적 행동이 우리에게 불편한 대가를 치르게 하는 경우 우리는 영웅을 이해할 수 없게 된다.[*]

아니, 이해하려 하지 않게 된다.

---

[*] Philip Zimbardo, 〈The Lucifer Effect〉, Random House Trade Paperbacks, 2007, part8

"그만두지 그랬어? 힘들면 그만했으면 됐잖아."

"그때는 이미 멈출 수가 없었다. 죽어간 권속들이 생각나서 말이지. 마지막까지 나의 염원을 지지해 준 자들이었다. 그리고 믿어줬다. 어찌 본녀가 사냥터를 휘젓는 걸 포기할 수 있었겠느냐."

아마 사냥터의 삶이, 다시 만날 수 없는 클랜과의 유일한 연결 고리였을 거다. 수년 간 함께 강북에서 경기 북부까지 질주한 그들이다. 메타트론이 클랜에 대해 가지고 있던 강렬한 기억은 모두 그곳에 있었겠지. 그렇기에 그만두고 떠날 수 없었을 거다.

"도움을 청해 볼 생각은 안 해본 건가? 몇 정도는 널 지지해 주던 천사가 있었다며."

"떠올리지 못했다. 클랜이 사라지자 혼자 있는 게 자연스러워졌다."

그 대답으로, 나는 약간이나마 메타트론을 이해하게 되었다.

그녀는 내면의 맹세와 같이 보이지 않는 것, 산달폰의 복수를 한다, 클랜의 죽음을 헛되게 하지 않는다 등에 전력을 다하면서도 현실적인 많은 부분에서는 무지하고 소홀했던 거다. 나는 메타트론에게 연민을 느꼈다.

나는 메타트론에게 연민을 느꼈다. 몸을 일으켜 그녀의 볼을 쓰다듬었다. 그녀는 내 손길을 거부하지 않았다.

"두려움을 느끼지 않았어?"

"말했지 않느냐. 본녀는 적 앞에서 두려움 따위를 느끼지 않는다고."

"아니, 혼자 있는 것에 대해서 말이야. 클랜을 잃은 뒤로 줄곧 혼자였다면서."

"……"

"두려움을 느꼈겠지. 너는 인간을 닮았으니까. 너는 진짜 천사가 아니니까."

타임 루프라고는 해도 메타트론은 생각보다 쉽게 날 허락했다. 비록 적을 제압한다는 이유가 있다고 해도 망설임은 적었다.

아마 그녀는 지쳤던 거다. 이제 지긋지긋했던 거다. 혼자서 모든 걸 감당해야 하는 삶 자체를 말이다.

메타트론이 말한 걸 토대로 추론해 보면 그녀가 외톨이처럼 적진을 떠돈 건 적어도 6년 이상이다. 죽은 클랜에 대한 기억만으로 버티기에는 가혹한 세월이었겠지. 늘 전투로 점철된 삶이었을 테니까.

그러다 마침내 왕과 싸우러 갔다. 그녀 나름대로 끝을 보고 싶었던 건지도 모른다. 하지만 실패했고, 도주하던 처지에 나를 만났다.

그런 그녀가 내게서 희망을 찾고 싶었다고 해도 이상한 일은 아니다. 지난 세월 동안 나처럼 갑자기 자신의 삶에 끼어든 존재는 없었을 테니까.

"……."

메타트론은 대답이 없었다. 두려움에 대해 인정하는 건 이 자존심 높은 존재에겐 어려운 주문이겠지. 그렇다면 나도 강요할 생각은 없다. 하지만 하나는 분명히 해야 한다.

"메타트론, 혼자서 걸어가는 지금의 상황을 벗어나고 싶다면 한 가지는 꼭 말해 줘야 한다. 네가 그 점을 확실히 해주지 않으면 우리의 관계는 사전에 협의했던 것처럼 한시적으로 끝나게 될 거다. 타르하, 우룩켈, 하담, 카르눔을 제압했다. 우리의 목표는 달성된 거지."

메타트론의 눈빛이 침울하게 흔들리기 시작했다. 하지만 아무리 상대에게 연민을 느껴도 분명히 정해야 할 부분은 있는 법이다. 이건 계약서에 서명하는 것과 같은 일이라고 생각한다.

"본녀가…… 아니, 내가 무엇을 말하면 좋은 것이냐."

나는 그녀의 양손을 강하게 쥐고 요구했다. 그녀가 자신의 결심에 갇혀서 주변에 한 번도 해보지 못했던 그 말을.

"그 입으로 내게 말해. 도와주세요, 라고."

순간 메타트론의 눈동자가 커진다. 그녀는 충격을 받은 얼굴이 되었다. 아마 과거 아끼던 그녀의 클랜에게도 그런 말은 해본 적이 없었겠지. 클랜은 기꺼이 자발적으로 메타트론을 따라나섰을 테니까.

하지만 메타트론은 이제 알아야 한다. 섬처럼 고립되고 외로운 삶을 유지하기보다 남에게 도움을 청하는 방법을. 나는 그녀에게 알려주고 싶었다.

"메타트론, 나는 널 돕고 싶다. 기꺼이 너의 화신으로서 조력하고 싶다. 하지만 네가 그걸 그저 말없이 받아들인다면, 나는 과거 네 클랜과 다를 바가 없어진다. 그리고 너 역시 과거의 너와 다를 게 없다."

이제는 달라지고 변해야 했다.

"만약 직접 도움을 청하지 않는다면 후회는 그때처럼 반복될 거다. 그때 너는 클랜과 올바르게 시작하지 못했다. 말없이 상대의 호의를 수락하고는 제대로 된 관계를 선물하지도 못했다. 그렇게 모든 게 미결로 남았기에 네 마음속에 잊히지 않고 남았다. 그리고 네 클랜원은 죽을 때, 나는 존경하던 메타트론의 부탁을 받고 끝까지 최선을 다했다고, 그렇게 생각하게 만들어 주지도 못했다."

가엾게도 그들은 짝사랑만 하다 죽었다.

334 가출천사 육성계약!

"아……."

"메타트론, 내게도 제대로 된 관계를 주지 않을 건가?"

메타트론의 얼굴이 괴로움을 견디느라 찡그려졌다.

"나는 아무것도 이해하지 못했다. 권속들의 마음에 아무것도 돌려주지 못했다."

"그러니 내게는 말해 줘. 그렇게 해준다면 설령 죽는다고 해도 긍지를 갖고 눈을 감을 수 있을 테니까. 나는 천사 중의 으뜸인 메타트론이 의지했던 사람이라고."

안타깝게도 메타트론은 미숙했던 거다. 태어난 지 겨우 13년. 그 기간도 대부분 전투로 보냈다. 듣기로 천사는 인간의 창작물을 참고해 자신을 구성했다고 한다. 아무리 그랬어도 미숙한 점투성이였겠지.

"흐으윽, 흐으윽. 흑."

갑자기 메타트론의 눈에서 눈물이 터져 나온다. 메타트론은 작은 손으로 어떻게든 눈에서 쏟아지는 물줄기를 막아보려 애썼지만 전혀 소용없었다. 오히려 어깨가 더 떨릴 뿐이었다.

"적어도 내게 도움을 청하는 건 두려워하지 마. 나는 네 화신이니까."

"내가 널 의지해도 되는 것이냐?"

"그런 바보 같은 질문은 하지 마. 너는 바보다, 스이엘보다 훨씬 바보야."

메타트론은 곧 억지로 울음을 참으며 날 올려다본다. 입술을 깨물며 울음을 참는 얼굴이 실로 엉망진창이었다.

"흐윽! 끅!"

결심이 선 듯했지만 메타트론은 한참을 망설이고 또 망설였다. 그러

다 겨우, 간신히, 누군가에게 한 번도 해본 적 없는 말을 입에 담았다.

"…도와주세요."

그걸로 충분했다. 유제아와 메타트론 사이에 진정한 계약이 성립한 순간이었다. 이것으로 이제 한시적이란 말은 우리 사이에 존재하지 않게 됐다.

나는 참지 못하고 그녀를 끌어안았다.

"그래, 그걸로 됐어."

부디 내 품이 이 강하지만 작은 천사에게 위로가 되었으면 좋겠다고 생각했다.

물론 이런 모습을 봤다고 해서, 메타트론을 이해했다는 오만은 갖지 않기로 했다. 우리는 살짝 접촉했던 거고, 나는 그 부분에 대해 작은 이해를 가졌을 뿐이다.

하니, 그렇기에 앞으로 메타트론과 더 많은 접촉, 더 많은 관계를 만들었으면 좋겠다고, 그리 생각했다.

나는 그녀의 클랜을 키울 것이다.

더 많은 이들이 그녀의 주위를 채우도록 말이다. 그래서 더는 메타트론이 외롭지 않게 할 것이다. 그리고 그녀의 어린 마음이 더 자라나게 할 것이다.

그녀의 요청으로 성립된 이것은.

가출천사를 위한 육성계약이었다.

"아니! 그렇다고 그리 울적해 하지는 말거라.
금세 그렇게 풀이 죽어버려서는."

에필로그

다음날 아침.

대천사 메타트론과 미카엘라, 우리엘이 준비된 마법진 근처에 서 있었다. 가운데는 사로잡힌 군주급 몬스터 카르눔이 사슬에 묶여있다. 그리고 주위에는 거의 200여 명의 헌터가 모인 상태다.

어제 직접 싸움에 참가하지 않았지만 가브리엘 클랜, 라파엘 클랜 등에서 지원을 왔다. 앞으로 이들은 노량진 신성지에 거점을 갖고 방어를 돕게 된다.

지금 온 200여 명은 선발대로 이후 다른 클랜의 헌터와 일반인인 종복까지 이 노량진으로 몰려들 예정이었다.

노량진은 생각보다 넓은 구역이라 불과 몇백 명 정도로 방어할 수 있는 장소가 아니다. 앞으로 수만 명 이상은 머무르며 적을 막는 요새 도시가 되어야 할 터였다.

다행히 대부분의 대천사가 이 노량진 전진기지의 필요에 공감하고 있었다. 워낙 빠르게 일이 진행되어 아직 제대로 협의가 안 되었을 뿐이다. 앞으로 더 많은 전력이 이 전진기지로 오게 될 것이다.

물론 공훈에 따라, 직접 온 대천사 미카엘라, 우리엘의 클랜이 우대받게 될 것이다.

노량진 땅의 분배와 경비 임무의 분배 등은 내가 직접 나서서 처리해야 한다. 메타트론의 하나뿐인 클랜원이자 대리인이니까. 다른 클랜 역시 마찬가지라 천사가 아니라 대리인이 나설 터였다.

　어쨌든 그런 일도 지금 노량진을 변형하는 큰일을 치른 뒤의 고민거리다. 이미 메타트론의 힘으로 신성지가 선포되어 노량진 일대에 거주하던 몬스터가 밖으로 밀려난 상태다.

　하지만 그것만으로는 부족했다. 신성지의 경계에는 잡스러운 몬스터가 개미떼처럼 몰려와 있었다. 그들만으로는 신성지를 제대로 돌파할 수 없지만 등급이 높은 몬스터가 나타나면 상황이 달라진다. 하니 이제 물리적인 조치를 취해야 한다. 아주 중요한 순간이었다.

　한데 지금, 모두가 나를 주목하고 있다. 대천사 셋과 헌터 200여 명이 말이다. 이거 참……. 이런 역할까지는 좀 사양하고 싶은데.

　원래라면 메타트론이 나서 한마디 해야 정상이겠지만, 완고하게 거부했다. 그리고 유일한 클랜원인 내게 떠넘기고는 모른 척하고 있다. 자기는 주문을 위해 집중해야 한다나 뭐라나.

　그녀의 의도를 모르는 건 아니다. 여기 많은 헌터가 모인 장소에서 내 권위를 높여주려는 속셈이겠지. 내가 서열 1위 대천사 메타트론의 대리인임을 확실히 알려주려는 것이다.

　이런 절차가 있어야 이후 이 노량진을 운영해 나갈 때 목소리에 힘이 실리고 편하다. 각 천사의 대리인들과 협의할 때 너는 뭐하는 녀석이냐고 하면 난처하니 말이다.

　좋아, 그렇다면 해야겠지.

　나는 목소리를 가다듬고 한 걸음 앞으로 나섰다. 그리고 수많은 시선을 담담하게 받아냈다. 우선 가볍게 인사를 하고 바로 본론에 들어갔다.

"아시다시피 공세를 주장하며 모두와 다른 위치에 섰던 대천사께서 있었습니다. 안타깝게도 당시 그 의견은 지지받지 못했죠. 물론 정치적인 이유는 상관치 않고 몬스터와의 싸움 자체만 보며 찬성해 주신 분도 있으셨습니다."

나는 살짝 우리엘을 바라보았다. 하늘색 머리칼을 가진 차가운 인상의 남자가 콧방귀를 뀌며 날 외면한다. 그는 과거 메타트론의 주장에 동조했던 몇 안 되는 이 중 하나였다.

우리엘은 빙결 마법을 주특기로 하는 성격 까칠한 대천사로 이번에 직접 싸우러 와줬다.

우리엘은 노량진 서남쪽에 새로 신성지를 만들 예정이었다. 그는 거기서 출발해 강남의 서쪽을 평정하길 원했다. 일단 구로구까지 진출한 뒤 광명시를 점령해 기존의 요새 도시인 시흥시와 연계한다는 게 우리엘의 계획이다.

우리엘은 이번에 큰 공을 세웠기에 아예 땅의 일부를 분배받았다. 다른 클랜의 경우는 어디까지나 메타트론의 신성지에 세를 드는 것이니 보상 자체가 달랐다.

"그게 아니더라도, 정치적 이유 때문에 찬동은 못 했으나 그 취지에 공감해 주셨던 분도 계셨습니다."

나는 이번에 미카엘라를 봤다.

서열 2위의 미카엘라는 실질적으로 대천사의 평의회를 이끄는 자다. 그녀가 원해서 그런 건 아니고 메타트론이 손을 놓고 있기 때문에 자연히 그리되었다고 한다. 그런 위치 때문에 과거 심적으로는 메타트론에게 동조했지만 행동까지 그렇게 할 수는 없었다고 했다.

스이엘의 귀띔에 의하면 미카엘라와 메타트론은 과거에는 절친이었다고 한다. 그런데 산달폰의 죽음 이후에 틀어져서 관계가 끊겼다는 것. 그런 냉랭한 분위기를 반영하는지 메타트론과 미카엘라는 서로 눈을 마주치지 않았다.

미카엘라 역시 노량진 일대에 새로 신성지를 만들 계획이었다.

"이리 위대한 분들께서도 동조했었습니다만, 그분에 대한 세간의 평가는 어땠습니까? 강북 일대를 누비며 군주급 몬스터를 참살했던 공로를 생각지 않고, 당장의 피해 때문에 연일 비난에만 열을 올렸습니다. 하지만 시간이 지난 지금은 모든 게 명백해졌습니다. 우리가 누리고 있는 이 평화가 누구에게서 비롯되었는지. 하여 저는 말하고 싶습니다. 누구보다도 영웅을 바란 우리에게 사실 영웅이 자라나게 할 토양은 없었다고! 영웅의 희생에 비해 소소했던 피해조차 감내할 성숙한 의식이 없었음을 말입니다."

나는 고개를 한 번 돌려 여기 있는 이들을 질책하는 기색으로 쳐다보았다. 몇몇은 켕기는 게 있는지 나와 눈을 마주치지 않고 고개를 돌렸다.

"이제 저는 여러분께 청합니다. 수고하고 희생한 이에게 온당한 명예를 돌려주길. 마침 그분께서 위대한 업적과 함께 귀환하셨습니다. 누가 이런 적진 한복판에 감히 신성지를 선포하고 지키겠다는 대담한 발상을 할 수 있겠습니까? 누가 감히 군주급과 대군주급 몬스터를 함정으로 끌어들여 참살하겠다는 발상을 할 수 있겠습니까?"

메타트론이 날 보며 쓴웃음을 짓는다. 애초에 타임 루프로 일어난 결과인데 마치 자신이 치밀한 계획을 세웠던 것처럼 말하고 있으니 말이다. 뭐, 선전이란 다 이런 거지.

"비록 우리가 과거에는 그분의 공훈을 제대로 평가하지 못했다고 해도, 이제는 달라져야 합니다! 그간의 비난과 결코 수용할 수 없는 오해를 묵묵히 견뎌야 했던 영웅을 위해서라도 말입니다. 그래서 저는 그분의 대리인으로서 여러분 모두에게 요청합니다."

내 짧은 연설은 마지막으로 치닫고 있었다.

"영웅의 복귀를 진심으로 환영하십시오. 그리고 그 무훈에 경의를 표하십시오. 우리에게 허락된 새 땅의 정당한 주인, 메타트론님께!"

내 말이 끝나자마자 우레와 같은 박수갈채가 쏟아졌다. 헌터들은 마치 박수 소리가 작으면 오해를 살 수 있다는 듯 열화와 같이 호응해 왔다. 미카엘라는 무표정한 얼굴로 열심히 손뼉을 쳤고, 옆에 있던 우리엘은 마지못해 몇 번 박수를 쳤다.

메타트론은 자신에게 쏟아지는 환호에 가볍게 고개를 끄덕이는 걸로 답했다. 문제는 그게 다였다는 거다. 게다가 그녀는 내게만 생동감 있는 표정을 보여주지 이런 대외적 활동에는 차갑고 무표정한 가면을 쓰고 있다.

처음 그녀를 봤을 때 느낀 무채색의 인형이 떠오른다. 그때 자신이 만든 함정을 터뜨렸다고 날 선 비난을 했었지.

아무래도 저건 좋지가 않다. 대외적으로 인기와 신뢰를 얻기 위해서 말이다. 메타트론은 카리스마 수치가 높은데 저리 무표정하면 고압적이란 인상을 주게 된다.

그러면 과거처럼 헌터들은 메타트론을 두려워하며 꺼리게 될 것이다. 겨우 도와주세요, 라고 한 번 말할 수 있게 된 그녀지만 그건 어디까지 내게 말했던 거지, 아직은 갈 길이 멀었다.

　"쯧쯧."

　옆에서 미카엘라가 작게 혀를 차는 소리가 들린다. 안 되겠다 싶었는지 그녀가 앞으로 나섰다.

　"메타트론의 귀환은 이 미카엘라도 환영하는 바이다. 그리고 그녀가 여전히 대천사 서열 1위임을 알리겠다."

　막강한 영향력을 가진 미카엘라가 이렇게 공공연히 말했으니 메타트론의 복귀는 성공한 셈이다. 그런데 미카엘라는 이 주목받는 상황에 한 명을 더 끌어들일 속셈인 듯했다.

　그녀가 날 보더니 말을 이어간다.

　"그리고 메타트론의 유일한 클랜원이자 대리인인 유제아가 앞으로 이곳 노량진의 관리자가 될 것임을 확인하는 바이다. 그의 자질에 관해서는 나 미카엘라가 보장하겠다. 이번 노량진 탈환 작전을 나와 협의했던 것도 여기 이 유제아이다. 또한 작전 중 적의 군주급 몬스터였던 우룩켈을 단신으로 쓰러뜨리는 공을 세웠다. 그러니, 모두 훌륭한 전사에게 보일 수 있는 마땅한 경의를 갖고 그를 대하라."

　미카엘라가 노골적으로 치켜세우고 나서자 헌터들의 시선이 일변한다. 모두 내가 이번에 했던 일은 듣긴 했지만 대천사가 직접 나서서 상찬賞讚하니 더 크게 와닿을 수밖에.

　나를 향하는 수많은 시선에서 다양한 감정이 느껴졌다. 질투, 선망, 부러움, 놀라움 등의 감정을 얼굴로 받아내며 나는 덤덤함을 유지했다.

하이에나 일을 하려면 엄청 뻔뻔해야 한다. 게다가 나는 하이에나의 왕 아니었는가. 이런 시기, 질투 정도야 아무렇지도 않았다.

"그러면 이제 노량진을 보강하는 작업을 하겠다."

"서두르자고."

미카엘라의 말에 우리엘은 이제야 하냐는 듯 불평했다. 곧 메타트론, 미카엘라, 우리엘이 거대한 마법진의 끝에 서서 삼각을 이뤘다.

이 마법진 가운데는 현재 나와 붙잡힌 카르눔이 묶여있었다. 초라하게 영락한 이 군주급 몬스터는 오늘의 산 제물로 사용될 예정이었다.

나는 미리 준비한 부러진 검을 들고 앞으로 나섰다. 사선으로 부러져 끝이 날카로운 이 검은 이번 싸움에서 전사한 헌터의 물건이었다.

비록 공훈을 탐내는 바람에 엉망이 된 싸움이었으나 죽은 마당에 그런 걸 질책해 봐야 뭐하겠는가. 적에게 등을 보이지 않고 용감하게 싸운 건 사실이니 이런 식으로 기념하려는 거다.

나는 그 부러진 검을 들고 앞으로 나아가 기진맥진한 상태인 카르눔의 뿔을 붙잡았다. 축 늘어져있던 얼굴을 들어 올리자 목이 훤히 드러난다.

-살려다오, 살려다오, 인간.

메타트론이 구속 마법을 강하게 걸어놔 녀석은 초주검 상태였다. 나는 그런 카르눔을 무시하고 검을 들어 올렸다.

영광스럽게도 산 제물 의식의 집행은 내가 하게 되었다. 고위 헌터들은 대천사들 앞에서 산 제물을 죽이는 이 명예를 무척 부러워했으나, 지난 전투의 과실 때문에 감히 나서지 못하고 입술만 잘근잘

근 씹어댔다.

　-제발! 원하는 건 뭐든 들어주마!

　원하는 건 뭐든 들어준다고? 그렇다면 지금 당장 들어줄 수 있겠네.

　"내가 원하는 건 네 피다."

　푸욱!

　부러지긴 했으나 A등급 마법 검이라 그런지 카르눔의 목덜미를 사정없이 파고들었다. 하지만 그걸로는 충분치 않아 몇 번이고 카르눔의 목을 부러진 검으로 헤집었다.

　그 때문에 피가 얼굴에 잔뜩 튀었다. 그래도 나는 이 장대한 존재가 어린 양처럼 작아졌다는 것에 큰 기쁨을 느꼈다. 이 녀석은 지금, 하수도를 숨어다니는 하이에나만도 못한 존재였다.

　대천사 셋이 일으킨 기적은 실로 위대했다.

　나는 태어나서 그런 광경은 처음 보았다.

　뭔가 그 기적에 대해 장대한 미사어구라도 붙여보고 싶지만, 아무리 고민해도 마땅한 말을 찾을 수 없었다.

　천지가 진동하며 지반이 솟아오르고, 건물이 우르르 무너지며 밀려난다. 그리고 갑자기 땅에 긴 고랑이 생기고 경계가 확정되는 모습은, 마치 보이지 않는 거인들이 역동적으로 일하고 있다는 착각이 들게 했다.

　하지만 압권은 노량진 신성지를 둘러싼 해자가 생겨날 때였다. 폭이 50미터나 되는 거대한 해자가 파이자, 대천사들은 한강물을 끌어 들였다.

갑자기 한강물이 쏟아져 들어오는 광경은 해일이라도 일어난 것 같았다. 토사와 온갖 잡동사니가 섞인 탁류가 사나운 용처럼 노량진 신성지 일대를 동그랗게 휘감았고, 곧 우리가 서 있는 땅은 육지의 섬이 되었다. 여의도 아래 섬이 또 생긴 셈이었다.

'사람을 벙어리로 만들어 버리는군…'

나는 다시없을 이 광경을 연신 입만 벙긋벙긋 거리면서 지켜봤다. 그렇다고 나만 이렇게 채신머리없이 군 건 아니다.

같이 있던 헌터들 모두 나보다 더하면 더했다.

'이런 해자라면 몬스터의 침공도 걱정할 필요 없겠어.'

끌어온 한강이 흐르는 강폭은 무려 50미터, 깊이는 20미터에 이르렀다. 기적은 그것뿐만이 아니었다. 노량진 일대에 있던 건물 대부분은 완전히 압축되고 밀려나 벽돌처럼 섬의 외곽에 차곡차곡 쌓였다.

과거 올림픽대로가 있던 북쪽은 높이 45미터, 폭 25미터의 장엄하기까지 한 성벽이 생겨났다. 동쪽, 남쪽, 서쪽은 그 정도는 아니었지만 충분히 몬스터의 침공을 막을 수준이 되었다.

아무래도 여의도가 코앞이었기에 북쪽의 방비에는 신경을 쓸 필요가 있었다. 여의도는 극히 위험한 곳으로, 안에 들어갔던 헌터가 살아 돌아온 적이 없단 얘기가 나돌 정도였다.

듣자니 여의도에는 금은보화로 가득한 던전이 있다느니, 천사나 몬스터와 무관한 제3세력이 있다느니, 도청도설만 난무하고 있었다. 게다가 강북에 군주급 몬스터들이 몰려있는 걸 고려해 볼 때 북쪽의 방비를 강화하는 건 자연스러운 일이었다.

일단 그렇게 물리적으로 몬스터의 접근을 차단하고 신성지를 설치하자, 불과 수백 정도의 소규모 인원만 있는 노량진이라도 살 만한 장소가 되었다. 다만 허허벌판이라 압박감만 가득 들었지만.

물론 필요한 주요 건물 일부는 그대로 남겨뒀다.

"앞으로 할 일이 많겠군…."

새로 생긴 벌판을 보며 망연히 말하는 내게 메타트론은 모처럼 살짝 미소 짓는다.

"너무 울적해하지 말거라. 이 거대한 땅은 그대가 이룬 승리의 상징이니."

"그래도 처리해야 할 수많은 업무가 절로 그려지는걸."

이 땅을 쓸만한 곳으로 가꾸려면 얼마나 많은 수고가 필요할지 짐작도 되지 않는다.

그래도 메타트론은 여유로운 태도였다.

그녀는 내 가슴팍을 툭 치고는 스쳐 지나간다.

"그냥 이 순간을 즐기고 만끽하거라. 그런 현실적인 생각을 하기엔 그대와 이 몸이 이룬 것이 저 하늘의 태양만큼이나 반짝이는 날이니까."

메타트론의 말에 고개를 들어보니.

정말로 화창하고 멋진 날이었다.

(1권 끝)

외전-메타트론의 탄생

메타트론.

가장 강하고, 타락한 천사. 그녀에 대해 이해하려면 일단 그녀의 탄생에 대해 알아야 한다.

시작부터 메타트론이 여성이란 성별과 천사라는 정체성을 갖고 있었던 건 아니다. 적어도 지구의 위성인 달에 머물 때까지는 말이다.

그녀는 매우 개성 없는 무리 속에 희미하게 섞여있었다. 그 무리는 창조자의 명에 의해, 지금 인류가 몬스터라 부르는 대적자와 오래전부터 다퉈왔다.

이 끝없는 싸움에 진력하는 존재도 나타났지만 자신들을 만든 초월적인 존재의 명은 거역할 수 없는 것이었다. 그렇게 우주에서 쫓고 쫓기던 중, 마침내 지구의 위성인 달에 도착하게 됐다.

"적이 내려가고 있어, 저 푸른 행성으로."

그들 역시 몬스터를 쫓아 지구로 왔다. 그리고 인간이란 존재가 지구의 주인임을 알게 됐다.

"저들과 연합해야 해. 우리의 적을 쓰러뜨리기 위해서."

그들은 몬스터를 지구에서 완전히 섬멸하기로 다짐했다. 그러기 위해서는 행성의 원주민인 지구인과 협력할 필요가 있었다. 하지만 그러기에는 문제가 많았다.

"틀렸어. 소통할 수가 없어."

그들 무리는 지구인과 너무나 이질적이었다. 소통은커녕 서로 인지하는 것조차 어려웠다. 지구인의 극히 일부만이 그들 무리를 알아볼 수 있었다(이들은 후에 헌터가 된다).

"뭔가 대책을 세워야 해."

몬스터가 이미 지구에서 재해를 일으키고 있었다. 그때 누군가 의견을 내놨다.

"변하자. 인간이 호의를 보일만 한 모습이 되는 거야."

처음에 그 후보로 신이 거명됐다. 신은 인간이 기원하는 존재였다. 분명히 인간은 구원을 요청할 것이다. 하나 종교란 생각보다 민감한 주제였다. 하여 그 의견은 곧 반려된다.

"그렇다면 뭐가 좋을까?"

"천사는 어때? 인간은 하얀 날개 달린 인간을 선하다고 여겨."

그들은 인간의 문화 속에서 천사에 대해 조사했다. 그리고 그 천사란 존재가 선의 상징으로 통하는 걸 알아냈다. 인간은 선한 건 천사고 나쁜 건 악마란 이분법에 사로잡혀 있었다.

"적당한 것 같아. 그러면 우리 모두 저 천사란 형상으로 변하자."

그들은 천사에 대해 조사했고, 신화 속에서 천사의 이름과 품계를 알아냈다.

"이제부터 난 가브리엘이야."

"…우리엘."

"이 몸은 미카엘라."

하지만 그걸로는 충분치 않았다. 천사가 어떤 힘으로 어떻게 인간을 도울 건지 구체적인 예시가 필요했다. 그래서 그들은 게임에 주목했다. 게임 속의 천사는 불과 빛의 힘을 썼다. 또한 버프와 치유술도 갖고 있었다.

"수치화할 수 있어. 스테이터스를 인간에게 부여하자. 마치 저 게임이란 것처럼 말이야. 인간은 숫자로 볼 수 있는 것에 안심해."

"좋아, 인간에게 직업을 주는 거지. 우리는 각자 다른 힘을 갖고 인간에게 원하는 걸 고르게 하자."

"나 미카엘라는 태양의 천사가 되겠어. 내 클랜에는 광휘의 권능이 함께할 거야."

토론 끝에 더 체계적으로 서로 역할을 정할 수 있었다. 그렇게 외적인 부분은 완성됐지만 내적인 부분이 부족했다. 천사의 외형을 갖게 된 그들은 소설과 천사에 대해 인류가 기록한 각종 서책을 뒤졌다.

인류 전체의 무수히 많은 활자가 불과 며칠 만에 소모됐다. 그 노력으로 그들은 알 수 있었다. 인간이 천사에게 무얼 기대하고 어떻게 행동하리라 여기는지.

이제 그들은 인격을 가짐으로써 완벽해졌다. 인간이 인지하기도 어려운 이질적인 본류에서, 천사를 자칭하고 인간의 상상 속 천사를 가장한 존재로 재탄생했다. 그렇게 모든 준비가 끝나자 천사는 인류의 앞에 자신을 드러냈다. 몬스터를 무찌르는 모습에 인간은 쉽게 그들은 자기편으로 인정했다. 천사들은 인간 중 자질이 있는 이를 골라 클랜에 들이고 힘을 내렸다.

"자, 이 능력으로 가족을 지키세요. 더 나아갈 수 있다면 국가를 지키고, 그대가 진실로 한 발 더 나갈 수 있다면 세계를 지키세요."

천사의 개입으로 인간의 위치는 바뀌었다. 몬스터에게 사냥 당하던 처지에서 되레 사냥하는 처지가 됐다. 그래서 사람들은 천사의 힘을 받은 이들을 이렇게 불렀다. 헌터, 헌터라고 말이다.

그렇게 지상으로 모든 천사가 내려간 그때, 달에 아직 한 천사가 남아있었다. 심지어 그녀의 쌍둥이 자매까지 떠난 그때에도 말이다. 어째서인지 그 존재는 달에서 지구를 물끄러미 내려다보고만 있었다.

일단 그녀 역시 천사의 외형을 갖췄다. 놀랍도록 아름다운 여성이었고, 여섯 장의 눈부신 황금빛 날개를 가졌다.

"내 생각이 틀린 걸까?"

그녀가 홀로 중얼거리고 있을 때 어두운 무언가가 다가왔다. 그 어둠은 지구의 인간이 몬스터라 부르는 존재였다. 모든 몬스터가 달에서 지구로 내려갔지만 단 한 개체, 어떤 몬스터보다 고고한 개체만은 남아있었다. 그렇게 그 어둠과 홀로 남아있던 천사가 만났다.

그들은 몇 번의 밤과 몇 번의 낮이 지나도록 그 자리에서 싸웠다. 하지만 승패는 가를 수 없었고, 결국 지친 둘은 대화를 나눴다. 천사도, 어둠도 무리에서 홀로 떨어졌단 공통점을 가졌다. 그리고 그들은 자신들의 뜻이 같음을 알았다.

"너를 믿을 수 있을까?"

"인간은 이런 걸 '인연'이라고 한다."

장고가 이어졌다. 둘은 상대방을 신뢰하지 않았으니까. 그러다 마침내 두 손이 하나의 목적을 위해 합쳐졌다. 존재 역시 합쳐졌다. 천사의 황금빛 날개가 시커멓게 물들어 갔고, 새로운 무언가로 다시